Willkommen zurück!

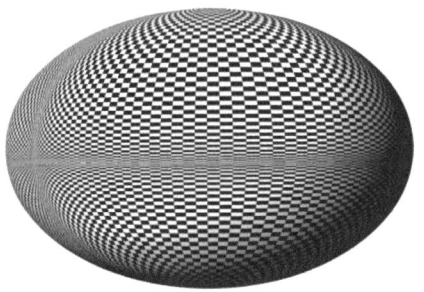

Nott Darka

TRAUMFÄNGER

Scherben

Band 2

Band 1: Abbadons Ruf

© 2021 Nott Darka

Autorin: Nott Darka
Lektorat: Elyseo da Silva
Umschlaggestaltung: Emilia Detering
Illustrationen gemeinfrei von pixabay.com, bearbeitet von der Autorin

Verlag & Druck: tredition GmbH, Halenreie 40-44, 22359 Hamburg

ISBN: 978-3-347-42868-3 (Paperback)
         978-3-347-42869-0 (Hardcover)
         978-3-347-42870-6 (e-Book)

Bibliografische Information der Deutschen Nationalbibliothek:
Die Deutsche Nationalbibliothek verzeichnet diese Publikation in der Deutschen Nationalbibliografie; detaillierte bibliografische Daten sind im Internet über http://dnb.d-nb.de abrufbar.

„Nicht alle Schmerzen sind heilbar, denn manche schleichen
sich tiefer und tiefer ins Herz hinein,
und während die Jahre verstreichen,
werden sie Stein.
Du sprichst und lachst, wie wenn nichts wäre,
sie scheinen zerronnen wie Schaum.
Doch du spürst ihre lastende Schwere
bis in den Traum.
Der Frühling kommt wieder mit Wärme und Helle,
die Welt wird ein Blütenmeer.
Aber in meinem Herzen ist eine Stelle,
da blüht nichts mehr."

(Ricarda Huch, 1864-1947)

Hi!

Du bist meinem Weg bis hierhin gefolgt, oder Du gesellst Dich erst jetzt zu uns. Auf der nächsten Etappe meiner Geschichte gibt es ein paar Dinge, die ich selbst nur schwer verdauen konnte. Sie sind Vergangenheit, aber sie haben mir gezeigt, wie grausam Menschen sein können – sogar zu ihren eigenen Kindern. Nott hat versucht, es so behutsam wie möglich zu erzählen, aber eine wirkliche Schonung ist manchmal einfach nicht möglich. Schließlich sollt auch Ihr wissen, was ich erfahren habe.

Davon abgesehen: Willkommen zurück! Bekannte Gesichter tun gut.

Und für alle, die meine Geschichte noch nicht kennen (Achtung Spoiler!): In mir lebt die älteste Seele des Universums. Ich habe eine schon verlorene Schlacht gegen den Dämon Balor und seine Heere in einen Sieg verwandelt, indem ich von einem kilometerhohen Plateau gesprungen und zur Sonne geworden bin. Meine menschlichen Knochen haben es mir nicht gedankt.

Jene Schlacht fand an der **schwarzen Festung** statt, tief im Jenseits.

Und das sind die Personen und Welten, deren Namen Ihr Euch merken solltet:

Robert. Mein Exfreund, der laut Immo stinkt wie eine Jauchegrube. Er lebt im **Diesseits** – der Welt, die auch Eure ist.

Meine Welt ist jetzt die **Zwischenwelt**. Sie ist der Übergang vom Diesseits in alle Welten, die aus dem Unbewussten – dem **Selbst** –, aus den Mythen und der Fantasie von Menschen zur Realität werden. Wer in der Zwischenwelt lebt, kann nicht mehr durch Alter oder Krankheit sterben. Düfte und Farben sind dort stärker, Telepathie ist normal.

Immo. Der Traumfänger. Nach mir die älteste Seele, in seiner jetzigen Gestalt 2400 Jahre alt. In seinem Inneren lebt **Ama**, eine mal junge, mal alte Frau, die auf besondere Art mit Immo verschmelzen kann. Auch habe ich in seinem Selbst ein **Mädchen in einem roten Kleid** gesehen. Und ihn als Vogel, als Frau, als Kind und als Wolf. Immo lässt die Träume zu den Träumenden, doch vor einigen Jahrzehnten drehte er durch. Weil er nicht mehr ertrug, dass Menschen Böses tun, hat er die Regeln gebrochen und Mörder mithilfe von Träumen in den Wahnsinn und den Tod getrieben. Damals zerstritten er und Duncan sich.

In Immo vereinen sich die Gene aller Völker der Erde.

Duncan. Der Mann mit der Kriegerseele. Geboren vor rund 1800 Jahren in Japan als **Sun Dèng Kén**, leiblicher Vater Brite, Mutter Japanerin. Sein Stiefvater hat ihn misshandelt, dann haben sie Duncan in ein Kloster abgeschoben. In seinem Inneren leben **Dàlóng**, ein kleiner Drache, **Tian Shi**, ein kleines Mädchen, und Dämonen, die seine Ängste verkörpern. Zum Beispiel die, dass er eines Tages Immo verletzen oder töten könnte. Immo nennt ihn **Sun**, manchmal **Saiai** – Geliebte.

Ambrosia. Hüterin des Gleichgewichts, mehrere 1000 Jahre alt. Ihr menschlicher Ursprung muss irgendwo in Australien oder dem südafrikanischen Kontinent liegen.

Brenda. Hüterin der Feuerseele, Verbündete der Drachen, Kriegerin. Rund 3000 Jahre alt, und ihrem Äußeren nach eine keltische Walküre. Ich liebe sie!

Patricius. Hüter der Wasserseele, 500 Jahre alt. Für sein junges Alter ein ziemlich arroganter Wicht, wenn Ihr mich fragt. Er gibt sich als spanischer Adel, der einst die Welt eroberte.

Malaika. Hüterin der Luftseele, mehrere 1000 Jahre alt. Ihr Volk ist ausgestorben.

Albuin. Hüter der Erdseele, Heiler, **Exempath** (seine Gestalt wandelt sich, je nachdem, wie er sich fühlt). Älter als Malaika, jünger als Ambrosia. Er hat sich mit der dunklen Seite verbündet, wollte mich angreifen und ist dafür von Immo in die Gestalt eines Säuglings gezwungen worden. Das bleibt er jetzt erstmal. Auch er ist der letzte seiner Art.

Huang Lung. Der König der Drachen und der erste seiner Art. Er kennt mich schon seit Ewigkeiten. Ich ihn auch – nur kann ich mich nicht erinnern. Dafür hat meine alte Seele gesorgt.

Haiowatha. Der alte Heiler und Hüter der Geschichten, die sonst verloren wären. Er lebt im Exil in einer anderen Dimension, die bislang nur Huang Lung erreichen kann. Sein Äußeres erinnert an das der nordamerikanischen Urvölker.

Byamee. Der erste Traumfänger und einst Körper der vereinten Seelen von Traumfänger und Krieger. Er musste sich selbst opfern, damit diese Doppelseele sich spalten konnte. So wurde ein Krieg gegen Dämonen gewonnen. Die Geschichte war vergessen, bis Huang Lung mich zu Haiowatha brachte. Anschließend konnten (und mussten) Duncan und Immo sich versöhnen, um die Schlacht an der schwarzen Festung gewinnen zu können.

Seitdem sind sie wieder ein Paar.

Die letzten beiden Namen, die ich Euch nenne, bereiten mir Bauchschmerzen, denn es sind die Namen meiner Eltern. **Helena Spring**, meine Mutter, und **Jeremy Spring**, mein – Erzeuger.

Helena stahl Ambrosia einen Teil ihres Wissens, das in kugelförmigen Sphären verwahrt wird. Deshalb – weil sie meine Mutter ist und die Verbindung zwischen uns besonders stark – haben mich die anderen überhaupt erst in die Zwischenwelt geholt. Inzwischen weiß ich, dass meine alte Seele diesen Weg selbst gewählt hat und alle anderen nur ihre Handlanger sind.

Und schließlich **Jeremy**. Ich habe keine Ahnung, wie genau er zu dem wurde, was er ... war? Ist? Etwas abgrundtief Böses. Er ist es, der beim Kampf an der schwarzen Festung Bilder in Immos Kopf gejagt hat, die ihn vernichtet haben. Wegen Jeremy ist Immo – mein Geliebter, der Vater meines ungeborenen Kindes – in erstarrte Zeit geflohen.

Für die gesamte übrige Welt ist dieser Traumfänger Geschichte.

In mir lebt **Hani**, ein Derwisch. Er kann aus mir heraustreten und unabhängig von mir handeln.

Ach, und ich bin **Emily**. Mein Zuhause ist ein Wohnwagen am See.

Die Geschichte geht weiter ...

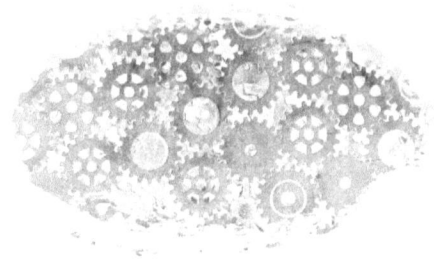

Der Tod hatte verloren.
Im Notfallzimmer der psychiatrischen Klinik beruhigte sich das Blinken und Piepen der Apparate.

Doktor Chang sah weiter auf die Monitore, streifte Gummihandschuhe und Gesichtsmaske ab und pfefferte sie auf den Boden. „Sie haben ihre Leute nicht im Griff, Conrad! Ich will wissen, wer hierfür verantwortlich ist!"

Die Ärztin rauschte aus dem Zimmer und schmetterte die Tür hinter sich zu. Der Pfleger, dem der Anpfiff galt, zuckte zusammen. Auch Conrads Nerven waren bis aufs Äußerste gespannt, doch sein Job hier war noch nicht beendet. Mit Changs Kritik würde er sich später beschäftigen.

„Hau ab, ich mach' das alleine fertig", sagte er. Sein junger Kollege zitterte und versuchte seit Minuten, den Infusionsständer aus dem Kabelsalat der Technik zu befreien. „Danke dir", stammelte er und eilte davon.

Während Conrad den geschwächten Körper auf dem Bett reinigte, ihm frische Infusionen legte und sich anschließend um die Ordnung des Zimmers kümmerte, kehrte der Schmerz zurück in Misos Bewusstsein.

Wann gibt eine Seele auf?

„Du bist schwanger, Emily …“

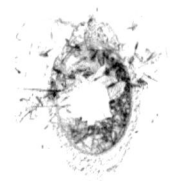

„Was soll das heißen, schwanger? Wie kann ich denn schwanger sein?"

„Oh bitte." Duncan zog eine Augenbraue in die Höhe.

Emily schnaubte. „Du weißt genau, was ich meine! Ich bin zur Sonne geworden und habe mich selbst verbrannt. Das muss real gewesen sein, weil anschließend offenbar alle Dämonen tot waren. Meine Erinnerung mag ja getrübt sein, aber ich weiß, dass ich verflucht tief gefallen bin. Ich sollte also entweder Asche sein oder vollkommen zerschmettert. Und du willst mir erzählen, dass eine Schwangerschaft das überstehen würde?"

Eine uralte Erinnerung legte sich über Duncans Blick – Trauer? –, doch er blinzelte sie fort, beugte sich zu Emily und küsste sie auf die Stirn. „Du würdest staunen. Ich lüge dich nicht an, wieso sollte ich das tun? Haiowatha kennt sich aus mit diesen Dingen. Er sagt, du bist schwanger, und dann stimmt das auch."

„Aber wenn Immo weg ist ..."

„Was auch immer geschieht", unterbrach er sie, „du bist nicht alleine. Ich bin für dich da, und die anderen werden es auch sein. Patricius wird dir zumindest nicht auf die Nerven gehen, dafür sorge ich."

Du bist nicht alleine. Keinen Trost brachten die Worte, auch füllten sie die Leere nicht. Aber es ging hier nicht nur um sie!

„Sind denn alle okay? Brenda ..."

„Ist längst wieder auf den Beinen." Duncan zog sich ein wenig von ihr zurück. „Ich bin froh drüber, ehrlich gesagt. Die letzten Wochen haben Kraft gekostet. Ohne Brenda hätte ich die ganze Aufräumarbeit nicht so gut weggesteckt."

Es dauerte einen Moment, bis bei Emily der Groschen fiel. „Die letzten Wochen? Was meinst du mit, ‚die letzten Wochen'?"

„Flipp jetzt nicht aus, ja?"

„Duncan! Wie lange liege ich schon hier?"

„Fast drei Monate." Er wartete einen Moment. „Haiowatha sagt, dass das Bewusstsein des Babys allmählich erwacht. Deshalb will er auch, dass du jetzt wach bist. Dein Körper hätte noch den ein oder anderen Tag Schlaf gebrauchen können."

„Schlaf? Du meinst wohl Koma! Drei Monate?"

Das Bewusstsein des Babys ... Das Baby ...

„Genau", sagte er leise und nahm ihr Gesicht in beide Hände. „Darum geht es hier. Um dich und dein Baby. Wir werden uns um Immo kümmern. Aber du passt auf dieses Kind auf, hörst du mich? Von heute an passt *du* auf dieses Kind auf!"

Aus heiterem Himmel beugte er sich vor und küsste sie auf den Mund. Was zum ...?

Doch da war es. Ein Hauch in der Leere. Ein Stein, der aus dem Magen in die Tiefe fiel und seine Schwere verlor. Duncans Stirn ruhte an ihrer, dann setzte er sich wieder aufrecht und wechselte das Thema. „Ohne deinen Derwisch hätte ich vermutlich gar nicht überlebt. Als ich in diesem Feuer lag und du fielst und Immo zerbrach unter dem, was er aushalten musste ..." Er stockte. „Es tut mir leid."

„Nein, nein!" *Hör nicht auf!* „Erzähl mir alles! Oder glaubst du, es geht mir besser, wenn ich nur so darüber grüble?"

Er fixierte sie mit einem unergründlichen Blick, nickte dann.

„Ich bin in Balor hineingesprungen, weil ich mit Immo ausgemacht hatte, dass er seinen letzten Lichtangriff über mich lenken soll. Dadurch ist nichts verschwendet worden, denn diese Dämonen haben keine Schilde, die sie von innen schützen. Vermutlich hätte es gereicht, Balor zu zerstören, aber Immo hat abgebrochen. Irgendetwas muss ihn aus einer anderen Richtung getroffen haben. Etwas, das ihn überrascht hat – er konnte sich nicht schützen. Wir hatten schon verloren, dann hast du deine Kamikaze-Aktion gestartet. Du hast alles zu Asche verbrannt, was zur dunklen Seite gehörte. Leider bist du aber nach wie vor nicht wirklich eine Superheldin, von daher ..." Er verstummte.

„Es war Jeremy", sagte Emily, und als er sie fragend ansah, fuhr sie fort. „Mein Vater. Er ist derjenige, der Immo abgelenkt hat. Er stand bei ihm und hatte ein Messer. Dann stoppte die Zeit. Hört sich verrückt an, aber es war so! Mein V... Jeremy war plötzlich mit mir auf dem Plateau und hat mich vollgequatscht. Dass es einen Plan gäbe, die Menschheit zu vernichten, etwas in der Art. Albuin hatte sowas ja auch schon gesagt, bevor er mich angegriffen hat."

Duncan wirkte alarmiert. „Ich habe keine Spur von jemandem wie Jeremy gefunden. Die Zeit hat angehalten? Glaub mir, soviel Macht *sollte* Spuren hinterlassen. Verdammt, ich muss damit anfangen, im Gedächtnis ohnmächtiger Leute rumzuwühlen! Diese Infos hätte ich viel früher gebraucht! Wie zum Moros soll ich darauf kommen, dass die *Zeit* angehalten hat? Ich muss dem nachgehen, vielleicht habe ich doch noch was übersehen!"

Niemals hast du das, dachte Emily, hielt aber den Mund. „Kannst du mir was zu trinken organisieren, bitte?", bat sie stattdessen.

„Natürlich, entschuldige!" Er sprang auf. Als er ihr kurz darauf einen Becher in die Hand drückte, trank sie gierig und Duncans Gelassenheit schien zurück.

„Auf ein bisschen Zeit mehr oder weniger kommt es jetzt auch nicht mehr an. Du warst zwischendurch immer mal wach, um Nahrung für das Baby zu dir zu nehmen und dich zu bewegen. Dieser Haiowatha beherrscht Heilkünste, die ich bei Albuin nie gesehen habe. Er hat dein Bewusstsein nicht in deinen Körper gelassen, weil er sagte, es würde zu viel Schmerz mitbringen."

„Ich kann mich beinahe an nichts erinnern. Bewegt habe ich mich?"

Der Krieger verengte die Augen zu Schlitzen. „Deine Ohren sind auch nicht besser als vorher. Es war der Sinn der Sache, dass du dich nicht erinnerst. Aber ja, du hast dich bewegt. Sobald deine Knochen wieder einigermaßen verheilt waren, hat er dich täglich aus dem Bett geholt. Damit du schneller regenerierst, sagte er."

Emily starrte an die Decke. Ein schwieliger Finger streichelte ihre Hand.

„An dir war so ziemlich alles gebrochen, was brechen konnte. Sogar Huang Lung war sich nicht sicher, ob er dich in einem Stück zu Haiowatha bringen kann. Aber dein Derwisch hatte gesagt, dass du lebst, deshalb mussten wir es versuchen."

„Hani." Sie wandte sich wieder Duncan zu. „Wo ist er eigentlich?"

„Da wo er hingehört, nehme ich an. In dir drin, in deiner Tiefe. Im Moment ist es die Aufgabe von Emily, wieder ins Leben zurückzufinden. Wir müssen alle manchmal einfach Mensch sein. Egal, wie viel Anstrengung und Gefühle damit verbunden sind."

Es war, als habe er ihr die Erlaubnis gegeben, endlich ihre Schwäche zu zeigen. Sie hielt ihre Tränen nicht mehr zurück.

„Ich weiß nicht, wie ich das schaffen soll", sagte sie.

Kurz schloss er die Augen, dann küsste er sie noch einmal auf die Wange. „*Wir* schaffen das, hörst du?" Er zögerte. „Darf ich dich alleine lassen? Haiowatha ist draußen, er wird nach dir sehen. Aber was du mir von Jeremy erzählt hast, lässt mir keine Ruhe. Außerdem muss ich den anderen erzählen, dass du aufgewacht bist. Brenda würde mich sonst vierteilen!"

Emily lächelte. „Das kann ich keinesfalls zulassen."

Im Grunde war sie froh, dass sie mit ihren Gedanken allein sein konnte.

Sie bekam ein Baby.

Herrschaftszeiten! Einmal nicht verhütet, das konnte doch nicht wahr sein! Sie fand wirklich immer den falschen Zeitpunkt für alles. Vielleicht wäre es anders gewesen, wenn Immo ... Aber so?

Würde es seinen Vater überhaupt kennenlernen? Der Gedanke schnürte ihr die Kehle zu.

Eine Hand auf der Schulter und eine freundliche Stimme weckten sie.

„Emily ... es ist Zeit für deine Medizin."

Sie war verkatert vom Weinen, die Haut in ihrem Gesicht spannte unangenehm.

Haiowatha hielt einen Becher in der Hand.

„Es ist wichtig, dass du das regelmäßig trinkst."

Mühsam richtete sie sich auf. Der Alte machte keine Anstalten, ihr zu helfen. Stattdessen nickte er zufrieden. „Wie es scheint, sind deine Knochen endgültig verheilt. Du bist sehr stark, mein Kind."

Haiowatha setzte sich zu ihr und strich ihr durchs Haar. Wieder stiegen Tränen in ihr auf, auch wenn sie nicht wusste, wo die noch herkommen sollten. „Es ist schwer, ich weiß. Dein Körper stellt sich noch auf die Schwangerschaft ein. Du warst fast tot und bist immer noch geschwächt. Außerdem leidest du unter Sehnsucht, der schmerzhaftesten aller Krankheiten. Aber auch sie wird heilen, Emily."

„Wird sie das? Ich habe Immo doch grade erst kennengelernt! Als dieser Mensch hier, meine ich. Und jetzt frage ich mich, wie ich weiterleben soll ohne ihn!"

„Aber das wirst du. So wie immer. Sekunde für Sekunde, Minute für Minute, Tag für Tag. Es gibt kein Versprechen auf Trost – aber Hoffnung, die gibt es immer. Vergiss das nie! Du", er legte ihr sanft die Hand auf den Bauch, „trägst sie sogar in dir. Und nun darfst du mit mir nach draußen kommen. Ich will sehen, wie es um deine Kondition steht."

Ausbaufähig, das merkte sie rasch. Ihr Körper war verheilt – aber sie war erschreckend schnell außer Puste und ihre Beine fühlten sich an wie Gummi.

Ein paar Tage später sank sie nach einem langen Spaziergang erschöpft auf einen Baumstamm bei den Zelten.

Mit einem ohrenbetäubenden Knall erschien Huang Lung, der König der Drachen. Zur Begrüßung donnerte ein Feuerstrahl aus seinem Maul, der alles Brennbare auf dem Platz millimetergenau verschonte. Dann schüttelte er sich, als wollte er ein lästiges Insekt loswerden. Mit einem Satz sprang der Krieger auf die Erde und Emilys Herz sprang ebenfalls.

„ICH BIN ES LEID, EUER MAULTIER ZU SEIN!"

Sie hielt sich die Ohren zu und winkte dem Drachen zu.

„Ich freue mich auch, dich zu sehen, mein Freund. Danke, dass du ihn hergetragen hast! Duncan ist sehr wichtig für mich."

Huang Lung pustete ihr ins Gesicht. Sie konnte sehen, dass er sich ebenfalls freute. Nur in seinen Augen glühte kaum Kraft.

„Was ist los mit dir?" Sie legte ihm die Hand auf eine Schuppe.

„Ich brauche Schlaf", sagte er grimmig. „Ich hatte geplant, zu warten, bis du wieder wach bist, aber herkommen wollte ich eigentlich nicht. Dein wichtiger Freund hat so lange genervt, bis ich es nicht mehr ertragen habe."

Ohne ein weiteres Wort drehte er sich um und verschwand.

„Ich bin wichtig für dich?" Duncan kam zu ihr.

„Natürlich bist du das." Emily griff nach seinem Arm, um sich hochzuziehen. „Wenn Haiowatha gerade nicht guckt, könntest du mich zum Beispiel zurück ins Zelt tragen."

„Haiowatha guckt aber." Lächelnd trat der Heiler zu ihnen und reichte Duncan einen Beutel. „Sie muss selbst laufen. Sie will es auch, nur vergisst sie das nach ein paar Schritten wieder. Hier, du kannst stattdessen Tee kochen."

Der Krieger runzelte die Stirn. „Ich hoffe, du verdächtigst mich nicht, ihr diese Disziplinlosigkeit durchgehen zu lassen. Von mir aus scheuche sie noch einmal um den ganzen See."

„Ich kann dich hören", stöhnte Emily und presste ihre Hände in den Rücken. „Schön, dich zu sehen – sagte ich das schon?"

Duncan gab die Kräuter aus dem Beutel des Heilers ins Wasser.

„Du wirkst nicht mehr so traurig", sagte er, als er sich zu ihr setzte.

„Hm", machte Emily unverbindlich und schüttelte ihr Kopfkissen auf. Sollte sie ihm sagen, dass ihre Traurigkeit in der Sekunde verschwunden war, als er von dem Drachen gesprungen war? Endlich strömte die Luft wieder leichter in ihre Lungen.

„Er war bei mir!", stieß sie hervor. Sie musste einfach loswerden, was ihr auf der Seele brannte.

„Was?"

„Immo. Als ich fiel, war er bei mir. Er war so ... Ich glaube fast, er wollte sich verabschieden. Ich habe ihn so nah gespürt ..." Ihre Stimme brach. „Und seitdem spüre ich ihn gar nicht mehr. Ich suche und suche, aber er ist fort. Es ist, als hätte er selbst die Erinnerung an ihn mitgenommen. Aber ich weiß doch, dass es ihn gab! Dass es ihn gibt. Wie kann er denn so weg sein?"

Die ganze Zeit war sie alleine gewesen mit dieser Frage. Doch jetzt zog Duncan sie in seine Arme und drückte sie an sich.

Er war da.

Emily löste sich von ihm, als das Zittern verschwand. „Erzähl mir, was du herausgefunden hast", sagte sie.

„Ah. Wie gesagt habe ich nachgeschaut, ob es nicht doch eine Spur von deinem Vater gibt. Ich habe nichts gefunden, jedenfalls in keiner Dimension, die ich kenne. Im Moment kann ich mir das nur so erklären, dass er keinesfalls so stark war, wie er versucht hat dir weißzumachen."

„Er hatte einen Plan, um die Menschheit zu vernichten."

„Eine Lüge", sagte Duncan. „Ich kann mir nicht vorstellen, dass jemand die Menschen dermaßen unterschätzen könnte. Sie sind wie Unkraut, frag Huang Lung."

Emily runzelte die Stirn. „Der Vergleich hinkt. Unkraut kann ziemlich wirksam vernichtet werden. Zur Not betonierst du es einfach zu."

„Ich denke, du weißt, was ich meine."

„Ich bin mir sicher, dass Jeremy gelogen hat, als er mir erzählte, dass wir den Kampf längst verloren hätten. Aber von der Sache an sich wirkte er sehr überzeugt."

„Er wollte deinen Geist vergiften. Das war die stärkste Waffe deines Vaters, so hat er auch Albuin auf seine Seite gezogen."

„Nenn ihn nicht ständig meinen Vater, ja? Ich will nichts mit ihm zu tun haben!"

„Entschuldige. Das kann ich gut verstehen."

Sie kam sich vor wie eine Idiotin. Immo hatte ihr erzählt, dass Duncan als Kind von seinem Vater misshandelt worden war. Zwar von seinem Stiefvater, aber als Verständnisgrundlage reichte das vermutlich aus.

„Es tut mir leid", sagte sie, doch er wischte ihre Sorge mit einem Handstreich weg.

„Das gehört längst der Vergangenheit an", sagte er. „Ich habe meine richtige Familie inzwischen gefunden."

Eine Weile schwiegen sie. Emily versuchte, ihre Gedanken zu ordnen.

„Hast du eine Ahnung, wieso … wie Jeremy es geschafft hat, in meine Träume zu gelangen? Wie er sie verändert hat? Wenn es stimmen sollte, dass er eigentlich gar nicht so mächtig gewesen ist …"

Duncans Miene verschloss sich. „Ich bin kein Experte für Träume."

„Aber du musst doch irgendeine Ahnung haben? Du bist Immo so nah, er hat dir doch bestimmt eine Menge erzählt in all der Zeit?"

„Hat er nicht, in Ordnung?" Duncans Blick flackerte. „Stell *ihm* all diese verfluchten Fragen, okay? Halt dich an diesem Gedanken fest! Ich halte den Faden fest, der ihn noch mit uns verbindet. Ich habe keine Zeit, mit dir über Träume zu sprechen!"

Sie vermieden das Thema Immo, bis Haiowatha Emily ein paar Tage später das Okay gab, aufzubrechen.

„Du bist fit genug", sagte er. „Trotzdem musst du dich schonen, soviel es geht. Gewöhne dich daran, dass du für zwei denken musst!"

„Ja, alter Mann." Sie bemühte ein Lächeln.

Haiowatha wiegte missbilligend den Kopf. „Du hast fast drei Monate verloren. Der Gedanke, schwanger zu sein, muss sich erst noch festigen. Normalerweise passiert das nebenher. Du solltest es ein wenig bewusster angehen!"

„Ich bin bewusst!" Sie unterdrückte ihren Ärger und seufzte. „Diese Ratschläge von Männern sind irgendwie seltsam, kannst du das verstehen? Glaubst du wirklich, du solltest mir erklären, wie es sich anfühlt, schwanger zu sein?"

Er stutzte, dann lachte er sein zahnarmes Lachen. „Du hättest recht, wenn ich nur so alt wäre, wie ich aussehe. Aber wenn es dich stört, bin ich still. Es ist wahr – ich rede manchmal zu viel. Zu lange habe nur ich selbst mir zugehört."

„Das wird sich in Zukunft ändern." Emily umarmte den Heiler. „Ich komme zu dir, sobald Huang Lung wieder wach ist! Und die anderen bringe ich mit. Du musst alle kennenlernen!"

Er sagte nichts, aber seine Augen strahlten.

„Fertig?"

Duncan kam ins Zelt und betrachtete kritisch, was sie auf dem Boden ausgebreitet hatte. „Meine Güte", brummte er. „Der alte Mann denkt an alles, oder?"

„Es ist sogar was für dich dabei", feixte Emily und streckte ihm eine kleine Flasche entgegen. „Falls du bei der Geburt dabei sein willst. Hilft gegen Ohnmacht."

„Sei nicht so frech", erwiderte er. „Ich werde das nicht brauchen. Weil ich ganz sicher nicht bei der Geburt dabei sein werde!" Er knuffte sie in die Seite. „Es sei denn, du fragst lieb und ich habe nichts Besseres zu tun."

„Blödmann." Emily bückte sich, um all die kleinen Beutelchen und Fläschchen in einem Rucksack zu verstauen. Haiowatha hatte ihr zu allem eine ausführliche Gebrauchsanweisung gegeben. Sie hatte pflichtschuldig zugehört, dachte aber nicht daran, irgendetwas von dem Zeug zu verwenden.

Sie war schwanger, nicht krank!

„Na dann ..." Sie hatte einen Kloß im Hals, als sie sich dem Heiler zuwandte, um sich zu verabschieden. Er sagte nichts, schloss sie einfach in die Arme, schob sie dann ein Stück von sich und betrachtete sie von oben bis unten. Zufrieden nickte er, ließ sie los, drehte sich um und verließ das Zelt.

„Das war schmerzfrei", kommentierte Emily verblüfft.

„Was hast du denn erwartet?", sagte Duncan. „Er lebt seit Jahr-
tausenden alleine hier. Er wird kaum merken, dass wir überhaupt
weg waren."

„Auch wieder wahr." Emily wollte sich den Rucksack über die
Schulter werfen, doch ihre Hände zitterten so sehr, dass Duncan
ihn ihr schweigend abnahm. Sie atmete tief durch.

„Bring mich zu ihm", sagte sie.

Duncan nickte und schüttelte seine Hand, sodass ein goldener
Faden sichtbar wurde. Er schlang ihn auch um Emilys Arm.

„Halt dich dran fest", sagte er.

Und so verließen sie Haiowathas Welt.

... und landeten vor einem Loch in einer Felswand, hinter dem
sich leerer Raum dehnte.

Stockdunkler Raum.

Die Landschaft rund herum kam Emily bekannt vor. Hier hatte
die Schlacht stattgefunden.

Das goldene Band verschwand in der Dunkelheit hinter der Fels-
öffnung. Dort! Irgendwo in dieser Dunkelheit war Immo! Emily
wollte schon hineinklettern, doch Duncan hielt sie zurück.

„Warte. Ich muss dir noch etwas sagen." Seine Stimme klang
seltsam belegt. „Etwas, von dem Ambrosia mir sehr eindringlich
zu verstehen gegeben hat, dass es wichtig ist."

In dem Moment, als Emily in seine Augen sah, wusste sie, dass
sie nicht hören wollte, was das war.

„Hat das nicht Zeit bis später? Wenn es so wichtig wäre, hättest
du es mir auch früher erzählen können."

„Es muss sein." Er sah müde aus und viel älter als sonst. „Und
ich hätte es dir früher erzählen können, ja. Ich wollte es aber nicht.
Man sollte Hoffnung immer bis zum letzten Moment auskosten."

„Bist du wahnsinnig?" Am liebsten hätte sie ihn stehen lassen,
aber er hielt das goldene Band und damit auch sie fest in seiner
Hand.

Wie an einer Leine.

„Hörst du mir zu?"

„Leck mich, ja."

„Es gefällt mir auch nicht, das kannst du mir glauben."

„Spuck's endlich aus!", fuhr sie ihn an. Kurz starrte er vor sich hin.

„Du weißt, dass Immo das nicht aus Versehen gemacht hat. Wenn du es schaffst, ihn zurückzuholen, wird er nicht erfreut sein. Ich weiß, dass er dir von seiner Todessehnsucht erzählt hat."

Konnte das wahr sein? In ihrer Fantasie hatte er nur deshalb aufgeben wollen, weil er dachte, dass sie, Emily, tot sei.

„Du hast ihm viel gegeben, was ihm seit Jahrzehnten gefehlt hat", sagte Duncan sanft. „Aber er will schon lange sterben. Seine Dämonen sind zu mächtig und er hat kein Schwert."

„Aber er darf nicht sterben." Emily räusperte sich. „So hat er es mir erklärt. Wegen der Dämonen. Der Traumfänger darf nicht sterben, solange er in der Dunkelheit weilt."

Duncan nickte. „Weil dann die Träume vergiftet würden durch diese Dunkelheit. Für diese Form des Todes gälte das aber nicht. Wenn er einfach nur ohne Zeit ist, dann existiert er für das Universum gar nicht. Deshalb spüren wir ihn auch nicht mehr. Er existiert nicht – und seine Dämonen auch nicht. Sie können die Träume nicht vergiften."

Emilys Finger wurden klamm. „Worauf willst du hinaus?"

„Ambrosia hat sich klar ausgedrückt. Die Seele des Traumfängers darf keinesfalls viel länger ohne Zeit bleiben. Was auch immer geschieht – er wird als Ganzes leben müssen – oder er trennt sich von seiner Seele und bleibt als Mensch ohne Zeit in der Blase zurück. Die Traumfängerseele muss frei sein."

„So wird er es machen wollen." Ein Haufen Geröll begrub Emilys Hoffnung. „Er wäre tot."

„Ja", sagte Duncan rau, „aber das Ganze ist nicht so einfach. Genau genommen ist es der Grund, wieso du es bist, die ihn zurückholen muss. Ich habe keinen Schimmer, wie ich es anstellen sollte, ihn zu erreichen, und auch sonst niemand von uns. Bei dir wissen wir noch nicht vollständig, was für Fähigkeiten du mitbringst. Mitbringen musst, verstehst du? Du *musst* da reingehen und ihm die

Möglichkeit eröffnen, seine Existenz zu beenden." Bei den nächsten Worten bebte er am ganzen Körper: „Ich will, dass du es tust!"

Vor Emilys Augen brach der mächtigste Krieger aller Zeiten zusammen. „Es tut mir leid! Ich hätte ihn selbst gehen lassen sollen!" Er sank auf die Knie und vergrub sein Gesicht in den Händen, während die Erkenntnis ihn schüttelte. „Ich hätte ihn gehen und die Welt zusammenbrechen lassen sollen. Es wäre mir egal! Ich liebe ihn, Emily – wie konnte ich nur dafür sorgen, dass er eine solche Entscheidung treffen muss?"

Diese Endgültigkeit, mit der er sich selbst vor den Richterstuhl zerrte und ein weiteres Urteil sprach, noch mehr Leid verursachte, bewirkte bei Emily das Gegenteil: Nein!

„Du sorgst noch für was anderes." Sie legte ihre Hand auf seinen Rücken. „Du hältst seine Hoffnung lebendig. An seiner statt, weil er es nicht kann zurzeit. Er wird sich für das Leben entscheiden müssen, ganz einfach. Anschließend kümmern wir uns um seine Dämonen."

Duncan hörte auf zu zittern und sah sie an.

„Ich glaube, du kennst seinen Dickschädel noch nicht."

„Ich glaube eher, dass ihr noch nicht richtig wisst, was ihr euch mit mir eingebrockt habt. Junger Mann, ich bin ein paar Millionen Jahre älter als ihr."

Seine Augen verengten sich zu Schlitzen. „Deine Unverfrorenheit reicht für doppelt so viel."

„Du gibst zu schnell auf."

„Ich gebe zu schnell auf?"

„Ja."

„Verdammt."

Er zog sie auf seinen Schoß und drückte sie an sich. „Halt bloß den Mund", brummte er und bettete seinen Kopf an ihre Brust. Sie streichelte seinen kahlen Schädel, und ihre Zuversicht kehrte zurück.

„Lass uns gehen", sagte sie, als sie sich von ihm löste.

„Du gehst", erwiderte der Krieger. „Ich passe auf. Wie gesagt, es ist deine Aufgabe, nicht meine. Aber was auch immer geschehen wird – du bist nicht allein."

Sie hielt sich an diesen Worten fest, während sie sich dem Loch im Felsen zuwandte, durch das sie die goldene Spur führte.

Ihr war, als sollte sie in ein Fass mit schwarzer Tinte tauchen. Den einzigen Halt für die Augen bot die goldene Leine, die wie ein Weg vor ihr schimmerte.

Emily wagte nicht, an ihr zu ziehen. Behutsam löste sie ihren Arm aus der Schlinge und umfasste das Band, ohne es festzuhalten. Sie spürte ein leises Flirren – wie das Echo einer Stimme aus weiter Ferne.

Einmal mehr sah sie weder Decke noch Boden, konnte sich jedoch normal fortbewegen. Ihre bloßen Füße tasteten: nichts.

Wie sehr hatte sie sich inzwischen an dieses merkwürdige Sinneserlebnis gewöhnt! Und wie sehr wünschte, ja hoffte sie in diesem Moment, dass Immo sich daran erinnern würde, welch Genuss es war, barfuß über eine Wiese im Diesseits zu laufen.

Verflucht, reiß dich zusammen!

Sie folgte dem goldenen Band. Alles war vollkommen still. Hinter ihr wurde die Öffnung im Felsen kleiner und kleiner, bis der helle Punkt schließlich ganz verschwand.

Vor ihr schälte sich eine leuchtende Sphäre aus der Dunkelheit. Dorthin führte sie das Band.

Emilys Herz pochte bis in ihre Kehle hinauf. Die Sphäre war nicht leer. Immo war in ihr.

Er schwebte, starr, noch die letzte Haarsträhne vollkommen bewegungslos. Sein schönes Gesicht war qualverzerrt. Die Fingerknöchel seiner Hände traten weiß hervor. Im Mund hing ein Schrei, doch selbst der war bis in alle Ewigkeit zur Stille verdammt.

Da war es: sein wahres Gesicht. Und wenn die Zeit für Immo weiterliefe, dann würde er nicht zuerst Emily sehen, sondern seinen Schmerz fühlen.

Aber wie sehr sie ihn vermisse! Könnte sie doch einfach zu ihm, hinein in seinen Moment, ihn genau dort in ihre Arme ziehen und ihm sagen, dass alles gut werden würde! Doch als sie ihre Hand Richtung Sphäre bewegte, war es, als würden zwei gleiche Pole eines Magneten versuchen, einander zu berühren. Sie schaffte es nicht, den wachsenden Widerstand zu überwinden.

Sie umrundete die Kugel. Wandte sich ihr immer wieder zu, schrie sie frustriert an, es nützte nichts.

Irgendwann sank sie zu Boden und schloss die Augen. Bislang hatte sie nichts versucht, was nicht auch jeder andere versucht hätte. Genau genommen war das gar nichts. Duncan glaubte, dass sie zu mehr fähig sei.

Die Stille zerrte an ihren Nerven. Sie war hier und konnte Immo trotzdem nicht spüren. Eine grausame Nähe. Sobald sie ihn nicht mehr ansah, war er wie ausgelöscht. Diese falsche Wirklichkeit zischelte um sie herum, ungeduldig, drängend –

„Wir müssen etwas tun." Hanis Stimme. Emily schlug die Augen auf. Der Derwisch saß neben ihr.

Sie lehnte sich an ihn, froh, ihn zu sehen. „Aber was nur?"

Statt einer Antwort tätschelte er ihr den Arm und summte vor sich hin. Schließlich ging er um die Sphäre herum. „Es ist merkwürdig mit der Zeit", sagte er. „Niemand kann sie fassen, niemand kann sie beeinflussen."

Er trat in die Sphäre hinein. „Niemand außer uns."

Er duckte sich unter dem Traumfänger hindurch.

„Genießen wir diesen Moment, Emily – wir dürfen uns erinnern!"

„Wie hast du das gemacht?" Hani stand nun wieder vor ihr.

„Nicht ich – wir. Du. Genauso wie auf dem Plateau, als du die Zeit angehalten hast, weil alles um dich herum zusammenstürzte."

„*Ich* war das?"

Hani summte leise vor sich hin. Emily dachte nach.

„Macht das Sinn? Wenn meine Seele die ist, mit der alles angefangen hat ... also auch die Zeit selbst ..."

„In diese Richtung wird es wohl gehen." Hani zuckte mit den Schultern. „Im Grunde genommen ist es aber einfach so, wie es ist. Wozu willst du Erklärungen? Du musst es nur tun."

Und das war es, oder? Sie musste es einfach tun.

Nicht herumschleichen um das Problem. Nicht versuchen, es kaputtzuschlagen oder zu analysieren.

Das Problem blieb da. Was fehlte, war eine Lösung.

Sie konnte es. Sie musste es nur tun.

Als sie aufstand, kam sie sich vor wie eine Verräterin.

Der Schrei traf sie wie ein Schlag. Seit Wochen wartete er darauf, geschrien zu werden. Echo um Echo erzeugte er, bis er alles ausfüllte und die Hülle der Sphäre heftig vibrieren ließ. Doch die zerbrach nicht.

Immos Körper krümmte sich zusammen und fiel zu Boden. Wild schlug er um sich. Emily wollte zu ihm, doch sie prallte nach wie vor zurück.

„Beruhige dich", rief sie und hoffte, dass auch er sie hören konnte. „Der Kampf ist vorbei, wir haben gesiegt. Alle leben, hörst du? Duncan lebt, Brenda und all die anderen leben. Ich lebe! Es ist vorbei!"

Tatsächlich hielt er inne. Die Erinnerung dämmerte in seinem Antlitz. Er saugte Luft in seine Lungen, als habe er noch nie einen Atemzug getan.

Da war er. „Immo ..." Er war da!

Endlich sah er sie an.

„Du bist hier!" Er klang so schwach – viel zu schwach.

„Ja, ich bin hier."

„Aber eben noch bist du gestorben."

„Ich lebe. Das alles ist Wochen her."

„Ich wollte dich halten. Du bist gefallen. Du bist so – lange – gefallen." Panik kehrte in seine Miene zurück. Emily schlug mit der Hand Richtung Sphäre, um seine Aufmerksamkeit zurück auf sich zu lenken.

„Ich lebe! Sieh mich an!"

Immo drehte sich von ihr fort und zog die Knie an die Brust. „Wieso ist so viel Zeit vergangen?", fragte er matt.

Die erste Hürde war genommen.

„Ich war ... Jeremy ..." Sie schluckte. „Mein Vater. Das, was du vermutet hattest. Er ist aufgetaucht und hat dich abgelenkt. Dadurch wäre fast alles schiefgegangen, aber meine Seele hat wohl eingegriffen. Sie kann die Zeit anhalten. Hani und ich haben Jeremy vertrieben, aber schlecht sah es trotzdem aus."

„Er hat mich abgelenkt?" Lachte er? Es war ein trauriges, verletztes Lachen, und es endete rasch. „Du bist zur Sonne geworden. Du hast Balor vernichtet."

„Das hast du noch mitbekommen? Ja, so war es. Aber als Mensch bin ich einfach nur abgestürzt und war ziemlich kaputt. Ich dachte selbst, dass es vorbei wäre. Ich dachte wirklich, dass ich sterbe."

Meine letzten Worte an dich, und du hast sie geglaubt. „Es tut mir leid."

Mühsam drehte er sich zu ihr um.

„Dann bin ich ohnmächtig geworden und du," Emily atmete tief durch, „du hast diese Sphäre hier erschaffen, in der dich die Zeit nicht mehr erreichen konnte. Du warst abgetrennt von allem. Duncan hat dich an eine Leine gebunden, damit du nicht ganz verschwindest."

„Sun? Natürlich."

War er verärgert? Erleichtert?

„Und jetzt bist du hier, um mich zurückzuholen." Die Distanz in seinen Worten war wie ein Schlag. „Zurück ins Leben, hm?"

„So ist es", erwiderte sie kühler als beabsichtigt. Kurz schloss sie die Augen. „Ich habe dich vermisst."

„Ach Emily!"

Schweigend sahen sie einander an, verbunden in Traurigkeit.

Wie bloß sollte sie ihn vor die Entscheidung stellen, die Ambrosia von ihm forderte?

„Nicht Ambrosia", sagte er leise. „Diese Verantwortung trage ich allein. Ich kenne meinen Spielraum."

Sie konnte nichts sagen. Dabei war sie es, die hier stark sein musste!

Er räusperte sich. „Von wie vielen Wochen reden wir eigentlich?"
„Etwa drei Monate", sagte sie. „Haiowatha musste mich erst zusammenflicken. Es war ziemlich viel kaputt."

„Autsch. Das tut mir sehr leid. Ich hätte dich da nie reinziehen dürfen. Das alles war es nicht wert."

„Unsinn. Ich lebe. Mir geht es gut. Das Universum hat eine Sorge weniger. Von den Schmerzen habe ich nicht viel mitbekommen, Haiowatha hat mich im Koma gehalten. Nein ...", sie trat so dicht an die Sphäre wie möglich. „Das alles wäre nur dann nichts wert gewesen, wenn du das hier durchziehst. Wenn ich dich verlieren würde. Und für Duncan spreche ich auch, nur damit du es weißt."

„Hältst du mich für einen Wurm?" Immo näherte sich ihr. „Was soll das? Glaubst du, ich mache es mir leicht? Bist du wirklich so ... so *jung?*"

Er winkte ab, als sie den Mund öffnete, und drehte sich wieder fort. „Weißt du wirklich nicht, wie es in mir aussieht?"

Emily versteifte sich, als die Wucht dessen sie traf, was er zu ihr schickte. Ein schwarzes Loch wollte alle Hoffnung aus ihr heraussaugen und dann jedes andere Gefühl, alle Wärme und alles, was sie je mit Leben verbunden hatte. Ihr Impuls war, sich zu wehren.

Und genau das war es, was Immo seit einer halben Ewigkeit tat: um sich selbst kämpfen.

„Ich kann nicht mehr."

Sie konnte ihn kaum verstehen. Er schloss die Tür zu seinem Inneren wieder. „Es tut mir leid."

„Entschuldige dich nicht."

„Ich kann nicht mehr, Emily."

„Ich weiß. Ich weiß es doch!"

Wo war sie jetzt, die Kraft der Sonne? Die Kraft ihrer alten Seele, die doch für einen Anfang stand und nicht für Abschied?

„Du willst sterben, aber du kannst nicht. Du darfst nicht. Das ist furchtbar!"

„Es gibt Schlimmeres oder habe ich da etwas falsch verstanden?"

„Spar dir deinen Zynismus. Du weißt, dass ich es so meine."

„Trotzdem wäre es leichter, wenn ich keine Freunde hätte."

„Und deshalb pampst du mich an, ja? Nett."

Darauf erwiderte er nichts mehr.

„Kann ich denn gar nichts tun?", fragte Emily sanfter als zuvor.

Ein Funken kehrte in Immos Augen zurück. „Du kannst meine Seele von mir trennen und dann die Verbindung zu dieser Sphäre lösen, damit ich endlich meine Ruhe habe."

„Aber ..."

„Tu es!", schrie er heraus. Um ihn herum erschienen Schmetterlinge und verpufften in dem Feld aus zuckenden Blitzen, das den Traumfänger plötzlich umgab.

„Einfach so?"

„Nicht einfach so!" Er griff einen Felsbrocken aus der Luft und schmetterte ihn zu Boden, wo er zerbarst. „Nichts hast du begriffen. Gar nichts!"

„Hör auf!", brüllte sie zurück. „Du hattest tausende Jahre mehr Zeit, dich selbst zu bedauern."

„Ich habe mich nicht ..." Abrupt hielt er inne und schien in sich zusammenzufallen. Sein Zorn brach. „Bitte", flüsterte er.

„Ich glaube, dass du einen Fehler machst", sagte sie. „Schau dich doch an, es ist so viel Leben in dir. Du bist so zornig ... so verletzt... und so, so viel mehr! Glaub mir, ich kann es beurteilen. Ich habe dich wochenlang gar nicht gespürt. Und jetzt – ernsthaft – du fühlst dich an wie ein Unwetter. Aber Immo ... das Unwetter kannst du sterben lassen! Das ist nicht deine Wahrheit, weißt du das denn nicht?"

„Ach? Und du kennst sie, meine Wahrheit, ja?"

Es war ein Zittern hinter seinen Worten, kaum greifbar. Ohne darüber nachzudenken, wie, beschwor Emily Bilder für ihn herauf. Einen blühenden Rosenstock. Duncan, wie er sich zu ihm beugte, um ihn zu küssen. Und schließlich ...

„Entscheide dich fürs Leben, dann finden wir es heraus."

Sie selbst stand neben ihm in seiner Sphäre, hochschwanger.

Immos Atem stockte.

„Ich werde es nicht tun", sagte Emily. „Es wäre falsch. Wenn du also sterben willst, dann musst du es selbst erledigen. Hier und jetzt – ich werde zusehen."

Fast glaubte sie, dass er sie nicht gehört hätte. Doch schließlich drehte er sich zu ihr. „Ich kann es nicht selbst tun", sagte er. „Weil ich nicht weiß, wie. Es ist süß, dass du es glaubst – aber diese Blase hier, die hast du geschaffen, nicht ich. Du bist es, die dieses Mitgefühl in sich trägt. Du wolltest mich davor bewahren, weiterzuleben, wenn du tot bist. Wenn ich also hier und jetzt sterben will, muss ich mir was anderes einfallen lassen."

Er wartete, bis er sah, dass sie begriff. „Ich weiß, dass du sie wahrhaftig kennst, meine Wahrheit. Ich weiß, dass du um mich weißt und um das, was meine größten Ängste sind. Du bist die alte Seele, die mich länger kennt als ich mich selbst."

Immos Blick schien jedes Detail von ihr in sich hineinsaugen zu wollen. Dann sank er auf die Knie. „Geh jetzt", sagte er und beugte sich nach vorne. Seine Haare fielen wie ein Schleier.

Emilys Puls beschleunigte sich. „Was willst du tun?"

„Geh!", wiederholte er, drängender jetzt. „Sofort!"

„*Emily?*" Das war Duncan. „*Emily, wo auch immer du bist – mach, dass du da wegkommst!*"

Doch sie konnte sich nicht lösen von der schwarz gekleideten Gestalt, die sich wie eine Schnecke zusammenzog, um in ein viel zu kleines Versteck zu kriechen.

„*Emily?*" Der Schrei des Kriegers kam kaum noch gegen das Dröhnen des Raumes an. Die Hülle der Sphäre fing an, zu pulsieren.

„*Emily! Traumfänger, schick sie fort!*"

Mit letzter Anstrengung hob Immo noch einmal den Kopf.

„Verschwinde!", hallte seine Stimme durch den Raum. Dann riss er seine Arme auseinander und streckte sie gen Himmel.

Die Explosion der Sphäre traf Emily mit Wucht. Gleichzeitig wurde sie nach hinten gerissen, fort von hier.

Das letzte, was sie sah, waren Millionen Splitter, in denen sich das Licht in Millionen Regenbogen brach.

Hart prallte sie auf dem Boden auf. Sekunden später war Duncan bei ihr.

„Emily. Bist du verletzt? Komm hier rüber. Setz dich, los."

Er schob sie zu den Stufen ihres Wohnwagens, hockte sich vor sie und vergewisserte sich, dass sie keinen Kratzer davongetragen hatte. Dann umarmte er sie.

„Was ist passiert?", fragte sie benommen. Ihr war, als tauchte sie aus einem Albtraum auf.

„Dasselbe wollte ich dich fragen", sagte er. „Wenn ich dich alleine lassen kann, gehe ich und sehe nach."

Sie wollte nicht alleine bleiben, aber noch weniger ertrug sie die Unsicherheit. Duncan sprang auf und verschwand.

Die Luft war erfüllt vom Duft sterbender Rosen: Es wurde Herbst. Emily fröstelte. Dann trafen sie die ersten Tropfen. Warmer Regen fiel auf sie herab. Er schmeckte nach Salz.

Doch der Himmel war klar und voller Sterne. Ein silbriges Netz schob sich in ihr Blickfeld und verblasste. In ihrer Brust wuchs ein schimmerndes Licht.

„Wieso sitzt du hier draußen? Es ist doch viel zu kalt."

Die Welt verschwand hinter grünen Augen. Ungläubig tasteten ihre Finger nach Immos Gesicht, legten sich auf seine warmen Lippen.

„Einsperren konntest du dich nicht, befreien aber schon?"

„Versteckte Qualitäten." Er lächelte. Erst jetzt bemerkte Emily durch all den Regen die Tränen, die seine Wangen hinunterströmten.

Immo küsste sie. „Das ist dein Werk", hauchte er dicht an ihrem Ohr. „Echte Tränen. Über 2000 Jahre und jetzt kann etwas Neues beginnen."

Emily umarmte ihn. „Tränen sind ein gutes Omen."

„Wir sollten reingehen", sagte er und zog sie hoch. „Es ist viel zu ungemütlich hier draußen."

„Ich würde ja", sagte sie und lachte. „Aber ich habe meine Schlüssel vergessen."

Kurz stutzte er, dann drückte er sie an sich. „Ich liebe dich", sagte er, und noch einmal, beschwörend: „Ich liebe dich so sehr!"

Am anderen Ende der Welt verlor sich das Gesicht, das seit Jahren keine Sonne gesehen hatte, auf dem weißen Kissenbezug. Miso begriff nicht.

War der Tod eine Lüge?

Erinnerungen konnten scharf wie Scherben sein oder sich hinter einem Rußschleier verbergen.

„Bleibt weg", hauchte Miso und wischte durch die leere Luft. „Bitte ... bleibt weg."

Seit Immo zurück war, enterten Bilder Emilys Schlaf, die mit normalen Träumen nichts zu tun hatten. Wie ein Wetterleuchten flackerten sie auf und verblassten. Nacht für Nacht wachte sie davon auf. Nacht für Nacht vergaß sie die Details schon nach Sekunden. Wie bei Steinen, die ins Wasser fielen. *Der erste war braun, der zweite rund* – das war alles.

Heute jedoch ...

Ein grüner Hügel. Riesige Schwingen. Blaues Feuer.
Zwei Männer im Bett. Einer von ihnen Patricius.
Menschen voller Risse, aus denen Licht brach, in einer U-Bahn.
Ein asiatischer Tempel. Ein Gesicht, zart wie das einer Porzellanfigur.
Ihr Wohnwagen.
Nebel. „Miso! Komm zurück, Miso!"
Lodernde Wälder.
Trümmer eines Gebäudes. Hubschrauber.
Eine graue Katze: Kleopatra.

Kleopatra. Zuletzt hatte sie ihre Katze in jener Dimension gesehen, in die ihre tote Mutter sie gelockt hatte. Dann diese Stimme, die nach jemandem rief? *Miso?* Diese Stimme war das einzige Geräusch im Wetterleuchten.

Patricius. Im Bett mit einem Mann? Im Bett mit irgendwem? Nun.

In ihrem eigenen Bett war es kühl. Immo war nicht da. Sie lebte noch nicht lange genug mit ihm, um seine Gewohnheiten zu kennen. Neben ihr liegenzubleiben schien nicht dazuzugehören. Nicht mehr jedenfalls. Oder vielleicht: noch nicht wieder. Der Traumfänger wirkte bisweilen, als sei nur sein Körper zurückgekehrt. Wobei ... Emily schlug die Decke zurück. Vermutlich waren bloß Duncan oder Brenda unterwegs und Immo musste sie kraft seiner Gedanken schützen. Jedenfalls würde sie ihn erst später fragen können, was er von der Sache hielt.

Sie setzte sich an ihren Schreibtisch und schlug ihr Notizbuch auf. Für jedes Detail nahm sie sich Zeit, um nicht zu schnell fertig zu werden. Es war Nacht. Sie war alleine, wach und würde nichts weiter zu tun haben – Ablenkungsmanöver sinnlos.

Immo in der Sphäre aus erstarrter Zeit. Die Leere in ihr, als habe er nie existiert.

Ja, er hatte sich von ihr überreden lassen, dem Leben noch eine Chance zu geben. Ja, er freute sich darüber, dass sie schwanger war.

Aber er war so müde! Täglich sah sie es ihm mehr an.

Sie bräuchten mehr Zeit dafür, diese Geschichte zu verarbeiten! Mehr Zeit, Pläne für ihre eigene Zukunft, für ihr Zusammensein zu schmieden. Zwei Wochen waren erst um – für sie schon ein Witz, für ihn nicht mal ein Lidzucken. Und über allem schwebte die Frage, ob es wirklich vorbei war.

Wo bist du?

Durch den Nebel trat sie hinaus in die Zwischenwelt. Es regnete. Die Tropfen funkelten in allen Farben des Regenbogens, doch Emily suchte den Traumfänger.

Bewegungslos saß er mit dem Rücken zu ihr auf einem Felsen am Ufer. Sie trat leise an ihn heran und schlang die Arme um ihn. Sein Körper versteifte sich. „Entschuldigung", murmelte sie.

„Schon gut. Ich habe nicht mit dir gerechnet. Ich dachte, du schläfst." Er küsste die Innenflächen ihrer Hände. „Sun und Brenda sind zusammen unterwegs. Ich passe ein bisschen auf."

„Störe ich dich? Warum bist du nicht drinnen geblieben?"

Er drehte sich zu ihr um. „Du störst nie. Mir war langweilig. Ist hier nicht besser, gebe ich zu. Sie sind ein eingespieltes Team." Er schluckte hinunter, was er noch hatte sagen wollen: *Ich bin dabei vollkommen überflüssig. Aber neben dir zu liegen macht mich wahnsinnig.* „Sie sprechen mit Schattendrachen. Brenda macht das ständig, für sie gehört es dazu. Und Sun …"

„… hat ein Schwert." Emily lachte.

Immo rückte zur Seite, damit sie sich zu ihm setzen konnte. „Es überrascht mich, dass du deinen Schlaf unterbrichst. Erzähl mal – Albträume hattest du nicht."

„Tatsächlich nicht." Sie reichte ihm ihr Notizbuch. „Ich glaube, dass es überhaupt keine Träume waren. Es fühlt sich anders an. War übrigens nicht das erste Mal heute Nacht, es geht schon seit ein paar Tagen so."

Immos Stirn legte sich in Falten, als er die Seiten durchblätterte. Besonders lange blieb er an der Skizze des Tempels hängen. In die obere Ecke hatte Emily dies Gesicht gemalt, das feine Porzellanantlitz. Er schlug das Buch zu. „Du kannst wirklich gut zeichnen."

„Danke. Was hältst du davon?"

Kaum merklich war sein Zögern, ein leicht gedehntes Atemholen. „Du hast recht, das ist anders."

Zu einer Erklärung kam er nicht mehr, denn neben ihnen verwirbelten die Regenbogentropfen und Duncan stürzte aus dem Nichts. Sein Körper stand in Flammen.

„Fuck!", schrie Emily.

Sie und Immo schnellten gleichzeitig in die Höhe.

„Ja, fuck! Verfluchte Mistviecher!"

Duncan verließ die Zwischenwelt und hechtete im Diesseits ins Wasser. Es zischte, als die Hitze auf seiner Haut herunterkühlte. Seine Aura jedoch leuchtete unverändert feuerrot. Noch während er zurück in die Zwischenwelt wechselte, schnauzte er Immo an. „Wo warst du, verdammt nochmal?"

Doch zunächst sorgte Brenda dafür, dass der Regen erneut verwirbelte. Ihre Wut schien genauso Gestalt zu gewinnen wie ihr Körper. „Was sollte das denn?", rief sie. „Ich hatte sie gerade so weit, und du benimmst dich wie ein Anfänger!"

„Du hattest sie gerade so weit? Sie haben mich geröstet!"

„Herrje!" Die Hüterin der Drachen winkte ab und wandte sich an Immo. „Dich betrifft das genauso! Wenn Duncan tatsächlich irgendeinen Plan hatte, dann hätte er deinen Schutz gebraucht. Ohne deinen Schild brennt er. Und ich habe keine Ahnung, wieso ich dir das erklären muss!"

Der Traumfänger öffnete den Mund und schloss ihn wieder. Welche Rechtfertigung hätte er auch vorbringen sollen? Stumm reichte er dem Krieger Emilys Notizbuch, die Seite mit dem Tempel aufgeschlagen.

„Woher kommt das?", fragte Duncan.

„Sie hat es gesehen."

Duncan fixierte Emily. „Wo hast du ausgerechnet dieses Gebäude gesehen? Wieso siehst du diesen Mann?"

„Im Schlaf. Das geht seit ein paar Tagen so."

„Im Schlaf?" Er zog die Augenbrauen zusammen. „Du meinst, du hast davon geträumt?"

„Nein. Nicht geträumt", sagte Immo.

Duncan schaute ihn scharf an. „Soll ich jetzt glauben, dass du deshalb nichts damit zu tun hast? Wenn sie Dinge sieht, die niemand zu erzählen hat außer mir?"

„Hör auf, dich so aufzuspielen!", versuchte Brenda noch einmal, seine Aufmerksamkeit auf sich zu ziehen. „Bleib beim Thema! Du wusstest, dass die Drachen jeden prüfen, der mit ihnen sprechen will. Ich muss dir das nicht extra erklären – deine Worte."

Der Krieger reagierte nicht. Stumm schüttelte er den Kopf, während er weiter Immo ansah.

„Natürlich habe ich damit nichts zu tun", sagte der Traumfänger schwach. „Weißt du das denn nicht?"

Duncans Schultern sanken hinab. „Nein, offenbar nicht. Nicht mehr."

Er wich zurück und verschwand.

Der Traumfänger und Emily standen da wie vor den Kopf gestoßen. Brenda schleuderte ihr Schwert auf den Boden und schrie in die leere Luft hinein. „Bleib hier! Komm sofort zurück! Traumfänger, wo ist er hingegangen? Ich bin noch nicht fertig mit ihm!"

„Ich weiß, wo er ist", erwiderte Immo und starrte auf die Stelle, an der Duncan verschwunden war.

„Sag mir, wo! Ich hole ihn zurück!"

Immos Anspannung löste sich. „Das kannst du nicht. Aber ich werde ihn holen. Macht euch keine Sorgen."

Ohne weitere Erklärungen verschwand auch er.

„Was für ein Theater." Brenda hob ihr Schwert wieder auf und kickte einen Stein beiseite. „Was soll's, wir haben Zeit, nicht wahr? Lass uns reingehen. Ich will alles über das Baby wissen."

„Seit gestern hat sich nichts geändert, aber bitte." Emily hakte sich bei der Kriegerin unter und ging mit ihr zurück in den Wohnwagen. Dort ließ Brenda sich in den Sessel fallen, streifte ihre Stiefel ab und streckte beide Beine von sich. „In der Schwangerschaft ändert sich ständig was", sagte sie.

„Stimmt. Übelkeit kommt, Übelkeit geht. Über alles andere musst du Immo befragen."

„Ach so? Nimm's mir nicht übel, aber das klingt etwas verbittert."

„Wieso? Er behauptet ständig, dass er weiß, wie es dem Baby geht."

„Er ist der Traumfänger." Brenda schnippte etwas Unsichtbares von ihrem Hosenrock. „Das gehört bei ihm dazu."

„Schon klar." Die Gläser klirrten aneinander, als Emily sie aus dem Schrank nahm. „Ich bin es, die schwanger ist, oder etwa nicht? Manchmal nervt es mich dermaßen! Es ist fast, als ..." Sie verstummte und öffnete den Wasserhahn.

„Was?" Brenda stand auf und nahm ihr die Gläser ab. „Als hätte Immo eine tiefere Verbindung zu dem Kleinen, obwohl du seine Mutter bist?" Sie roch nach frischem Heu, und ihr weicher, starker Körper war wie eine Einladung. Emily lehnte ihre Stirn an Brendas Brust und schrie ihren Frust heraus, kurz und laut.

„Gut so, Liebes. Immo könnte einfach mal den Mund halten, stimmt. Einigen wir uns darauf, dass er ein Esel ist."

„Ich bin ja auch nicht besser. Als ob das wirklich so ein Drama wäre! Er ist hier, er will leben! Ich sollte dankbar und glücklich sein und ihn unterstützen. Stattdessen rege ich mich über so einen Scheiß auf!"

„Das Problem löst sich eh von ganz alleine. Du wirst dein Baby selbst spüren und damit hat sich die Sache erledigt. Und was du fühlst, das fühlst du nun mal."

„Findest du? Ich verabscheue mich selbst, kannst du dir das vorstellen? Hormone sind das Letzte."

Brenda lachte. „Schluss jetzt! Gib mir lieber einen Schnaps, ich will mir eine Pfeife anmachen."

Halb getröstet stimmte Emily ein. „Von wegen! Du kannst Wasser haben. Von mir aus Tee. Geraucht wird hier drinnen nicht, wie du weißt."

„Herrje, ich hoffe, das sind auch nur die Hormone. Ansonsten wirst du wohl auf meine Besuche verzichten müssen."

„Besten Dank." Ein wenig besser gelaunt setzte Emily sich aufs Bett und zog ein Kissen vor ihren Bauch. „Erzähl mir endlich, was das für ein Abenteuer war. Ist ja wohl in die Hose gegangen. Schattendrachen? Was wolltet ihr von denen?"

Brenda wurde ernst. Sie ließ sich vorne auf der Kante des Sessels nieder und stellte die Gläser auf Emilys Nachttisch. „Naja. – Wenn man weiß, wie man mit ihnen umgehen muss, haben sie viele Antworten." Sie verfiel in stummes Brüten und Emily setzte schon an, selbst etwas zu sagen, als die Kriegerin doch weitersprach.

„Im Gegensatz zu anderen Drachen sind Schattendrachen sowohl im Licht als auch in der Dunkelheit zuhause. Und da Huang Lung schläft, seit der Traumfänger zurück ist, dachte ich mir, es könnte nicht schaden …" Sie schüttelte den Kopf. „Wir suchen immer noch nach … Balor haben wir zerstört, das schon."

Emily vergrub ihre Fingernägel in den Handballen. „Aber Jeremy ist nur verschwunden."

Brenda nickte. „Niemand hat deinen Vater seit dem Kampf an der Festung gesehen oder sonst wie wahrgenommen. Auch Immo nicht, und er hat eigentlich die besten Voraussetzungen dafür."

„Nenn ihn nicht meinen Vater. Immo sucht nach ihm?"

„Natürlich tut er das. Es wäre fahrlässig, ihn nicht zu beteiligen."

„Ich dachte, ich wäre die Einzige, die merkwürdig findet, dass er einfach weg ist."

„Wie kommst du denn darauf?" Die Drachenfrau griff nach einem Glas, stellte es aber wieder ab, ohne zu trinken. „Alle sind verunsichert. Du bist die Einzige, mit der ich noch über andere Sachen reden kann. Bei den anderen gibt es kein anderes Thema mehr – und sie riechen nach Furcht, wenn du mich fragst. Immo weigert sich, seiner Intuition zu trauen. Eigentlich ist er derjenige, der weiß, ob sich was zusammenbraut. Zurzeit hat er nur schlechte Laune und hüllt sich in Schweigen. Ich würde ihm ja vertrauen, genauso wie Duncan. Aber er spürt wohl, dass Ambrosia ihm noch übelnimmt, dass er nicht gutgelaunt zurückgekehrt ist. Patricius verbreitet wüste Theorien und Malaika schwebt in ihren eigenen Sphären. Ich sage dir, diese Geschichte ist noch nicht vorbei!"

„Hm. Wäre schön, wenn mit mir auch mal jemand darüber sprechen würde." *Vor allem du, Immo!*

„Das tu ich doch grade."

Emily biss sich auf die Unterlippe. Ihre nächste Frage kam zögerlich. „Wie geht es Albuin?"

„Schläft immer noch keine drei Stunden am Stück. Kann sein Fläschchen alleine halten. Dass ausgerechnet du ständig nach ihm fragst ..."

Behutsam legte Emily das Kissen zur Seite. Musste sie wirklich betonen, wie schwer es ihr fiel, gegenüber dem alten Heiler positive Gefühle zu entwickeln? „Ich denke, dass es richtig ist, wie es ist. Es wäre nicht gut gewesen, ihn zu töten."

Brenda schnaubte. „Es gibt wahrlich vieles zwischen einer Exekution und einem Leben an Malaikas Brüsten."

„Ich glaube nicht, dass es für Immo viel mehr Alternativen gab."

Der Mund der Kriegerin klappte mehrmals auf und zu, dann sprang sie auf. „Ich koche uns einen Tee."

„Und schon wieder spricht jemand nicht weiter mit mir."

Der Wasserkocher landete unsanft auf der Ablage neben dem Spülbecken.

„Sorry", sagte Emily, „aber ist doch so."

„Unsinn! Davon abgesehen könnten wir auch mal über deine eigene Schweigsamkeit reden. Dir geht es seit Tagen nicht gut. Irgendwas belastet dich. Wie wäre es also, wenn du selbst mit dem Sprechen anfängst? Du weißt, wer du bist, oder? Blas weiter Trübsal, ist mir egal. Ärgere dich, aber ärgere dich leise. Andere Leute anzumachen, weil man schlechte Laune hat, läuft bei mir nicht."

Emily blieb die Luft weg. Als die Kriegerin weitersprach, klang sie versöhnlich. „Ich verschwende weder Zeit noch Worte an Menschen, die mir egal sind. Und ich finde, du hast es nicht nötig, zu leiden. Ich höre dir gerne zu, alte Seele, und ich bin mir sicher, dass du auch Immo alles sagen kannst. Vielleicht antwortet er nicht sofort, aber auch er hört dir zu. Alles ist besser als Schweigen."

Emily saß still, dann streckte sie trotzig ihren Oberkörper. „Ich will erstmal wissen, ob ihr was herausgefunden habt. Oder war euer Ausflug völlig umsonst?"

Diesmal schwieg Brenda, bis Emily seufzte. „Ich habe keine Ahnung, wieso ich nicht mit Immo sprechen kann. Es geht nur uns beide was an. Bitte, erzähle mir lieber mehr von den Drachen."

„Du bist eine harte Nuss, meine Liebe." Brenda sah hinaus in den Nebel und schien ihre Worte zu wägen. „Nun gut. Ich war mir von Beginn an nicht sicher, ob ich mich heute auf Sun verlassen kann. Er wirkte nicht fokussiert. Deshalb war ich aufmerksamer als sonst und habe schonmal vorgefühlt. Oft befinden sich Bruchstücke einer Antwort bereits im Kopf, bevor die Entscheidung fällt, ob man überhaupt antworten will. Die Schattendrachen haben mir Informationen geliefert, als sie noch überlegt haben, was sie mit Duncan machen sollen."

Emily wartete. Als nichts mehr kam, beugte sie sich vor. „Ich höre."

„Sie spüren die Unruhe genauso wie wir. Sie kennen aber auch die Namen derer, die zurzeit an der Grenze zwischen Licht und Schatten lauern." Brenda bemerkte Emilys fragenden Blick. „Es gibt Wesen, die normalerweise im Jenseits existieren, aber auch ins Diesseits wechseln können. Das bedeutet nie etwas Gutes. Erinnere dich an Balors Geschichte – er hat viel Unheil angerichtet unter den Lebenden. Aktuell denken die Schattendrachen aber an Anrasati. Dämonen. Sie sind mindestens so mächtig wie Balor und intelligent. Sie besetzen Körper und Geist von Menschen und verschaffen sich so Einfluss im Diesseits. Wir haben lange nichts mehr von ihnen gehört. Außerdem ist Hypnos im Kopf der Drachen. Der Meister des traumlosen Schlafes. Er kann den Zugang der Träume ins Unterbewusstsein eines Menschen versperren. Der Schlaf wird dann nutzlos. Wer nicht träumt, wird anfällig für Dämonenangriffe. Die Anrasati haben schon häufiger mit Hypnos zusammengearbeitet. Wenn er ihnen bloß genug verspricht, akzeptieren sie ihn sogar als ihren Anführer."

Brenda betrachtete ihre Füße, bevor sie weitersprach. „Es gibt da einen Namen in den Schattendrachen, den ich nicht kenne. Aber er ist sehr – präsent. Wie ein ständiges Flüstern im Hintergrund. Tja." Sie hustete gekünstelt. „Aber leider fand es jemand wichtiger, sich einzumischen. Duncan hat es verbockt. Eine zweite Chance wird es so schnell nicht geben."

„Was ist das für ein Name?"

„Miso. Nur Miso. Nicht mit dem Licht verbunden, nicht mit der Dunkelheit. Und, wie gesagt, vollkommen unbekannt."

„Miso? Miso ..." Emily kniff die Augen zusammen. „Wieso, glaubst du, hat Duncan sich eingemischt?"

„Ha! Weil er ungeduldig war. Er beißt sich vollkommen an Jeremy fest. Eigentlich weiß er, dass Schattendrachen jeden prüfen, der mit ihnen sprechen will. Vielleicht dachte er, dass das für ihn nicht gelten würde, obwohl ich eher glaube, dass er sie überrumpeln wollte, um der Prüfung zu entgehen. Die Folgen hast du mitbekommen. Und für mich war es danach auch vorbei. Schattendrachen schätzen es nicht, wenn jemand einen Unwürdigen zu ihnen bringt."

„Unwürdig? Duncan? Was zum Teufel soll das für eine Prüfung sein, die Duncan nicht bestehen kann?"

Das Gesicht der Kriegerin blieb ausdruckslos. „Deine Ahnungslosigkeit überrascht mich. Du kannst ihn kaum beachtet haben in letzter Zeit. Guck nicht so. Ich weiß, dass er genauso wenig mit seinen Gefühlen hausieren geht wie du. Trotzdem." Sie schloss die Augen und strich sich erneut über die Stirn. „Vergiss das. Es ist eine Prüfung, die er nur bestehen kann, wenn er genug Vertrauen in sich trägt."

„Vertrauen? Was für Vertrauen?"

„Einfach Vertrauen. Vertrauen ins Leben, auch in sein eigenes." Brenda zögerte. „Vertrauen in die Menschen, die er liebt."

„Scheiße", flüsterte Emily.

Die Kriegerin nickte. „Dass Immo tatsächlich bereit war, seine Existenz zu beenden, hat Duncan völlig erschüttert, und das ist vorsichtig ausgedrückt. Selbst als – naja – als sie nicht zusammen waren – eigentlich komplett zerstritten –, war immer klar, dass der Traumfänger trotzdem mit ihm verbunden ist. Ihn fast verloren zu haben – du kennst das Gefühl von dir selbst. Multipliziere es mit der Unendlichkeit."

„Ganz sicher nicht!" Emily griff nach dem Kissen, um ihr Gesicht darin zu verbergen. Im nächsten Augenblick jedoch fiel es ihr wie Schuppen von den Augen. „Miso!" Sie sprang auf und griff nach ihrem Notizbuch. „Ich kenne den Namen! Oder besser, ich habe ihn vorhin im Schlaf gehört. Nicht im Traum, nur im Schlaf. Hier, ich habe es aufgeschrieben."

Brenda nahm Emilys Aufzeichnungen, blätterte, schwieg, blätterte. Als sie aufblickte, war ihr Gesicht versteinert.

„Das muss sofort zu Ambrosia. Wenn die beiden wieder auftauchen, könnt ihr nachkommen. Ruh dich bis dahin ein bisschen aus. Die Nacht ist noch nicht vorbei."

Duncan stand auf einer steinernen Brüstung und blickte hinaus auf ein Meer. Vor ihm ging es steil in die Tiefe. Dort unten donnerten Wellen auf nackten Felsen. Ein strammer Wind wehte, und die weite Hose des Kriegers flatterte. Seine Stimme übertönte den Sturm.

„Jetzt kommst du? Nach so langer Zeit? Um dich zu streiten?"

„Ich habe den Streit nicht angefangen."

„Ach ja?" Duncan drehte sich um und sprang von der Brüstung. „Aber streiten willst du. Es ist dir wohl noch nicht gemütlich genug hier."

Immo trat einen Schritt auf ihn zu. „Was meinst du mit ‚ach ja'?"

„Stell das erst ab!"

Der Traumfänger schloss die Augen. Seine Wangen zuckten, entspannten sich dann. Sein Gesicht wurde weich. Der Wind legte sich.

„Gut", sagte Duncan. „Und was ich meine? Es ist dein Streit, du hast ihn angefangen. Genau da, als du mir versprochen hast – versprochen! –, dass du das mit Balor hinbekommst, ohne dich anschließend aus dem Staub zu machen."

Der Traumfänger kniff die Augen zusammen. „Ich habe mich nicht selbst aus dem Staub gemacht."

„Haarspalterei! Deine Entscheidung stand trotzdem fest. Du hättest dein Versprechen gebrochen. Bewusst und wissend, darum geht es hier. Und ich habe keine Lust, mich für den Rest aller Zeit zu fragen, wieviel dein Wort noch wert ist."

„Wirklich? Ich dachte, das hätten wir geklärt. Ich habe mich entschuldigt. Mehrfach. Willst du wirklich noch mehr Rechtfertigungen? Wir haben jetzt Wichtigeres zu tun!"

„Richtig, und es hängt immer noch mit diesem Kampf zusammen. Ich lasse das nicht einfach ruhen. Bis du verstehst, wieso ich weiterstreite."

„Du verstehst es doch selbst nicht!", sagte Immo.

„Siehst du mich zweifeln?"

„Ich sehe dich rumzicken wie ein Weib."

„Wie ein Weib, ja?" Duncan ballte seine Hände zu Fäusten. „Redest du so auch mit Emily? Das würde ich gerne mitbekommen."

Ohne eine Miene zu verziehen trat der Traumfänger näher. Er ließ den Krieger nicht aus den Augen. „Und damit wären wir beim eigentlichen Problem, oder?"

Duncan atmete flach, hielt Immos Blick aber stand. „Was sollte daran ein Problem sein? Ihr kriegt ein Kind zusammen. Glaubst du, ich bin eifersüchtig?"

„Nein." Immos Fingerspitzen glitten von Duncans Stirn über seinen Hinterkopf, an der Schulter nach vorne, die glatte Brust hinunter, und verharrten kurz unter dem Bauchnabel. „Ich glaube, dass du rasend bist vor Eifersucht." Er trat so nahe an Duncan heran, dass der seine Wärme spüren konnte. „Du hast dich von den Schattendrachen verbrennen lassen vor lauter Eifersucht." Nur noch ein Flüstern waren seine Worte. „Du stinkst nach Eifersucht. Was daran ein Problem sein soll? Hältst du mich für blöd?"

„Emily ist nicht Patricius."

„Genau." Immos Hand fiel tiefer, doch die Hand des Kriegers schoss vor und hielt sie fest. Der Traumfänger schüttelte ihn ab und zog sich zurück. „Dass du die zwei zusammen denken kannst! Emily ist mit uns beiden verbunden, wieso ist dir das so egal? Mit uns beiden! Ich liebe sie – was tust du? Ich weiß, dass dir das klar ist. Alles. Sieh mich an!"

„Es ist mir klar", stieß Duncan hervor. „Ganz sicher ist es mir nicht egal. Aber es brennt schlimmer als das Feuer der Schattendrachen."

Immo schloss die Augen. „Damit kann ich arbeiten", sagte er. „Ich habe dich zu wenig beachtet, seit ich zurück bin. Bitte – lass das nicht zwischen uns kommen. Ich möchte, dass nie mehr etwas zwischen uns kommt."

Erneut trat er vor und streichelte Duncans Gesicht, streifte seinen Mund mit seinen Lippen.

„Warum nicht?", fragte der Krieger, legte seine Hand auf Immos Brust und stieß ihn zurück. Leicht nur, beinahe spielerisch.

Immo griff nach ihm und drehte ihn grob mit dem Gesicht zum Ozean.

„Mach die Augen auf", flüsterte er heiser, während er bereits das Seil löste, das die Hose des Kriegers auf den Hüften hielt, und bei sich selbst Knopf und Reißverschluss öffnete. Duncan keuchte und stützte sich auf die Steinbrüstung. Seine Fingerknöchel wurden weiß, als Immo den Arm um seine Brust schlang und sich an ihn presste. Er drang in den Krieger ein und stieß so heftig zu, dass der zusammenzuckte. Doch dann fanden sie den Takt des Ozeans, und sein Wasser leuchtete blau.

Im Halbschlaf hörte Emily die Tür ihres Wohnwagens. *Irgendwas war gerade mit Duncan gewesen.*

Der Duft des Meeres schmiegte sich an sie, bevor Immo neben ihr auf die Matratze glitt.

Sie hatten sich geküsst. Auf eindeutige Art und Weise.

„Verwirrend", murmelte sie, kuschelte sich an den Traumfänger und schlief wieder ein.

Ein höhnisches Lachen erklang. Anstelle von lichtdurchflutet und freundlich wirkte Ambrosias Halle kalt und düster. Ganz hinten, auf einem golden glänzenden Thron, saß Jeremy Spring.

„Ahnt ihr allmählich, wie mächtig ich bin?"

Er zog an einer Kette. Aus den Schatten kroch ein Kind: nackt, mit verfilzten Haaren und dreckigen Füßen. Als Jeremy es unsanft hochhob und auf seinen Schoß setzte, wimmerte es. Er beugte sich hinab und presste seinen Mund auf den des Kindes. Dem Ersticken nahe wand es sich hin und her. Jeremy zog den kleinen Körper dichter an sich.

„Aufhören!", wollte Emily schreien, doch sie brachte keinen Laut heraus.

Stattdessen fand sie sich in Immos Armen wieder.

„Schschsch." Er wiegte sie und streichelte ihre Haare. „Alles ist gut."

Emilys T-Shirt klebte an ihrer Haut. „Nichts ist gut! Er ist noch da. Und er kommt zurück."

„Ich weiß. Es tut mir leid. Ich wünschte, wir könnten es noch eine Weile ignorieren." Immo ließ sie los.

„Wieso tut dir das leid?", fragte Emily. „Es ist ja nicht deine Schuld. Und Wegdrücken hilft nicht. Also erzähl' schon! Das eben war wieder kein Traum - was war es dann? Dasselbe wie vorhin?"

„So genau weiß ich es auch nicht. Ich dachte erst an eine Art Vision, aber das trifft es nicht ganz." Er sah an ihr vorbei an die Wand. „Als wäre die Zeit zerbrochen."

„Was meinst du damit? – Immo?"

„Hm? Entschuldige." Sein Blick kehrte zurück zu ihr. „Die Zeit ist nicht mein Spezialgebiet. Als ich vorhin gekommen bin, habe ich mir nochmal angeschaut, was du gesehen hast. In deiner Erinnerung. Ich weiß." Er hob seine Hand. „Ich sage immer wieder, dass ich es nicht tue, und dann tue ich es doch."

„Ich habe nichts gesagt."

„Dein Blick schon."

„Vergiss es einfach. Sag mir, was du denkst."

Immo verließ das Bett und nahm eine Tasse von Emilys Regal. Er hielt sie mit einem Finger am Henkel und ließ sie baumeln. „Zeit", sagte er.

„Pass auf damit! Ich liebe sie."

„Ich weiß. Stell dir vor, mein Finger hätte plötzlich keine Kraft mehr."

„Ich stelle es mir vor."

„Sie fällt runter und zerbricht."

„Du spielst mit meinen Nerven."

„Wenn du dir Scherben aussuchen könntest, die du behalten willst –, welche wären das?"

„Ich will die ganze Tasse behalten. Kannst du das mal erklären, ohne es noch komplizierter zu machen?"

Immo verzog das Gesicht, warf die Tasse in die Höhe, fing sie auf, stellte sie zurück ins Regal, lehnte sich gegen die Spüle und verschränkte die Arme.

„Wir wissen, dass deine alte Seele ein besonderes Verhältnis zur Zeit hat", sagte er. „Du hast alles vergessen, aber du manipulierst sie trotzdem. Und ich glaube, dass es Scherben der Zeit sind, die du dir gegriffen hast. Weil du sie besonders wichtig findest. Wieso es Scherben sind und keine ganzen Tassen, weiß ich nicht. Ich schätze aber, dass wir das noch rausfinden werden."

„Hört sich nicht sonderlich beruhigend an."

„Nein." Seine Stimme verlor den geschäftlichen Klang. Er setzte sich auf den Sessel. „Und ich bin erschöpft. Mit Duncan zu streiten kostet Kraft."

„Mit Duncan zu streiten?"

Es lag etwas Süßliches in seinem Duft. Seine Augen leuchteten heller als in den letzten Tagen. Emily schob ihre Decke zur Seite und schwang die Beine aus dem Bett. „Hältst du mich für blöd? Ihr hattet Sex. Ist mir egal, das weißt du. Obwohl es sowas von abgedroschen ist. Versöhnungssex! Es ist mir egal, verstehst du? Trotzdem kotzt es mich grade maßlos an!"

„Was soll das?", fragte er. „Ich bin nicht deshalb verschwunden vorhin."

„Und wenn schon. Ich würde auch plötzlich verschwinden, wenn jemand da wäre, der mich ficken will."

„Oha." Jetzt kniff er die Augen zusammen und beugte sich vor. „Dafür hast du besser eine gute Erklärung parat."

„Du holst dir doch sonst jede Erklärung, die du haben willst, einfach aus mir heraus."

Immos Finger trommelten auf die Armlehne. Verflucht, sie war wie ein Vulkan, der plötzlich explodierte.

„Wieso willst du nicht mehr mit mir schlafen?", fragte Emily unvermittelt.

„Wieso ich bitte was?" Die Finger verharrten in ihrer Bewegung. „Was redest du denn da? Du bist schwanger. Ob ich will oder nicht steht gar nicht zur Debatte. Oder kannst du mir eine Garantie geben, dass es dem Baby nicht schadet?"

„Dem Baby?" Mit jeder Antwort hätte sie gerechnet, aber das? Dafür zerbrach sie sich jetzt seit zwei Wochen den Kopf? Fassungslos sah sie Immo an. „Über 2000 Jahre! Und du weißt nicht, ob Sex in der Schwangerschaft okay ist? Du willst eine Garantie?" Immer lauter kam es aus ihr heraus, bis sie das Kissen nahm und es ihm ins Gesicht schleuderte. „Das kann nicht dein fucking Ernst sein!"

Er nahm das Kissen und warf es neben sie aufs Bett. „Wenn du meinst", sagte er kühl. „Und jetzt komm! Wir werden bei Ambrosia erwartet."

Im nächsten Moment war er fort. Emily trat gegen den Sessel und sank vor ihrem Bett nieder. *Sprich mit ihm*, haha. Sie schlug mit der flachen Hand auf den Fußboden, stand auf, wusch sich mit kaltem Wasser und suchte sich frische Kleidung aus dem Schrank. Im Moment wusste Emily nicht viel –, aber dass sie nicht kneifen würde, war gewiss. Auf demselben Weg wie zuvor Immo verließ sie ihren Wohnwagen.

In Ambrosias Halle roch es nach Unruhe, obwohl die Anwesenden sich kaum bewegten. Brenda saß zurückgelehnt und rauchte Pfeife. Malaika schaukelte einen Säugling auf den Armen: Albuin, den Heiler. Er hatte jetzt rund drei Jahre Zeit, bis seine exempathischen Kräfte wiedererwachen würden. Dann könnte er Gestalt, Aussehen und Alter wieder wechseln – bis dahin war er von Gedanken an Sühne und Verantwortung befreit. Ambrosia saß mit durchgedrücktem Rücken dich an der Wand. Ihre Miene war starr. Duncan wiederum wirkte vollkommen gelassen. Er hatte die Beine hochgelegt und bearbeitete sein Schwert mit einem Schleifstein. Als Emily sich näherte, stand Immo auf und entfernte sich.

„Großartig", murmelte sie und ließ sich auf den freien Platz neben Duncan fallen. „Kannst du mit dem Quietschen aufhören, bitte? Das nervt."

„Freut mich auch, dass du da bist."

Der Krieger leuchtete von innen heraus. Schon bereute Emily es, sich neben ihn gesetzt zu haben. Die Glut in seinen Augen. Der Geruch, scharf und kraftvoll. Versöhnungssex.

„Ich hasse dich", gab sie zurück und erntete eine gerunzelte Stirn.

„Den Verdacht habe ich schon länger, aber mich würde der Grund für diese plötzliche Offenbarung trotzdem interessieren."

„Mit dir fickt er und von mir will er Garantien."

„Ich korrigiere mich. ‚Ich hasse dich' reicht mir."

Emily warf einen Blick in die Runde. Niemand achtete auf sie.

„Er hat Angst, dass dem Baby was passiert, wenn wir miteinander schlafen", zischte sie Duncan zu. Ruckartig richtete der Krieger sich auf, legte Schwert und Stein vor sich auf den Tisch und drehte sich zu Emily.

„Habe ich irgendwie den Eindruck erweckt, dass ich mir mehr Details wünsche?"

„Komm schon! Ich weiß nicht, was ich tun soll, so lächerlich ist das Ganze. Du musst das doch auch sehen! Wenn mich einer versteht, dann du."

„Bittest du mich um Hilfe?", fragte er scharf. „Mach das gefälligst mit ihm aus, nicht mit mir."

Zack. Wieso genau sollte sie nochmal anfangen, mit anderen zu reden? Ein Schild mit der Aufschrift ‚Tritt mich!' wäre vollkommen ausreichend.

„Blödsinn", hörte sie seine Stimme in ihrem Kopf. „Mach dir nicht so viele Gedanken. Ich will jetzt einfach nicht darüber nachdenken, das ist alles. Wir warten auf Patricius, damit wir anfangen können. "

Emily war ein wenig leichter zumute. Sie fasste Duncans Hände und drückte ihm einen Kuss auf die Wange. „In Ordnung", sagte sie. „Verzeih mir bitte. Und danke."

„Nichts zu danken." Als sie ihn loslassen wollte, hielt er sie fest. „Er liebt dich", fügte er stumm hinzu. „Und er will dich, das kannst du mir glauben. Ich wusste vorhin schon nicht mehr, wen von uns beiden er meint. Er wird sich wieder einkriegen. Versprochen. Und hier kommt Patricius", schloss er laut und löste sich von ihr, als sei nichts gewesen.

Der Hüter des Wassers eilte mit gesenktem Kopf zu den Tischen. Er musste an Immo vorbei, der Abseits an einer Säule lehnte. Auf der Höhe des Traumfängers erstarrte Patricius, fuhr zu ihm herum und ballte die Fäuste.

„Was denn?", fragte Immo. „Hältst du dich für etwas Besseres, dass du uns warten lässt? Gibt es wichtigere Dinge, die du erledigen musstest? Wieso bist du überhaupt hier?"

„Schluss!" Ambrosia fuhr in die Höhe, als habe sie ihre ganze Anspannung für genau diesen Moment aufgespart. Sie stand da, die Schultern gestrafft, und sah Immo an. Der hielt ihrem Blick stand, kniff nur die Augen leicht zusammen. „Halt du dich da raus", sagte er, setzte sich und verschränkte die Arme vor der Brust. „Ist besser für dich."

In der Halle wurde selbst die Stille still. Ambrosia rückte in Zeitlupentempo ihren Stuhl zurecht, strich ihr Gewand glatt, setzte sich und legte die Hände auf den Tisch.

Brenda räusperte sich. „Anrasati", sagte sie. „Hypnos. Dieser fremde Name – Miso. Ihr wisst Bescheid. Emily hat Dinge gesehen, von denen sie nichts wissen dürfte. Manche Bilder mögen Omen sein oder Visionen. Wir kennen die ganze Kraft der alten Seele noch nicht, von daher sind wir gut beraten, das ernst zu nehmen. Und –", sie streckte den Zeigefinger in die Höhe, „wir sollten den Traum von Jeremy nicht vergessen, falls es denn ein Traum war, was Immo bezweifelt. Du erinnerst dich an Jeremy, Patricius?"

„Was soll mit ihm sein?", sagte der Hüter des Wassers. „Was soll mit all dem hier sein? Eine Tochter träumt von ihrem Vater. Daran ist nichts mysteriös."

„Wie bitte?" Emily beugte sich nach vorne.

„Lass gut sein." Immo streckte ihr seine Hand entgegen, während er Patricius ansah. „Es ist meine Schuld, ich habe ihn provoziert. Er weiß genau, dass es kein Traum war. Er ist beleidigt, weil seine eigene Theorie – wie soll ich es ausdrücken – zu Staub zerfällt."

„Mitnichten." Der Hüter des Wassers saß kerzengerade auf seinem Platz, sein Schnurrbart bebte. „Ich glaube nicht daran, dass Visionen immer real sind. Wir müssen auch andere Möglichkeiten bedenken. Ich erinnere an meine Vermutung, dass Jeremy atomisiert wurde. Emilys finaler Schlag hat sich nicht nur gegen Balor gerichtet, sondern gegen seine gesamte Gefolgschaft. Diese – Vision von Emily kann auch eine zufällige Begegnung mit einem Echo sein, das irgendwo in der Raumzeit existiert."

„Du weißt ja nicht, was du redest!" Der Traumfänger erhob sich wieder und begann, um die Tische zu tigern. „Es ist das erste Zeichen, das wir von Jeremy erhalten. Er hat es absichtlich geschickt! Er hat früher schon Emilys Träume manipuliert – eine Vision ist dagegen ein Kinderspiel. Und was für ein Zufall soll das sein, dass sie genau jetzt kommt, wo wir jene anderen Namen erfahren haben? Jeremy erinnert uns an seine Macht. Ihr kennt die Macht der Anrasati. Als sie das letzte Mal im Diesseits waren, musste hinterher ein ganzer Kontinent neu besiedelt werden. Was, wenn sie sich neu verbündet haben?"

„Synchronizität, mehr nicht. Die Schattendrachen haben von sich aus überhaupt nichts gesagt. Brenda hat die Namen aufgeschnappt. Ohne Zusammenhang. Hypnos und die Anrasati bilden eine Einheit. Jeremy hat nichts mit ihnen zu tun."

„Und dieser andere Name?", mischte Brenda sich ein. „Miso? Ihn haben sowohl die Drachen als auch Emily gehört, obwohl wir ihn nicht kennen. Ist das auch ein Zufall?"

„Auf jeden Fall ist es zu vage. Wir sollten niemanden in Gefahr bringen deshalb."

Duncan öffnete die Augen. „Niemanden? – Damit meinst du mich, oder? Lass das mal meine Sorge sein. *Ich* brauche keine Garantien, bevor ich aktiv werde."

Emily prustete los. Immo stoppte abrupt, fuhr zu Duncan herum und fixierte ihn mit einer Miene, die Fleisch von Knochen lösen könnte. Der Krieger blickte ausdruckslos zurück.

„Wir sollten vorsichtig sein", sagte Malaika. Wie immer klang die Hüterin der Luft so, als käme ihre Stimme nicht ganz aus ihrem Körper. „Der Traumfänger sieht Zusammenhänge. Patricius sieht Zufälle. Können wir so urteilen? Wir haben viel zu wenig Informationen."

„Unsinn!" Brenda kaute auf dem Mundstück ihrer Pfeife. „Immos Intuitionen zählen tausendfach mehr als Patricius' Versuche, sie zu relativieren. Wenn der Traumfänger sich so sicher ist, dann sollten wir handeln. Patricius ist es, der nichts als Mutmaßungen hat. Und ich kann erkennen, ob die Informationen, die ich jemandem aus dem Gehirn nehme, wertvoll sind oder nicht. Die Schattendrachen haben auch an andere Dinge gedacht, die vollkommen uninteressant waren."

Patricius sah sie ungläubig an. „Du stellst die Intuition des Traumfängers tausendfach höher als die Vernunft? Hast du die letzten Jahrhunderte in einem anderen Universum verbracht, Feu-erfrau? Seine Intuition kann vor allem eines, sich irren. Und die Folgen müssen dann wieder andere ausbaden."

„Ich wiederhole mich", sagte Brenda kühl. „Du hast nichts als Mutmaßungen, und wenn dir jemand widerspricht, beleidigst du ihn."

„Aber ich bin es, der hier beleidigt wird", schrie Patricius und sprang auf. „Ihr beschwert euch, dass ich zu spät komme, und dann lacht ihr nur über das, was ich zu sagen habe. Ich bin eine Witzfigur für euch!"

„Ganz sicher nicht", sagte Malaika und legte ihre Hand auf Patri-cius' Arm. Der Hüter des Wassers schüttelte sie ab, stützte sich auf den Tisch und sah Brenda an. „Dein Urteil ist getrübt. Er behandelt dich nicht so, wie er mich behandelt. Du bist für ihn kein Fehler."

„Ach du meine Güte." Brenda faltete ihre Hände auf dem Bauch und lächelte grimmig. „Entschuldige, wenn ich dich nicht ernst nehmen kann. Wir sprechen hier über die Anrasati und einen Mann, der Träume und Visionen manipulieren kann, und du spielst das trotzige Kind? In Ordnung – was sagen andere zum Thema?"

„Zu welchem?" Duncan nahm sein Schwert, ließ seine Finger die Seite der Klinge entlanggleiten und sah Patricius an. Der fiel stumm auf seinen Stuhl zurück und richtete die Augen zur Decke.

„Meine Meinung kennt ihr schon", sagte der Krieger. „Ich werde versuchen, herauszufinden, was die Anrasati machen. Um den Rest könnt ihr euch gerne schlagen."

„Emilys Visionen sind wichtig", sagte Ambrosia. „Wenn Immo denkt, dass sie wirken wie zerbrochene Zeit ..."

„Ha!", machte Patricius. Das Licht in der Halle verdunkelte sich, als der Traumfänger sich ebenfalls wieder setzte und seine Haare zu einem Dutt knotete. „Nicht alle hier kennen deine Geschichte, Wasserhüter, das ist mir sehr bewusst. Emilys Visionen sind wich-tig, auch wenn du gerne hättest, dass sie einfach wieder ver-schwinden. Es ist nicht bloß ein Bauchgefühl, wenn ich sage, dass zerbrochene Zeit nichts Gutes bedeuten kann. Wir müssen uns darum kümmern. Bist du einverstanden oder willst du dich lieber mit mir anlegen?" Immos Blick war eiskalt.

Patricius erblasste. „Ich bin damit einverstanden", sagte er.

„Dann müssen wir noch etwas über Miso herausfinden", sagte Immo.

Emily sah sich um. Nichts. Sie räusperte sich. „Das mache ich. Ich will das tun. Bestimmt habe ich den Namen nicht ohne Grund gehört! Es gibt sicher irgendwo Anhaltspunkte, die ..."

„Auf gar keinen Fall!" Es war Duncan, der sie unterbrach.

„Was? Warum nicht?"

„Weil du schwanger bist! Du gehst nicht auf Abenteuer."

„Bullshit. Ich bin schwanger, nicht krank. Hast du vergessen, was diese Schwangerschaft schon alles überstanden hat? Ich will nur nach einem Namen forschen. Warum sollte ich das nicht ..."

Duncan sprang so heftig auf, dass sein Stuhl umfiel. „Weil du schwanger bist! Und diese Grenze überschreitest du nicht. Nicht diese! Nicht willentlich!"

Emily schnappte nach Luft. Immer noch regte sich niemand. Brenda stopfte ihre Pfeife neu. Malaika nickte vor sich hin. Ambrosias Blick war leer und Immo sah Patricius an.

„Du bist launisch wie ein Teenager, Emily Spring", schnarrte der Hüter des Wassers. „Wie kommst du bloß darauf, dass du irgendetwas herausfinden könntest? Deine alte Seele spricht nicht mit dir, das wissen wir alle. Du hast Visionen? Großartig! Die haben Narren und Scharlatane auch. Hör auf den Krieger. Er hat immer recht, wie wir alle wissen."

Ein letztes Mal wanderte Emilys Blick zu Immo. Der sah in ihre Richtung und wirkte dabei, als nähme er sie gar nicht wahr. Stumm ließ sie sich nach hinten fallen und versank im Nebel.

Emily setzte sich auf den Rand des Brunnens und tauchte die Füße ins Wasser. Das gedämpfte Licht und die Stille hier in ihrem Selbst umspannten sie wie ein Kokon und gaben ihr den Platz zum Atmen zurück. Die Enttäuschung aber blieb.

Wie konnte Duncan so mit ihr reden? Wie konnte er ihr absprechen, selbst zu entscheiden? Es war ihr Körper! Er hatte ihr nichts zu sagen, gar nichts! Und Immo? Gegen Patricius verteidigte er sie, aber wenn Duncan sie niedermachte, hielt er sich raus. Verstand er das unter Loyalität? Ihr gegenüber gewiss nicht.

Die Antwort war leicht: Sie gehörte nicht dazu. Traumfänger und Krieger waren eine Einheit. Ihre Seelen gehörten zusammen. Und auch wenn Immo ihr noch so sehr versichert hatte, dass er so nicht funktionierte – in einem Moment wie diesem, in dem sie sich verletzlich fühlte und angreifbar, glaubte sie ihm nicht. Und selbst wenn. Wieviel Verständnis konnte sie aufbringen, wenn der menschliche Alltag so nicht funktionierte? Wenn sie ständig das Gefühl haben musste, mit Duncan zu konkurrieren, sobald es Meinungsverschiedenheiten gab?

Ein Flattern im Raum zeigte ihr, dass sie nicht mehr alleine war. Der Gesang eines Vogels webte sich wie ein bunter Faden in ihre Trübsal. Gleich darauf landete eine Amsel in sicherem Abstand neben Emily auf dem Brunnenrand, beäugte sie und hüpfte näher.

„Jetzt kommst du angeflattert? Du singst ein Lied und alles ist wieder gut?", fuhr die den Vogel an.

Er flog verschreckt auf und verschwand in der Dunkelheit.

Schritte erklangen, dann legten sich Hände von hinten um Emilys Taille und eine Stirn drückte sich gegen ihr Kreuz.

„Es war niemals anders als gut. Sonst könnte ich nicht hier sein. Die Tür wäre einfach zu."

Emily schob Immo fort. „Und das soll mir reichen?"

Die Scherben hinter ihrem Ärger schnitten ihm ins Gemüt, aber er ignorierte den Schmerz. Es war ihrer – und seine Aufgabe war eine andere. Mit ein wenig Abstand setzte er sich zu ihr auf den Brunnenrand. „Was möchtest du von mir?"

„Ich fühle mich scheiße. Mach, dass es aufhört."

„Hm." Er musterte sie stumm, hob seine Hand – behutsam – und strich ihr eine Haarsträhne aus dem Gesicht. „Es tut mir leid. Ich hätte mich einmischen können, aber ich wollte beobachten."

„Das ist die erbärmlichste Ausrede, die ich je gehört habe."

„Keine Ausrede." Rasch beugte er sich vor und legte ihr einen Finger auf die Lippen. „Schsch. Darf ich dich etwas fragen?"

„Wenn's sein muss."

„Willst du streiten oder reden?"

„Was? Ich ..." Emily schwieg betroffen.

Immo nickte nur. „Ich wollte beobachten, wie Menschen sich verhalten, die ich seit Hunderten von Jahren kenne. Brenda kann nerven mit ihrer Selbstgefälligkeit. Sun hat allen gegenüber was von einer Glucke und Patricius reagiert so, wenn er sich angegriffen fühlt. Ob zurecht oder nicht sei mal dahingestellt. In letzter Zeit jedenfalls häufiger als ohnehin schon. Alle reagieren ständig über. Und allmählich weiß ich nicht mehr, ob das noch Zufall sein kann."

„Du warst übrigens auch nicht grade freundlich. Entschuldige. Nicht streiten."

„Du hast recht. Ich war wütend. Bin ich nicht mehr."

„Schön für dich. Fuck. Kannst du mich einfach mal umarmen?"

Immo zog sie wortlos an sich. Der Kokon umfing Emily jetzt so dicht, dass sie jede Bewegung einstellen wollte. Sie schloss die Augen und atmete. „Ich schaff das alles nicht."

„Du bist nicht allein." Seine Lippen glitten über ihr Haar. Kurz erlaubte er sich, sie ganz zu fühlen. Es war kaum auszuhalten.

„Für mich ist es aber so."

Er drückte sie noch fester, dann ließ er sie los und sah sie an. „Das möchte ich nicht – nichts weniger als das. Ich weiß nicht, was mit mir los ist. Eigentlich weiß ich ohnehin nicht viel zurzeit. Auf jeden Fall denke ich aber auch, dass dieser Name sehr, sehr wichtig ist. Wir suchen zusammen nach Miso, wenn du das noch willst."

„Zusammen? Du und ich? Ist das denn sicher genug für Duncan?"

Der Traumfänger drehte den Blick zur Seite. „Das ist sein Problem, nicht deins."

„Ich bin mir sicher, er wird es zu meinem machen."

„Das denkst du von ihm?"

„Du hast ihn doch beobachtet. Er wird mich einsperren."

„Niemals."

„Wieso nicht?"

„Er kann dich nicht einsperren. Niemand kann das."

„Aber ihr würdet gerne."

Immo beugte sich vor und tippte seine Fingerspitze ins Wasser. Er sah zu, wie es sich in Kreisen nach außen kräuselte. „Niemand kann das."

Endlich blickte er sie wieder direkt an. „Weißt du, seit wann ich das weiß?"

„Nein."

„Seit ich dir zum ersten Mal in die Augen gesehen habe."

„Das ist schnulzig."

„Es ist wahr. Mir war sofort klar, dass ich eine alte Seele vor mir habe. Eine uralte Seele. Dass du es bist ..." Er verstummte.

„Und wieso erkennen das alle außer mir? Ich meine, ich weiß das mit der alten Seele. Sie hat sich mir vorgestellt. Vermutlich. Manchmal kommt es mir vor wie eine Lüge. Wenn ich nur ganz normal lebe, habe ich gar nichts von ihr."

„Du bist einfach nur Mensch, und glaub mir, das ist ein Segen, kein Fluch. Stell dir doch nur mal vor, dir wäre immer bewusst – zu jeder Sekunde –, dass du dies Leben seit Millionen von Jahren begleitest. Ich halte es für ein Geschenk, dass du vergessen kannst. Du darfst neu anfangen."

Emily suchte nach den richtigen Worten. „Ein anstrengendes Geschenk. Ich komme mir ein bisschen verarscht vor, offen gestanden. Dinge nicht zu wissen, die vielleicht hilfreich sein könnten ... verstehst du?"

Immo betrachtete sie nachdenklich. „Bislang hast du dich jedes Mal erinnert, wenn es wichtig war. Du hast den Kampf gegen Balor ganz alleine gewonnen. Du hast mich zurückgeholt. Niemand sonst hätte das gekonnt." Er zögerte. „Es ist aber manchmal frustrierend, wenn du in deinen alltäglichen Reaktionen nur 20 Jahre alt bist und nicht 20 Milliarden, das gebe ich zu."

„Sehr charmant."

„Verzeihung. Meistens finde ich es ja erfrischend. Nicht aber, wenn du vergisst, dass du mir vertrauen kannst und den anderen genauso. Allen voran Sun. Er ist ich, und das sollte für dich kein Problem sein und kein Grund zur Eifersucht. Sondern ... ich weiß nicht. Einfach richtig."

Seine Haare fielen ihm übers Gesicht, als er sich nach unten beugte, um ein Muster auf dem Boden mit dem Finger nachzufahren. „Aber eigentlich will ich auch, dass du mehr weißt als jetzt. Und dabei werde ich dir helfen."

Emily schwang das eine Bein über den Brunnenrand und wandte sich Immo ganz zu. „Lass hören."

„Ich möchte, dass du in deine Tiefe steigst und dir ansiehst, was es dort zu sehen geben wird."

„Und das wäre?"

Immo beugte sich zur Seite, fing etwas von dem Wasser, das die Kaskaden des Brunnens hinunterlief, und ließ es von seiner Hand tropfen. „Geschichten. Vergangenheit. Ich habe Brenda, Patricius und Sun gebeten, dasselbe zu tun. Auch sie müssen sich von Zeit zu Zeit erinnern. Zwar wissen sie voneinander, aber auch sie vergessen. Einfach, weil sie schon zu viel Zeit miteinander verbracht haben. Für dich geht es darum, sie besser kennenzulernen. Zu wissen, wieso sie reagieren, wie sie reagieren. Wir müssen uns alle wieder näherkommen. Die Zeit, die hinter uns liegt, hat viel zerstört."

Emily griff nach seiner Hand. „Nimm es nicht so schwer. Du müsstest doch wissen, dass es in Beziehungen nicht immer rundläuft."

Flüchtig lächelte er. „Ich mache mir keine Sorgen um Beziehungen. Ich mache mir Sorgen darum, was es für Auswirkungen hat, wenn die mächtigsten Seelen des Universums nicht bedingungslos zusammenarbeiten. Wenn Sun schon sagt, dass er mir nicht mehr vertraut ..." Er schwieg abrupt und schloss die Augen. Emily hob sein Kinn mit einem Finger an. „Natürlich hast du Angst um Beziehungen. Nicht nur, das glaube ich dir –, aber wenn Duncan dich im Stich lassen würde ..."

Er entzog sich ihr. „Darum geht es hier nicht, wirklich nicht. Er würde mich nie im Stich lassen. Aber wenn Sun mir nicht mehr vertraut, hat das Auswirkungen. Er ist der Krieger. Ein Krieger, der wegen so etwas zögert oder falsch entscheidet, kann die ganze Waage aus dem Gleichgewicht bringen." Er fuhr sich über die Stirn. „Nochmal. Wir brauchen Wahrheiten voneinander. Wir brauchen Geschichten, die wir verstehen können. Damit wir vertrauen können. Ich möchte, dass unsere Seelen wach sind und stark. Sie sollen sich ihrer selbst bewusst sein, sich nicht verstecken. Das gilt vor allem für Patricius –, aber auch für Sun. Brenda ist diejenige, die mit ihrer Vergangenheit am besten umgehen kann. Sie alle werden aber auch sehen, was es von dir zu sehen gibt. Ich kann dich nur bitten, das zuzulassen."

Emily zuckte mit den Schultern. „Ist mir egal", sagte sie. „Stellst du denn deine Geschichte auch zur Verfügung?"

„Nein", sagte er knapp. „Davon ist alles bekannt, was nötig ist."

„Aha." Emily fixierte ihn. Er hielt ihrem Blick stand. „Von mir aus", sagte sie schließlich. „Ich sehe mir alles an und habe nichts dagegen, dass mein Shit auf den Tisch kommen. Wenn du sagst, dass es wichtig ist, dann ist das so. Soll ich sofort starten?"

„So kühl?"

Sie kniff die Augen zusammen und öffnete schon den Mund für eine Erwiderung, als er vom Brunnenrand hinunterglitt und sich vor sie kniete. Entschlossen griff er nach ihr und drehte sie zu sich.

„Nein, du sollst nicht sofort starten. Ich habe noch eine Frage."
Seine Hände ruhten auf ihren Oberschenkeln. „Wie ist das nun mit
Sex in der Schwangerschaft?"

„Ist das dein Ernst? Wie sicher bist du dir, dass ich nicht immer
noch stinkwütend auf dich bin?"

Immo lachte auf. „Wie sicher bist du dir, wen du vor dir hast? –
Es tut mir leid", fügte er leise hinzu. Emily legte ihm einen Finger
auf den Mund und beugte sich zu ihm. Zart strich sie an seiner
Wange nach oben, über die Augenbrauen und zurück. Er öffnete
seine Lippen, als sie ihn küsste. Seine Hand wanderte zu ihrem
Hals und von dort aus abwärts. Er schob ihr T-Shirt hoch.

„Zieh dich aus", murmelte sie an seinem Ohr.

„Vielleicht lohnt sich das gar nicht mehr", gab er zurück und
vergrub sein Gesicht an ihren Brüsten.

„Wage es nicht", lachte Emily. „Du hast was gutzumachen."

„Versteh schon." Er schlüpfte aus seiner Kleidung und zog auch
ihr die Hose aus. T-Shirt und Slip landeten achtlos in den Schatten.
Dann schob er ihre Beine auseinander und kniete sich zwischen sie.
„Ich muss wahnsinnig gewesen sein", sagte Immo und zog Emily
auf sich.

Conrad biss gerade in sein Sandwich, als Scott den Kopf in den
Raum streckte. „Komm mal mit in die 33. Es hat sich schon wieder
eingekotet."

„Mahlzeit", murmelte Conrad und verfluchte sich dafür, dass er
das Haus für seine Pause nicht verlassen hatte. Scott war bekannt
dafür, keine Rücksicht zu nehmen. Widerwillig folgte Conrad ihm
in die Sicherheitszelle mit den gepolsterten Wänden. „Du sollst
Miso nicht Es nennen. Chefin hat es verboten, schon vergessen?
Außerdem ist es respektlos."

Scott schnaubte. „Ich rede, wie ich will. Hört mich doch eh nicht,
dein Miso. Respekt kriegt der, der ihn verdient."

„Ganz schön zynisch."

„Echt jetzt? Als ob die Fotze hier leiden würde. Zwitter gibt es
überall, und die flennen nicht ständig rum. Hier hat es gratis Essen

und Drogen. Und wenn es sich vollscheißt, kommt jemand, um es wegzumachen. Halt' mal die Arschbacken auseinander. Die nächsten Tage gibt es Nahrung nur über den Schlauch, würde ich mal sagen. Sonst bekommt unser Schätzchen noch einen roten Po. Gib das Laken rüber."

Nach einigen Minuten war ihre Arbeit beendet. Conrad wechselte schweigend die Gummihandschuhe, bevor er zur Creme griff, Miso behutsam einrieb und dann die Fixierbänder wieder an Hand- und Fußgelenken befestigte. Er hatte Miso schon wach erlebt, tobend oder wimmernd vor Schmerz. Er war überzeugt, dass daran nichts gespielt war. Auch wenn die körperlichen Verstümmelungen keinen medizinischen Grund boten. Irgendwann mal hatte jemand Miso alle männlichen Genitalien abgeschnitten und die Vagina künstlich geweitet. Sehr unprofessionell zwar, aber alles war verheilt, wenn es auch nicht schön aussah.

Zurzeit bewirkten die Medikamente einen Zustand zwischen Dumpfheit und Schlaf. Miso konnte weder die Ausscheidungen kontrollieren, noch Hunger oder Durst spüren.

„So Schnuckelchen, das hätten wir mal wieder!" Scott beugte sich über Miso und tätschelte die blasse Wange. Misos Augenlieder flatterten. „Könntest dich ruhig mal bedanken!"

Das letzte Tätscheln klatschte wie eine Ohrfeige.

Miso riss die Augen auf und versuchte, Scotts Gesicht zu erfassen. Die Pupillen weiteten sich, dann schrie Miso. Schrie und bäumte sich auf, warf den Körper hin und her. Schrie, bis Conrad es geschafft hatte, den Inhalt einer Spritze in den Zugang am Ellenbogen zu drücken.

„Es steht nicht auf blond", sagte Scott mit einem Grinsen im Gesicht, als die Stille zurückkehrte. „Ist mir schon öfter aufgefallen."

33 Schritte waren es vom Brunnen bis zu der Tür, die Emily in die eigene Tiefe führen würde. Immo war fort. Die Fenster standen offen.

War sie bereit? Heute kam sie nicht vom Lagerfeuer Haiowathas, der seine schützenden Kräuter in die Flammen geworfen hatte.

Aber heute kannte sie den Weg und wusste, was sie erwartete. Dachte sie jedenfalls.

Doch diesmal war da kein Himmel. Diesmal war da ein Abgrund.

Sie stand auf einem Felsvorsprung, vor dem es senkrecht in die Tiefe ging. Hervorragend. Emily wankte, als sie nach unten blickte. Sie sah kein Blau, keine ferne Sonne, sondern einen Boden aus Nebel, weit unter ihr, und eine schroffe Felswand. Nur ein schmaler Pfad schlängelte sich hinab.

Sollte das ihr Weg sein? Frustriert trat sie einen Stein über die Klippe. Er polterte in die Tiefe, bis er Sekunden später im Nebel verschwand.

Dort sollte sie nun mühsam runterkraxeln, fern jeder Schwerelosigkeit?

„Beschwer' dich bei dir selbst", hörte sie plötzlich Duncans Stimme in ihrem Kopf. „Und hör' verflucht noch mal auf zu denken!"

Kaum war das, was er gesagt hatte, in ihr Bewusstsein gesickert, als sich neben ihr Felsen von der Steilwand lösten und den Pfad mit sich in die Tiefe rissen. Emily starrte ihnen hinterher.

Natürlich. Sobald sie aufhörte, sich Gedanken zu machen, konnten die Instinkte ihrer alten Seele die Führung übernehmen. Und die wollten nicht klettern, sondern fliegen.

Sie schloss die Augen und suchte den Kontakt zum Krieger.

Er war da. Natürlich war er da.

„Ich hasse dich, sagte ich das schon?" Sie wartete auf eine Reaktion. Gerade, als sie nicht mehr daran glaubte, antwortete er doch noch.

„Ich hasse dich auch. Und jetzt spring, dann bist du endlich allein."

Ohne weiter nachzudenken spannte Emily ihre Muskeln, machte einen weiten Satz nach vorne – und stürzte hinab in eine Erinnerung, die nicht nur ihr gehörte.

Sie fiel jene andere steile Felswand hinab, während sich um sie herum das Ende entfaltete. Balor zerbarst. Duncan krallte sich an Hani, der ihn stützte. *Und der Traumfänger kauerte da, in sich zusammengerollt wie ein Fötus, das Gesicht zwischen den Armen verborgen.*

Er hielt sie. Er ließ nicht zu, dass sie starb. Nicht so, nicht heute, nicht jetzt. Er hielt sie.

Dann besser er. Immo bündelte seine letzten Splitter Kraft, lenkte sie zu den Fäusten, öffnete die Hände und schickte das zu ihr, was doch der brüchige Anker sein sollte, der ihn im Leben hielt.

Emily öffnete die Augen. Nichts als Nebel.

Es gab keine Barrieren mehr gegen die Flut. Jener Schmerz, den er Jahre lang verzweifelt in Schach gehalten hatte, brach sich Bahn und brannte alles nieder, was ihm noch Hoffnung gegeben hätte. Die blutende Wunde in seiner Brust lag frei.

„Sun! Ich liebe dich! Vergib mir!"

Emily wusste inzwischen, dass die Ewigkeit sich weder von einer mächtigen Seele wie der des Traumfängers zum Narren halten ließ noch von dem Mitgefühl ihrer eigenen Seele, das ihm eine Fluchtmöglichkeit hatte öffnen wollen. *Zwischen Leben und Tod stand der Krieger.* Und seine Entscheidungen waren unbestechlich. So sehr er um Immos Todessehnsucht wusste: *Er hielt ihn fest.*

Der Nebel lichtete sich.

Aber Immo hatte bloß Emily retten wollen! Ohne diesen Akt der Selbstaufopferung wäre es nicht nötig gewesen, ihn von der Zeit abzutrennen. Hatte ihre alte Seele das gewusst? War sie sich von Beginn an sicher gewesen, dass er nicht gehen würde, nicht endgültig, auch wenn er mit dem Gedanken spielen und um eine Entscheidung ringen würde, als hätte er tatsächlich eine Wahl? Duncan hatte richtig gehandelt – sie beide hatten richtig gehandelt, als sie ihn zurückholten!

Mit einem Mal fiel sie in einen strahlenden Himmel und spürte eine Hitze, die näher und näher kam.
Dann verglühte sie in der Sonne.

Durst!
Sie kam in einer Höhle zu sich. Von der Decke tropfte Wasser in eine Senke am Boden. Licht schien durch einen schmalen Gang und tastete sich über Wände, auf denen tausende Smaragde ein leuchtendes Spiegelmosaik bildeten.
Emily zögerte nicht. Sie kniete nieder und schöpfte Wasser in ihren ausgetrockneten Mund.
Ihr Blick blieb am Glimmen der grünen Edelsteine hängen.
Wir brauchen Wahrheiten voneinander. Wir brauchen Geschichten, die wir verstehen können. Damit wir vertrauen können.
Sie musste Hani finden!

Über dem Sand brannte die Sonne so gnadenlos wie beim letzten Mal, doch in der Luft flirrten Bilder, die bislang nicht hierhergehört hatten: Eine sattgrüne Hügellandschaft rang mit der Wüste um Emilys Aufmerksamkeit und gewann.

Eine kleine Siedlung schmiegte sich in die Hügel. Ihre Hütten bestanden aus Holz, die Dächer aus Stroh. Ein paar Kinder sprangen um eine Feuerstelle, über der ein Kupferkessel baumelte. Sie wurden von einer zahnlosen Alten mit einem Kochlöffel vertrieben.
Aus einer der Hütten trat eine rotgelockte Frau. Sie hielt einen Säugling in den Armen. Ihre Muskeln verhießen Kraft, in ihrem Gesicht spiegelte sich Unmut. Sie sah sich um. Im nächsten Moment entspannte sich ihre Miene. Ein Mann kam lächelnd auf sie zu.

„Verzeih' mir!" Er hauchte ihr einen Kuss auf die Wange. „Ich habe die Zeit vergessen. Kegan hatte Geschichten zu erzählen."

„Schon gut. Cailan schläft. Wie du weißt, genieße ich es ungemein, nichts zu tun zu haben. Aber jetzt will ich endlich trainieren."

„Wie du willst. Ich kann jedenfalls ein bisschen Ruhe gebrauchen. Kannst du auf dem Rückweg bei Feoras vorbeigehen? Er schuldet mir noch die Bezahlung für letztes Mal."

Die Frau sah an ihm vorbei. „Natürlich", murmelte sie. „Das mache ich doch gern."

„Du bist die Beste, Brenda! Viel Glück beim Training."

„Ruh du dich nur aus", sagte die Frau, die Emily erst jetzt als die junge Version der Drachenhüterin erkannte.

Brenda war Mutter?

Emily begleitete sie auf ihrem Weg fort von der Hüttensiedlung, durch einen kleinen Wald bis zu einem heckenumsäumten Platz, auf dem sich mehrere Männer und Frauen tummelten. Sie alle waren mit Holzstöcken bewaffnet und in Leder gekleidet. Paarweise maßen sie ihre Kraft und Geschicklichkeit im Kampf. Brenda winkte einem älteren Mann zu, der ihr einen Stab entgegenstreckte.

„Ich dachte, du kommst gar nicht mehr."

„Jetzt bin ich hier."

Die beiden klopften ihre Stöcke aneinander, nickten sich noch einmal zu und begannen ihr Training. Wie alle hier wirkten sie unbeschwert. Sie fluchten und lachten, stolperten über die eigenen Füße und setzten ihre Rangeleien auf dem Boden fort.

Die Sorglosigkeit endete jäh. Aus dem Nichts wuchs eine schwarze Wolke am Himmel. Sie musste sich genau über der nahen Siedlung befinden. Drei Drachen erschienen, jeder größer als ein Elefant. Ihre Schwingen donnerten, als sie sich in einen Kreis verteilten. Auf ihren Rücken thronten drei in Lumpen gekleidete Gestalten, deren Haut bleich war wie der Tod. Sie hoben ihre Schwerter.

„Nein!" Brenda erstarrte, die Augen weit aufgerissen. Stumm schüttelte sie den Kopf, während alle anderen schrien.

Drei Schwerter rissen Wunden in die Drachenflanken. Die Tiere brüllten erst vor Schmerz, dann vor Zorn. Ihre bläulichen Feuerstöße zielten auf den Boden.

Als die Trainierenden endlich die Siedlung erreichten, fanden sie nichts mehr außer Asche.

Niemand war entkommen.

„Willkommen zurück, alte Seele."

Eine Hand berührte Emilys Schulter. Sie sah bloße Füße im Wüstensand, darüber ein graues Gewand und ein runzeliges Gesicht. Ein klarer Blick erforschte sie.

„Hani!" Emily ließ sich in die Arme des Derwischs fallen. „Um Himmels Willen – was habe ich da gesehen?"

Seine knochige Hand strich ihr durchs Haar. „Lass dich nicht zu sehr erschüttern. Das alles ist schon lange her. Der Traumfänger hat es dir angekündigt. Du siehst Geschichten. Erinnerungen."

„Aber ich konnte sogar das Feuer riechen! Ich habe nicht damit gerechnet, dass ich mitten drin sein würde in den Erinnerungen."

Einen Moment lang schwieg Hani. Er legte den Kopf schräg und lauschte in die Wüste hinein. „Immo hat es so beschlossen", sagte er schließlich. „Du weißt, was er in dir heraufbeschwören kann. Diese Türen hat er geöffnet, in jedem von euch. Ihr sollt nicht nur wissen, sondern erleben. Dann könnt ihr euch besser verstehen."

„Ich werde mit ihm noch ein Wörtchen zu reden haben", grummelte Emily. Als würde sie ihr klarmachen wollen, dass es im Moment keine Alternative gab, veränderte die Wüste erneut ihr Gesicht. Ein Zimmer entstand, in dem vier der Holzhütten Platz gefunden hätten.

Die hohen Wände waren über und über mit Gemälden und Wandteppichen behängt. Schwere Samtvorhänge säumten die Fenster. Draußen war es dunkel. Das Licht im Raum kam von zahllosen Kerzen in Silberleuchtern. Ihr Flackern rahmte die Bewegungen der beiden Männer in der Mitte des Raumes.

Dort lag Patricius in einem prunkvollen Himmelbett. Seine Hände krallten sich in die Laken, während der zweite Mann zwischen seinen Beinen kniete, ihn mit Küssen bedeckte und seine Finger behutsam in die Tiefe wandern ließ.

„Alejandro!"

Der Mund des Mannes fing Patricius' Flehen auf. Seine Hand umfasste jetzt das eigene Glied und lenkte es vorwärts. Patricius riss die Augen auf. „Entspann dich", flüsterte Alejandro. „Te amo, lass los!"

Doch stattdessen brach die Tür des Zimmers aus dem Rahmen. Vier bewaffnete Uniformierte stürmten in den Raum, gefolgt von einem Mann, dessen Haltung an einen Dompteur erinnerte, der einen Raubtierkäfig betrat.

Patricius und Alejandro fuhren auseinander. Panisch suchten ihre Augen nach einem Fluchtweg.

„Nehmt sie fest", sagte der Mann kalt. „Aber lasst sie vorher um Himmels Willen etwas anziehen."

„Vater, bitte …" War das wirklich Patricius' Stimme, so dünn, so ängstlich?

„Halt den Mund!", herrschte sein Vater ihn an. „Halt einfach den Mund!"

Als nächstes stand Emily in einer modrigen Kammer mit Gittern vor den Fenstern. Patricius saß seinem Vater gegenüber. Seine Augen flackerten und die Schultern hingen schlaff nach vorne.

„Du tust, was ich sage!" Die Stimme des Vaters war keinen Widerspruch gewohnt. Trotzdem schüttelte Patricius den Kopf. Die Ohrfeige, die ihn traf, schleuderte ihn fast zu Boden. „Ich lasse nicht zu, dass du den Ruf der Familie schändest. Ich werde diesen Wurm zertreten, und du wirst kein Wort sagen – kein Wort, hörst du mich! Du hast schon genug angerichtet. Eine Schande bist du. Dass du dich auf solche Perversionen einlässt! Habe ich dich noch nicht genug gezüchtigt? Willst du wirklich lieber, dass Gott dich straft? Halt den Mund und niemand wird etwas erfahren. Rette wenigstens dein irdisches Leben, Dummkopf!"

Ein Gerichtssaal. Alejandro, in den Augen die blanke Angst vor dem Tod.

„Lügen", sagte er, die Kehle ausgetrocknet und heiser, bevor er von Wächtern in die Höhe gezerrt wurde. „Er hätte das niemals gesagt." Als er zur Tür gestoßen wurde, fand sein Körper ein letztes Mal die Kraft, sich aufzubäumen. „Das sind alles Lügen!", schrie er. „Patricius! Por siempre, Patricius!"

Die Tür des Gerichtssaals fiel zu. Alejandros Schreie verstummten.

„Was fällt ihm ein!" Schwer fiel die Hand des Vaters auf Patricius' Schulter und drückte sie so fest, dass der ausgemergelte Körper sich krümmte. „Ein Wurm, mehr ist er nicht."

Ein Holzblock, darauf Alejandros Kopf. Seine Augen, in denen nur noch das Weiße sichtbar ist.

Eine Axt.

Sonne, die durch Wolken bricht. Das Aufleuchten der Klinge.

Dieses Geräusch, dieses entsetzliche Geräusch …

Emily fand sich auf dem Boden, die Hände vor den Augen. „Was für ein Albtraum!"

„Denk nicht drüber nach", sagte der Derwisch und hockte sich neben sie. „Komm raus da, das ist vor langer Zeit passiert – auch wenn es Patricius sicher heute noch verfolgt. Für dich gibt es hier und jetzt noch mehr zu erfahren."

„Immer mit der Ruhe." Emily nahm die Hände von den Augen. „Welcher Teil von mir bist du? Darf ich vielleicht erstmal verdauen, was ich gesehen habe?"

„Wozu?", entgegnete er. „Bring es hinter dich. Verdauen kannst du später."

„Verstehe." Emily rappelte sich stöhnen hoch. „Der erbarmungslose Teil."

„Vielleicht." Er fasste sie an den Schultern und drehte sie ein Stück. „Du hast Angst vor dem, was kommt. Aber du kannst dich sogar der Sonne nähern, alte Seele. Du verbrennst, und dein Leben geht weiter. Das ist deine Stärke. Du hast noch nie auf die Angst gehört."

Noch einmal lehnte sie sich an ihn, dann ging sie entschlossen ein paar Schritte in die Wüste hinein. Die Luft flirrte, und ein neuer Raum tat sich auf. Karg wirkte er. Die Wände waren aus Papier, das Licht hindurchließ. Es gab keine Möbel – nur Binsenmatten auf dem Boden.

Eine Asiatin raffte Laken und Decken mit der Wucht zusammen, mit der das Leben ihren Körper zusammengerafft hatte. Es stank nach Blut und Fäkalien. Bevor die Alte das Zimmer verließ und die Schiebetür hinter sich schloss, warf sie einen letzten Blick auf das saubere Lager in der Mitte des Raumes. Dort ruhte eine junge Frau. Ihre seidenschwarzen Haare waren feucht und frisch gekämmt. Sie rahmten ein perlmuttfarbenes Gesicht. Mit zusammengepressten Lippen blickte sie auf ein Bündel in ihren Armen und zupfte mal hier, mal dort an dem Stoff, der es umhüllte.

Hinter Emily rieb die Schiebetür erneut über den Boden. Die Frau fuhr zusammen und drückte das Bündel an ihre Brust. Als sie jedoch sah, wer den Raum betrat, lächelte sie.

„Komm näher, Sun", sagte sie. Ein Junge schlich an Emily vorbei ins Sichtfeld, klein und mager, vielleicht acht Jahre alt. Er presste seine Hände an die Oberschenkel und es sah aus, als würde sein gebeugter Rücken die Schultern vorrausschicken, um die Lage einzuschätzen.

„Sag willkommen zu Tian Shi!", sagte die Frau. „Sie ist deine Schwester. Mein Bauch ist jetzt leer, du kannst sie sehen."

„Tian Shi." Der Junge kniete neben Mutter und Neugeborenem nieder. Mit einem Finger schob er ein wenig von dem Tuch zur Seite und hielt stumme Zwiesprache mit seiner Schwester.

Sun Dèng Kén lächelte.

Tian Shi lächelte zurück.

Wieder öffnete sich die Schiebetür. Ein Mann nahm den Raum in Besitz, begleitet von der Alten, die zuvor die Spuren der Geburt beseitigt hatte. Sie heftete ihren Blick auf den Boden, während sie sich seitwärts in Suns Richtung schob und ihn am Arm fasste. Sie zog an ihm, doch der Junge schüttelte sie ab. Er starrte den Mann an, die Hände zu Fäusten geballt.

„Lass ihn", sagte der in Richtung der Alten. „Er ist kein Kind mehr." Als sie keine Anstalten machte, sich zu bewegen, herrschte er sie an. „Verschwinde endlich!" Sie krabbelte aus dem Raum wie sie hineingekommen war, nur schneller.

Die Aufmerksamkeit des Mannes richtete sich jetzt auf Suns Mutter. „Zeig es mir", sagte er. Ruckartig schüttelte die den Kopf und drückte das Baby an sich.

„Was sagst du?" Er machte einen Schritt auf das Bett zu.

Der Junge trat ihm in den Weg.

Hinter ihm schlug seine Mutter die Bettdecke zurück und versuchte, mitsamt dem Bündel in ihren Armen aufzustehen.

Eine einzige Bewegung wischte Sun zur Seite. Er landete auf dem Boden und rappelte sich wieder hoch. Mit einem Satz landete er auf dem Rücken des Mannes, der sich seine Mutter gegriffen hatte. Die schrie auf. Der Mann ließ sie nicht los, während er mit der freien Hand den Jungen von sich herunterzerrte, ihn auf den Boden drückte und mit einem Knie fixierte. Mehrmals schlug er ihm ins Gesicht. Dann stand er wieder auf, riss Sun an den Haaren mit sich und schleuderte ihn abermals quer durch den Raum. Zusammengekauert blieb der Junge liegen, die Arme schützend über dem Kopf. Die nächste Ohrfeige traf seine Mutter. Noch während sie schrie, entwand ihr der Mann das Baby und begann, es unsanft aus den Tüchern zu wickeln. Achtlos landeten sie auf dem Boden.

„Bitte!" Die Frau sank vor ihm in die Knie und legte ihre Hände auf seinen Bauch. „Bitte! Sie sieht dir so ähnlich, Gebieter. Du bist ihr Vater, ich bitte dich!"

„Ein Mädchen." Mit dem Fuß stieß er die Frau zurück und betrachtete den nackten Säugling voller Abscheu. „Ich habe dir gesagt, was passiert, wenn du ein Mädchen zur Welt bringst."

Sun kam noch einmal vom Boden hoch und taumelte nach vorne. „Lass sie in Ruhe!" Einmal fand seine Faust ihr Ziel, doch mehr Chancen bekam er nicht. Das Baby landete achtlos auf den Tüchern und begann lauthals zu schreien, während Schläge und Tritte den Jungen trafen, bis er wimmernd liegenblieb. Aus anschwellenden Augen sah er zu, wie der Mann das Baby an einem Bein in die Höhe zog, es baumeln ließ und den Blick der Mutter suchte. In ihren Augen spiegelte sich die Todesangst, die aus den Schreien ihrer Tochter schrillte.

„Es sieht mir schon ähnlich?", sagte der Mann. „Glaubst du wirklich, ich würde zulassen, dass du mir nach einem Bastard auch noch ein Weib unterschiebst?" Mit dem nächsten Atemzug schmetterte er den kleinen Körper auf den Boden. Aus den Tiefen der Mutter stieg ein Heulen auf, das immer lauter wurde, während der Mann sie an den Haaren packte, schüttelte, trat und schlug. Sie verstummte erst, als er ihren Kopf unter die Matratze zwang und sie mit seinem Gewicht beschwerte. Auch das Zucken ihrer Beine hätte aufgehört, wenn nicht weitere Menschen in den Raum gestürmt wären. Zwei Männer zerrten den Wahnsinnigen fort und schleiften ihn hinaus, ehe die alte Asiatin die Matratze zur Seite hievte und die Frau in ihre Arme zog.

Sun und das zerschmetterte Kind blieben liegen.

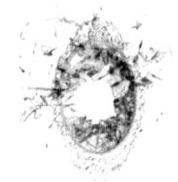

„Kannst du bitte damit aufhören, Immo? Es nervt." Ambrosia saß auf einer Decke am Boden. Sie bewegte ein Glöckchen vor Albuins Gesicht hin und her.

Der Traumfänger beendete seine Wanderung durch die Halle und hockte sich zur Hüterin des Gleichgewichts. „Glaubst du wirklich, dass du seinen Geist schulen musst?" Er streckte einen Finger aus und sah zu, wie das Baby danach griff und ihn festhielt.

„Vielleicht ja, vielleicht nein. Was ich weiß, ist, dass er so viel Zuwendung bekommen sollte wie möglich, bevor seine exempathischen Kräfte wiedererwachen. Wir sollten die Chance nutzen, ihn wieder auf sie Seite des Lichts zu holen."

„Du bist ein besserer Mensch als ich."

Ambrosias Miene blieb unbewegt. „Tu nicht so streng. Ich weiß, dass du seine Träume aussortierst. Er wacht immer mit einem Lächeln auf. Es ist in Ordnung", fügte sie hinzu, als Immos Atem aus dem Takt geriet. „Ich spüre keine Auswirkungen auf das Gleichgewicht. Diesmal nicht."

Der Traumfänger blieb stumm. Ambrosia musterte ihn. Er hatte seine moderne Kleidung gegen einen alten Leinenrock getauscht. Sein Oberkörper war nackt, das Haar zu einem Zopf geflochten. „Du machst dir Sorgen."

„Stimmt. Die Träume sind unruhig. Sehr. Etwas ist falsch. Ich müsste nachsehen."

„Aber du willst warten, bis die anderen wieder da sind."

„Ich bin mir nicht mehr sicher, ob es eine gute Idee war, sie auf diese Weise zu öffnen."

„Irgendetwas musstest du tun. Die Stimmung wird immer bedrohlicher." Sie zögerte. „Ich bin selbst oft ungerecht in letzter Zeit."

„Hm." Immo sprang auf, verharrte, setzte sich wieder und kitzelte Albuin am Bauch. „Er ist richtig niedlich so."

Ambrosia lachte. „Ihr solltet ihn Tian Shi und Merula zeigen. Ihr habt so lebendige innere Kinder, Duncan und du. Er wird gut zu ihnen passen, wenn er ein bisschen älter ist." Sie legte das Glöckchen zur Seite, erhob sich und nahm den Heiler in Babygestalt hoch, um ihn in seine Wiege zu legen.

Hinter ihr blieb der Traumfänger sitzen. Alle Farbe war aus seinem Gesicht gewichen.

Über Emilys Gesicht rannen Tränen. Die Sonne ging unter.

„Wieso ist er nicht zerbrochen?", fragte sie in die Wüste hinein.

„Ist er das nicht?" Hani kniete neben ihr. „Vielleicht ist das, was du von Duncan siehst, ein Mosaik aus seinen Scherben."

Emily schwieg und schmeckte das Salz. Die Haut in ihrem Gesicht spannte sich. Als das Licht fort war, schloss sie die Augen und lauschte in die Stille.

„Zeit zum Verdauen." Hani erhob sich und ließ sie allein.

Vor Emily schien ein Stück Himmel zu Boden gefallen zu sein. Rund lag es vor ihr, schwarz und voller Sterne. Ein See. Palmen säumten ihn – Schattenbilder vor dem Horizont.

Die Sternenpunkte verschwammen, als Emily ins Wasser watete. Sie legte sich auf den Rücken und ließ sich treiben. Über ihr spannte sich das Firmament. *Der Drachenkönig brach mit ihr aus der Atmosphäre der Erde ins All.*

„Irgendwann wird Huang Lung uns zusammen dort hochtragen", flüsterte Emily und legte ihre Hände auf den Unterleib. Ihr Atem stockte, als sie zum ersten Mal Antwort erhielt: ein Flattern, zart wie von einem Schmetterling.

Duncan schloss die Augen, als der Traumfänger seine Arme von hinten um ihn schlang. Er griff nach ihnen und schmiegte sich an sie. „Ich wusste nicht, wo ich sonst hinsoll."

„Dies ist auch dein Zuhause."

„Ich weiß."

Stumm standen sie da, bis Immo sich löste und neben dem Krieger auf den Boden sank. „Ich bin erschöpft, Sun."

„Das sehe ich." Duncan setzte sich hinter ihn und massierte ihm den Nacken. „Trotzdem wirst du dir jetzt anhören, dass du mir all das früher hättest erzählen müssen."

Immo lachte leise. „Du bist unerbittlich. Es sind Emilys Geschichten. Ich bestimme nicht über sie."

„Ich hätte wissen müssen, wie angreifbar sie ist."

„Sie ist stark."

„Ich habe Jahrzehnte gebraucht, bis ich mich von meinem früheren Leben befreit habe. Brenda musste einen ganzen Dämonenstamm ausrotten."

„Sie ist stärker als ihr."

Duncans Daumen strichen über Immos Halswirbel. „Du meinst es wirklich ernst mit ihr. Aber was machst du, wenn ihre Seele nur auf der Durchreise ist?"

Immos Hände schossen nach oben und hielten die des Kriegers fest. Er presste sie und hörte erst auf damit, als Duncan hörbar die Luft einsog. „Entschuldige", murmelte der Traumfänger. Jetzt ruhten seine Lippen auf Duncans Hand.

„Nein", sagte der Krieger. „Mir tut es leid. Du hast mir eure Verbindung gezeigt. Ich sollte aufhören, mir ständig Sorgen zu machen. Lass mir Zeit, ich gewöhne mich schon an sie."

„Ich möchte, dass du mehr tust als dich an Emily oder meine Beziehung zu ihr zu gewöhnen. Ihr wart schon weiter. Ihr wart sehr vertraut."

„Sei still!" Der Krieger glitt auf den Schoß des Traumfängers. Er nahm sein Gesicht in beide Hände und küsste ihn. „Ich weiß das alles. Hör auf, dir Gedanken zu machen. Dein Kopf ist ohnehin zu voll."

„Lass." Immo entzog sich ihm. „Es gibt noch etwas anderes." Er legte seine Hand auf Duncans Brust. Sein Blick versuchte, sich am Krieger festzuhalten. Es gelang ihm nicht. „Ich muss dir etwas erzählen."

„Was?"

Nur einen Moment sahen sie einander an. Im nächsten blinzelte Immo. „Ich werde nicht warten, bis alle zurück sind. Die Träume rufen mich. Ich muss nachsehen, was los ist."

„Das ist alles?"

„Ich brauche Antworten."

„Du weichst mir aus."

„Du hast selbst gemerkt, dass mein Kopf zu voll ist."

Duncan nickte langsam. „Du machst einen Rückzieher", sagte er leise und stand auf. „Du weißt, was ich fühle, und verschweigst mir trotzdem etwas. Ich habe es verstanden, als wir uns entfremdet hatten – aber inzwischen? Wie weit willst du dieses Spiel noch treiben?"

Ohne eine Antwort abzuwarten verschwand er.

Emily paddelte weiter im Wasser, obwohl ihre Haut längst schrumpelig war. Sie fühlte sich schwerelos genug, um die Fragen an sich heranzulassen, die hinter den Geschichten der anderen lauerten.

Würde sie es schaffen, ihr eigenes Kind zu beschützen? Wie sollte sie verhindern, dass ihm solch Furchtbares geschah wie das, was sie gesehen hatte? Was sie selbst erlebt hatte? Würde Immo ein guter Vater sein? „Besser auf jeden Fall", flüsterte sie ihrem Bauch zu und spürte ihr schlechtes Gewissen. Nie mehr würde sie in Patricius nur den verwöhnten Snob sehen, nie mehr Brenda gegenüber ungeduldig sein, weil die sie bemutterte. Und Duncan ... Seine Reaktion, als Tian Shi in seinem Inneren aufgetaucht war – damals, als sie zum ersten Mal gemeinsam losgezogen waren. Hatte sie begriffen, was das Mädchen ihm bedeutete? Hatte sie überhaupt begriffen, was es ihm bedeutete, jetzt derjenige zu sein, der über andere wachte?

Unter einer Palme schlief Emily endlich ein. Als sie in den Morgen erwachte, war ein Teil der Schwermut fort.

„Ich frage mich, was die anderen von mir gesehen haben."

Hani reichte ihr eine Dattel. „Wir können uns zumindest ansehen, was sie nicht gesehen haben. Und zwar deshalb, weil du es selbst noch nicht kennst."

Emily stutzte, biss dann aber doch in die Dattel, schob sie in den Mund und lutschte zuletzt den Kern. „Aha", sagte sie, und fand, das müsse reichen.

Augustus R. Dengler schlief vor dem Fernseher ein.

Am nächsten Tag überhörte er die Anrufe seiner Kollegen. Er schlief, als jemand Sturm klingelte. Er schlief, als die Nachbarin seine Wohnungstür mit dem Ersatzschlüssel aufschloss, ihn schüttelte und den Notruf wählte.

Er schlief ganze drei Wochen.

Dann starb er.

Hani führte sie ein Stück in die Wüste hinein, bis zu einer Stelle, die sich durch nichts von ihrer Umgebung unterschied. Dort griff der Derwisch in die Luft und zog seinen Besen hervor. Glöckchen klimperten, während er den Sand zur Seite fegte.

Emily beobachtete ihn. Sie schwankte zwischen Neugier und Zweifel. Doch bevor ihre Geduld sie verlassen konnte, drehte Hani den Besen um und klopfte mit dem Stil auf den Boden. Es klang hohl.

Gemeinsam legten sie eine hölzerne Falltür frei. Ein großer Metallring war offensichtlich zum Ziehen gedacht. „Vorsicht", mahnte Emily, als sie und Hani all ihre Kraft aufwandten und sie spürte, dass die Falltür nachgab. Sie selbst wahrte ihr Gleichgewicht, Hani jedoch fiel nach hinten auf den Boden. Er rappelte sich hoch und klopfte den Sand von seinem Gewand. „Nichts passiert. Danke der Nachfrage."

Die Stufen hoch zum Maya-Palast leuchteten bläulich. Die Anrasati hatten ein Gebäude zum Eingang ihres Reiches gemacht, das an ihren größten Triumph im Diesseits erinnerte. Duncan stand davor und richtete seine Aufmerksamkeit auf die Dunkelheit hinter dem Eingangsbogen. Am liebsten wäre er hineingegangen und hätte vor Ort nachgeschaut, ob die Dämonen schliefen oder fort waren. Der riesenhafte Hund an der Spitze der Treppe hätte jedoch etwas dagegen.

Verflucht.

Der Krieger spürte noch den Stachel, den Immos Feigheit hinterlassen hatte. Zu gerne würde er dem Viech da oben einfach den Garaus machen. Das Risiko, dass dadurch eine ganze Herde Wächterdämonen aufgeschreckt würde, war jedoch zu hoch. Mit einem Heiler im Rücken – ja. Oder mit Immo, der ihm seinen Schild schickte.

Aber der Zugang zu Haiowathas Reich war abhängig davon, dass Huang Lung wach war. Albuin fiel aus. Und der Traumfänger war auf seiner eigenen Mission.

Er konnte nicht wagen, verletzt zu werden.

Für den Moment musste ihm reichen, dass er die Anrasati nicht wittern konnte. Sehr wahrscheinlich waren sie nicht zuhause.

Er konnte nicht *wagen*, verletzt zu werden.

Emily starrte in das schwarze Loch, das die Falltür freigelegt hatte. Es schien vage vertraut, doch der Griff zum Zupacken fehlte hier.

Hani erwiderte ihren Blick mit einem Schulterzucken. „Probiere es aus", sagte er. „Ich verspreche dir, du wirst nur verwirrt sein."

Emily kniete neben der Öffnung nieder und wollte einen Fuß hineinstrecken. Sie stieß gegen einen unsichtbaren Widerstand. Durch die Wüste hallte eine Stimme, die sie als ihre eigene erkannte: „Ich muss erst die richtige Frage stellen."

„Wie bitte?"

„Falsch", sagte Hani. „Damit habe ich es schon probiert."

Emily runzelte die Stirn. „Soll das heißen, wir machen uns hier unten unsere eigenen Rätsel?"

„Anscheinend."

„Großartig. Und wenn es wichtig ist?"

„Es ist ganz sicher wichtig." Hani zögerte. „Du solltest vertrauen. Für die meisten Geschichten gibt es eine richtige Zeit, um sie zu offenbaren."

„Was meinst du mit ‚für die meisten Geschichten'?"

„Immo natürlich. Du weißt, dass er nicht aufrichtig war."

„Ich weiß, dass er mich belogen hat, ja. Von wegen, seine Geschichten sind hinreichend bekannt. Es gibt genug, was ich nicht von ihm weiß. Aber ich bin froh drüber. Ich glaube nicht, dass ich das auch noch aushalten würde."

Hani lächelte sanft. „So verzagt, alte Seele? Jeder, der liebt, sehnt sich doch danach, die tiefsten Wunden des anderen zu kennen."

Emily sah zum Horizont. „Ich muss zurück", sagte sie.

Ambrosias Schlafgemach lag im Halbdunkel. Die Hüterin des Gleichgewichts lag im Bett, ein feuchtkaltes Tuch auf der Stirn. Die Schmerzattacken kamen immer häufiger. Kopf, Rücken, Glieder – alles war betroffen. Ihr Bewusstsein dämpfte sich von selbst in diesen Phasen. Der Schmerz ging darauf zurück, dass sie das Taumeln des Universums spürte – in allen Knochen, buchstäblich.

In der Stille lauschte sie in sich hinein. Die Energie des Diesseits' bereitete ihr Sorgen. Sie spiegelte den Kampf um die richtige Balance. Die Unruhe der Träume mochte eine große Rolle spielen. Wenn die Anrasati beteiligt waren, erklärte das zusätzlich Einiges.

Da waren jedoch noch mehr dunkle Stellen in Ambrosia, die sie nicht zu fassen bekam.

Schatten, die vor ihr in Schatten flüchteten.

Zwei neue Türen empfingen Emily in ihrem Inneren. Die eine zierte das Relief eines Feuers, die andere das einer Welle.

Dies mussten die Tore zu Brendas und Patricius' Reichen sein. Dass sie ihr nun offenstanden, war vermutlich ein gutes Zeichen.

Sie blieb bei ihrem Brunnen stehen und verlor sich in den Mustern der Mosaike. Immo war nicht hier, von Duncan hörte sie ebenfalls nichts. Wollte sie überhaupt einen von den beiden sehen? Der Traumfänger war mehr als sparsam gewesen mit seiner Beschreibung dessen, was auf sie zukam. Und Duncan ...? Was um Himmels Willen sollte sie ihm sagen?

Die Geschichte von Patricius hatte sie ganz anders schockiert. Sie wollte ihn konfrontieren. Zu häufig benahm er sich ihr gegenüber unmöglich. Und die Tür war nicht verschlossen – eine Einladung.

Emily kam in einem riesigen Erker aus. Vor ihr bis in weite Ferne lagen schneebedeckte Berggipfel. Im Fensterglas spiegelte sich der holzvertäfelte Wohnbereich hinter ihr. Es roch nach Alter und Staub. Ein burgunderroter Teppich zeigte seine ursprüngliche Farbe nur noch an den Rändern. Weiter hinten führte eine brüchige Treppe in ein weiteres Stockwerk.

„Emily?" Patricius kam die Treppe hinunter. Er war unrasiert und band den Gürtel seines Morgenmantels zu. „Was soll das?"

„Die Tür war offen."

„Na und? Du hast dich anzumelden wie jeder andere auch."

„Ich will nur mit dir sprechen."

„Ich will aber nicht mit dir sprechen." Patricius strich seine Haare nach hinten. Seine Augen blitzten auf, als Emily den Mund öffnete. „Ich will nur ..."

„Nein!", unterbrach er sie barsch. „Du willst nicht nur. Du willst mich mit Phrasen zumüllen und Mitgefühl heucheln. Du willst mich davon überzeugen, dass ich im Grunde gar kein schlechter Mensch bin, sondern mich nur die Umstände gezwungen haben, einer zu sein. Es ist jämmerlich, das mit anzusehen."

Emily musterte ihn kühl. „Mitgefühl? Keine Sorge, deshalb bin ich nicht hier. Ich wollte dich fragen, wieso du mit so einer Vergangenheit ein so großes Arschloch sein kannst. Ich würde Demut erwarten."

Patricius legte den Kopf in den Nacken und lachte schallend. „Recht so", japste er, bevor er schlagartig ernst wurde. „Du solltest mich hassen, so wie alle anderen auch. Mach es dir leicht, kleine Emily. Verschwinde."

„Ich sollte? So wie alle anderen auch?" Emily runzelte die Stirn. „Das heißt, du willst gehasst werden, aber keiner tut dir den Gefallen?"

Er trat so energisch auf sie zu, dass sie zurückwich. „Spar dir deine Spitzfindigkeiten. Ich kann noch anders, glaube mir. Wenn du nicht abhaust, auf der Stelle, garantiere ich für nichts."

„Ach ja?" Ihre Schultern strafften sich. „Was kannst du denn, dass du glaubst, ich würde mich von dir einschüchtern lassen?"

Patricius stand so nah vor ihr, dass sie den Alkohol in seinem Atem riechen konnte. „Wenn Immo dich hören würde, käme er persönlich, um dich wegzuschleppen. Verschwinde, und sprich mich nie wieder auf meine Geschichte an! Ich musste sie dir zeigen. Von Diskutieren war nicht die Rede."

Nein. Das war keine Einladung gewesen.

„Was soll das heißen, du bist unterwegs? Ich will mit dir reden. Ich brauche dich hier."

Emily zerknüllte Immos Zettel und warf ihn auf den Schreibtisch. Sie wartete vergeblich auf eine Antwort. „Du lässt mir ein lächerliches Sätzchen hier?" Der Äther blieb stumm.

„Emily?" Das war Brenda, die an die Tür des Wohnwagens klopfte. Emily öffnete und trat zur Seite, damit die Hüterin der Drachen eintreten konnte.

„Reg dich nicht auf", sagte sie, nachdem sie sich einen kurzen Blick in Emilys Gefühlslage gegönnt hatte, und legte ihr Schwert auf die Küchenzeile. „Ambrosia sagt, dass er schon zu lange gewartet hat. Wenn die Träume ihn rufen, muss er verschwinden."

„Wohin muss er verschwinden? Ich will ihn sprechen!"

„In sein Traumfängerselbst. Wir können ihn dort nicht erreichen."

„Verfluchte Scheiße! Ausgerechnet jetzt?"

Brenda verzog keine Miene. „Offensichtlich."

Emily nahm den Zettel noch einmal auf, glättete ihn, zerknüllte ihn wieder und warf ihn auf den Boden. „Ich muss hier raus."

Sie liefen ein Stück den See entlang. Im Diesseits peitschte der Herbst Regen durch die Luft. Hier spürten sie vom Wetter nichts. Nur die Farben wirbelten durcheinander, und der Geruch ähnelte dem eines Komposthaufens.

„Besser als Schwefel", sagte Brenda, als sie Emilys Gesicht bemerkte.

„Was?"

„Der Geruch. Ich rieche zu oft Schwefel."

„Ich habe kein Problem mit dem Geruch."

„Womit dann?"

Emily blieb stehen. „Wieso bist du eigentlich die größte Drachenfreundin, obwohl sie deine Familie ausgelöscht haben?"

„Ach du meine Güte." Brenda vergrub ihre Hände tief in den Taschen ihres Rocks. „Du hast ja meine Geschichte gesehen. Das ist doch alles längst vorbei." Sie setzte sich auf einen Felsen und bedeutete Emily, es ihr gleichzutun. Dann dachte sie nach. „Versteh mich nicht falsch. Der Blick zurück tut weh. Ich habe lange mit meinem Schicksal gehadert. Heute weiß ich, dass es genug Schmerz gibt, der vollkommen überflüssig ist. Aber in meinem Fall – nun." Ihr Blick zog sich hinter einen Schleier zurück. „Es gibt diese Momente im Universum, in denen sich in der Zerstörung ein neuer Weg öffnet. Einer, der ganz allein für dich bestimmt ist."

Emily legte ungläubig ihre Stirn in Falten. „So ein Schwachsinn. Das ist nichts als Schönfärberei."

„Glaubst du?" Brenda sah sie wieder an. „Ich hätte meine Bestimmung nie gefunden, wenn mein altes Leben nicht zu Asche geworden wäre. Es ist nie sicher, wohin ein Ereignis uns letztlich führen wird. Die Drachen, die mein Dorf damals angegriffen haben, waren nichts weiter als Sklaven. Sie wurden von Dämonen benutzt, um die Menschheit zu terrorisieren. Tatsächlich habe ich Drachen zunächst gehasst. Ich wollte Rache. Aber als ich herausfand, unter welchen Bedingungen sie lebten, habe ich mich entschlossen, sie zu befreien. Willst du wissen wie?"

Emily sah schmunzelnd zu, wie Brenda in ihre Rocktasche griff und die Pfeife hervorzog. „Natürlich."

Die Drachenhüterin rutschte hin und her, bis sie eine bequemere Position gefunden hatte. „Es gab damals eine Legende", fuhr sie fort. „Tief im Reich der Dämonen befinde sich ein Gefängnis für die Seele des Feuers, hieß es. Selbst die mächtigsten Drachen waren ohne diese Seele nicht mehr als ein Spielball, leicht zu unterjochen. Ich musste also das Gefängnis der Feuerseele erreichen und es aufbrechen."

„Hört sich nach einem Spaziergang an", sagte Emily.

Brenda zuckte nur mit den Schultern. „Ich hatte Hilfe. Der König der Drachen selbst – unser Huang Lung – hat die Gerüchte darüber aufgeschnappt, was ich vorhatte. Irgendwann war er neugierig genug. Heute weiß ich, dass er sich absichtlich finden ließ. Ich musste ihn nur noch davon überzeugen, dass wir gemeinsam eine Chance haben würden. Du kennst ihn. Wenn ich sage, dass er einverstanden war, weißt du, wie viel Redekunst ich aufbringen musste. Er misstraute der Menschheit genauso sehr wie den Dämonen. Aber die Aussicht, seine Spezies zu befreien, war verlockend genug. Wir sind gemeinsam ins Reich der Dämonen eingedrungen und haben uns den Weg bis in seine Tiefe freigekämpft. Dort habe ich das Gefängnis der Feuerseele zerstört, und weil sie nicht frei sein kann, ohne sich zugleich an einen Körper zu binden, bin ich heute die Hüterin der Drachen."

„Beeindruckend."

„Durchaus. Ich habe meinen Hass überwunden. Das hat mich stark gemacht, aber es war auch ein hartes Stück Arbeit."

„Siehst du dich als Vorbild für mich?"

Brenda lachte. „Selbstverständlich. Und nein. Du musst selbst herausfinden, wo du dir Steine in den Weg legst."

Emily öffnete den Mund für eine Erwiderung, als Duncan aus dem Nichts erschien. Er baute sich neben ihnen auf, die Hände in die Hüften gestützt. „Verschwinde", sagte er zu Brenda.

Das Bewusstsein des Traumfängers flocht sich in alles Bewusstsein, das fähig war zu träumen. Es lauschte.

Zuerst fand es unzählige ungeträumte Träume. Sie sammelten sich und verharrten vor den verschlossenen Türen der Schlafenden.

Das Bewusstsein stellte keine Frage nach dem Warum.

Es wusste nur, dass Immo es war, mit seinen menschlichen Eigenschaften, der die Türen unbedingt wieder öffnen musste.

„Wie bitte?" Die Drachenhüterin erhob sich und zog ihr Schwert aus der Scheide. Duncan blinzelte nicht einmal. „Ich muss mit Emily sprechen. Verschwinde."

„Du bist unhöflich zu mir, weil du mit Emily sprechen möchtest?"

„Ich weiß nicht, wieviel Zeit wir haben. Immo ist unterwegs."

„Das wissen wir. Und du bist unhöflich."

Der Krieger schlug die Hände vor der Brust zusammen und deutete eine Verneigung an. „Ich grüße dich, Drachenfrau. Verschwinde."

Brenda betrachtete ihn mit zusammengekniffenen Augen. Dann nickte sie knapp, drehte sich um und war fort.

Duncan wandte sich an Emily. „Du hast ihr Bett angezündet."

Jetzt war sie es, die ihn regungslos fixierte.

„Das Bett von diesem Weib. Wie hieß sie noch? Leonie?"

„Leonie Becker", murmelte Emily.

„Sie hat dich mit einem Plastikschwanz vergewaltigt und du hast ihr Bett angezündet."

Emily setzte sich gerade. „Schockiert? Sie lag nicht mal drin."

„Eher beeindruckt. Du warst zwölf."

„Nicht strafmündig. Ich dachte, ich sei schlau."

„Wieso schlau?"

„Anders wäre ich aus diesem Scheißloch kaum rausgekommen."

„Verstehe. Hinterher warst du noch schlauer."

„Charmant."

Der Krieger schnaubte. Dann setzte er sich neben sie. „Du bist vom Regen in die Traufe gekommen." Er wartete, aber Emily blieb stumm. „Es erstaunt mich, dass du überhaupt noch einer Frau vertrauen kannst."

„Solange sie keine penisförmigen Gegenstände dabeihaben, geht es."

Duncan schwieg. Er sah hinaus auf den See und in den Farbenwirbel des Sturms. Seine Stimme war ruhig, als er wieder sprach. „Du wolltest dich umbringen."

„Im Krankenhaus hatten sie was dagegen."

„Ich habe es gesehen. Es war – intensiv. Fast dachte ich, sie schaffen es nicht."

„Süß."

Das Gesicht des Kriegers verfinsterte sich. „Spotte ruhig. Sie waren sehr gut in diesem Krankenhaus. Ich weiß nicht, ob unsere Heiler dich wieder hinbekommen hätten." Er stand auf und streckte Emily die Hand entgegen. „Komm. Es ist nicht gemütlich hier."

„Wohin kommen?"

Er antwortete nicht. Emily verzog das Gesicht und erhob sich. Sie verschwanden in einem Wirbel und tauchten in Duncans Innerem wieder auf.

Traumfängerbewusstsein suchte noch etwas, voller Sehnsucht, doch ohne es zu finden:

Das Kind hatte im Universum keine Bedeutung mehr. Merulas Schicksal war ausgelöscht. Die letzte Erinnerung an das Mädchen klammerte sich an den Sand in Immos Selbst und wartete auf die einsamen Stunden, in denen er sie durch seine Hände rieseln ließ.

Im versteinerten Wald floss Licht um knotige Baumstämme zu den freiliegenden Wurzeln hinab. Die Schatten bildeten eigene Kunstwerke auf dem Boden.

„Was machen wir hier?"

Duncan lachte leise, als er sah, wie Emily die Umgebung absuchte. „Findest du ihn allein?"

„Wieso? Hast du vergessen, wo du suchen musst, alter Mann?"

„Vergessen? Oh, du würdest merken, wenn ich mich selbst vergesse."

Emily drehte sich hastig weg von ihm und hoffte inständig, dass er ihr nicht in den Kopf guckte gerade. Jener Kuss in ihrem Traum ...

Sie machte ein paar Schritte und ging in die Hocke. Hier war doch irgendwo ...? Da vorne! Das musste die Wurzel sein, unter der Dàlóng lebte. Emily schnalzte mit der Zunge und streckte lockend ihre Hand aus. „Hey, Dàlóng, komm her, mein Kleiner! Kennst du mich noch?" Ihre Augen begannen zu tränen, aber die Verlegenheit verschwand. „Wo bist du denn? Komm schon raus!"

„Würde er." Duncan hockte sich neben sie. „Wenn er nicht schon da wäre."

Zwischen ihnen drängte sich eine seidenweiche Schnauze Richtung Emilys Hand. Der kleine Drache fiepte leise.

Emily lachte und kraulte ihn zwischen den Ohren. „Wo kommst du denn her? Bist du umgezogen?"

„Nein", sagte Duncan und zupfte Dàlóng vorsichtig eine alte Schuppe aus dem Panzer. „Er ist wieder unternehmungslustiger geworden."

„Hm." Emily verkniff sich einen Kommentar. Es war offensichtlich, dass der Drache nicht so verängstigt war wie beim letzten Mal. Sie streichelte seinen Bauch. Duncan fuhr mit seinem Finger von Dàlóngs Kinn aus den Hals hinunter, bevor er innehielt. „Emily ..."

„Schon gut." Sie zog ihre Hand zurück. „Ich habe gesehen, wie deine Schwester gestorben ist. Du bist bestimmt nicht scharf drauf, dass nochmal was passiert mit einem Baby."

„Es ist nicht gut", sagte er. „Ich habe dich verletzt. Du solltest die letzte Person sein, der ich das Gefühl gebe, dass ich sie kontrollieren will. Davon hattest du genug in deinem Leben. Es tut mir leid."

„Hat sich längst erledigt." Emily sah ihn an. „Ich bin nicht mehr sauer. Sag mir, wieso wir hier sind."

„Ich will etwas mit dir besprechen. Und ich bitte dich um dein Wort, dass du Immo nichts davon erzählen wirst."

„Du bittest mich?"

Duncan wechselte von der Hocke in den Schneidersitz. Auch Emily setzte sich ganz auf den Boden. Dàlóng legte seinen Kopf auf ihr Knie. Der Krieger nahm Emily ins Visier. „Habe ich dein Wort?"

„Ich finde das seltsam."

„Es ist zu seinem Schutz."

„Und der liegt in deinem Ermessen?"

Duncan starrte für einen Moment ins Leere. „Seit fast 2000 Jahren."

Dàlóng hob seinen Kopf, schüttelte sich und wich zurück zwischen die Bäume. Emily sah ihm nach, dann wandte sie sich Duncan zu. „Markierst du hier gerade dein Revier? Ich dachte, du willst keine Kontrolle."

Ein Augenlid des Kriegers zuckte. Er senkte den Blick. „Habe ich dein Wort?"

„Wenn Dàlóng zurückkommt", sagte Emily.

Sein Blick war hart. „Er ist nicht meinetwegen abgehauen."

„Stimmt. Du bist es, der abgehauen ist."

Duncan sprang auf und zog sein Schwert hervor. In einer einzigen Bewegung trieb er es durch einen zentimeterdicken Ast, fing ihn auf und schleuderte ihn den Weg hinunter. „Du könntest einfach mal die Klappe halten!"

Er wirbelte zu Emily herum und deutete mit der Schwertspitze auf sie. „Willst du mich in den Wahnsinn treiben? Das tut Immo schon. Seit fast 2000 Jahren!"

Emily biss sich auf die Lippen. Stumm musterte sie den Krieger über die Klinge hinweg, bis er das Schwert hinunternahm.

„Du verlangst viel von mir", sagte sie schließlich. „Ich habe noch nie mein Wort gegeben, wenn ich nicht wusste, was das genau bedeutet."

„Du hast mir mal vertraut."

„Du mir auch."

Duncan wich vor Emily zurück. Die Hand an seinem Schwertgriff war weiß. Er drehte sich zur Seite. „Dàlóng! Komm zurück!"

Emily schloss kurz die Augen, als der kleine Drache ohne zu zögern wieder zum Vorschein kam.

„Es ist so", sagte Duncan, „dass du nicht hier wärst, wenn ich dir nicht vertrauen würde. Aber wenn du nicht weißt, was es mir bedeutet, wenn ich dich um dein Wort bitte, dann war meine Idee wohl ein Irrtum. Du musst deshalb nicht verschwinden. Geh spazieren, Dàlóng ist bei dir. Ich bin im Jenseits. Trainieren."

Emily blieb zurück wie ein geschlagener Hund.

Es fand, was es nicht gesucht hatte:

Splitter von zerbrochenen Erinnerungen, die entweder nie gewesen waren oder schon immer gewesen sein würden. Diese Splitter durchbohrten das Geflecht von Vergangenheit, Gegenwart und Zukunft.

Lodernde Feuer. Blutfälle. Bäume, die vor der Blüte Früchte trugen.

Das Ende von allem.

Dàlóng landete mit einer Mischung aus Flattern und Springen auf Emilys Schulter. Er pustete ihr ins Gesicht, piepste zärtlich und stieß sich dann wieder ab, um auf einem Ast zu landen.

„Welcher Teil von diesem Blödmann bist du?", fragte Emily. Dàlóng schüttelte den Kopf und stieß Rauchwölkchen aus seinen Nüstern.

„Du willst nicht drüber reden? Auch gut. Was mache ich dann noch hier?"

Der Drache richtete sich auf und breitete die Flügel aus. Mehrmals schwang er sie hin und her, ehe er von dem Ast hinunter-, ein Stück den Weg entlang- und wieder zurückflog.

Emily folgte ihm, als er abermals kehrt machte.

Sie folgte Dàlóng durch einen Wald, der schon bald nicht mehr tot wirkte, sondern frühlingshaft. Überall wucherte Moos und an den Zweigen sprossen junge Blätter. Hier waren sie beim letzten Mal nicht entlanggegangen. Emilys bloße Füße genossen den weichen Boden.

Der Drache überschlug sich in der Luft und wechselte die Richtung. Er verschwand zwischen den Bäumen, wieder mit diesem leisen Piepsen, um gleich darauf zurückzukehren. Aus dem Unterholz trat eine kleine Gestalt, stutzte und verbarg sich halb hinter einem Baumstamm. Emily sank auf die Knie. „Tian Shi!" Da war es, das Kind, das sie schon beim letzten Mal in ihr Herz geschlossen hatte. Duncans kleine Schwester, wie sie jetzt wusste.

Emily streckte ihre Arme aus und wagte nicht, sich weiter zu bewegen, bis das Mädchen langsam hervorkam und vorsichtig lächelte.

„Komm her zu mir."

Jetzt hüpfte Tian Shi näher. Ihr Lächeln verwandelte sich in ein Lachen, als sie Emily um den Hals fiel. Die drückte sie an sich, hielt sie, verbarg ihr Gesicht in den schwarzen Haaren und atmete die Lebendigkeit des kleinen Körpers ein. Tian Shi ließ es geschehen, doch nach einer Weile begann sie zu zappeln. Sie drückte Emily von sich, fasste ihre Hand und zog sie weiter. Immer wieder mischte sich ein Hüpfer in ihren Gang.

„Wohin bringst du mich?"

Der Wald lichtete sich. Im Hintergrund erhob sich der abgebrochene Kegel eines Vulkans. Felsbrocken lagen überall verteilt und aus dem Boden kam Rauch. Dicht am Fuße des Vulkans stand eine igluförmige Steinhütte.

Ein Mann trat heraus. Gekleidet war er ganz in Blau. Er trug die Haare auf der einen Hälfte des Kopfes rasiert, auf der anderen mit langen Nadeln hochgesteckt. Seine Augenbrauen wirkten, als wären sie durch eine ständig gerunzelte Stirn zusammengewachsen. Als er die kleine Gruppe sah, winkte er sie herbei. Emily zögerte. Aber Tian Shi stapfte, gefolgt von dem Drachen, voraus. Sie baute sich vor dem Mann auf und stemmte die Hände in die Hüften. Der schüttelte nur den Kopf und verdrehte die Augen.

„Guten Tag", sagte Emily.

„Konnichiwa", erwiderte der Mann und verbeugte sich knapp. „Du bist Emily Spring."

„Bin ich. Und du bist ...?"

„Ein Echo. Nenn mich Miyamoto."

„Was tue ich hier?"

„Oh." Seine Aufmerksamkeit sprang zurück zu Tian Shi, die geduckt zum Eingang des Iglus geschlichen war. Mit einem Satz war er bei ihr, packte sie und riss sie zurück.

„Hey!", rief Emily. Doch das Mädchen war schon frei, schüttelte seinen Arm und sah Miyamoto mit zusammengekniffenen Augen an. „Merula", sagte es, „Immo", und noch einmal, drängender, „Merula!"

„Kommst du nur noch her, um mich damit zu nerven?" Miyamoto wandte sich wieder an Emily. „Du bist hier, weil sie mich nerven will." Er verschwand im Stein-Iglu. Mit einem Käfig im Arm kehrte er zurück. Tian Shi schlug die Hände vor dem Mund zusammen. Das Schimpfen einer Amsel hallte über die Lichtung. Miyamoto griff in den Käfig, zog den Vogel hervor, löste eine Nadel aus seiner Frisur und stach sie dem Tier in die Brust. Das Kind heulte auf. „Mehr habe ich nicht", sagte Miyamoto und warf Tian Shi den toten Vogel entgegen. Sie fing ihn auf. Im nächsten Moment schüttelte sich die Amsel, rappelte sich hoch, saß einen Moment lang still da und stieß sich dann in die Luft, um im nahen Wald zu verschwinden. Ihr Schimpfen hallte noch lange nach. Miyamoto lachte aus vollem Halse.

Dann drehte er sich zu Tian Shi. Jede Heiterkeit war aus seiner Miene verschwunden. „Frei. So wolltest du es. Ich weiß nichts von Merula. Such dir ein anderes Thema. Und du", wandte er sich an Emily, „nimmst das, was ich dir zu sagen habe, und verschwindest. Die Zeit wird knapp."

„Die Zeit wird knapp? Was soll das heißen?"

„Das soll gar nichts heißen, das ist nur eine Feststellung. Was etwas heißen könnte, ist, dass du mehr Waffen bei dir trägst als andere. Vergiss sie nicht. Es wäre schade, wenn jemand zu Schaden käme, vielleicht sogar stirbt, weil du sie vergisst."

„Waffen? Ich trage keine Waffen."

Miyamoto schloss die Augen und ließ seine Finger über die Schläfen kreisen. „Vergiss sie einfach nicht", sagte er. „Und jetzt verschwinde. Verschwindet alle. Verschwindet. Los!" Er hob einen Stock vom Boden und schlug damit erst Richtung Emily, dann Richtung Tian Shi.

Neben Emily peitschten Dàlóngs Flügel. Der Drache begann zu brüllen. Im nächsten Moment brach er aus seiner Haut – und wuchs. Wuchs, bis er größer war als das Iglu aus Stein, stellte sich auf seine Hinterbeine und spie schwarzen Rauch.

Dann hüllte er Emily in seinen Flügel. „Es ist nicht mehr sicher hier", ertönte eine – seine – mächtige Stimme.

Mit einem gewaltigen Ruck schleuderte Dàlóng sie nach vorne, in den Rauch hinein.

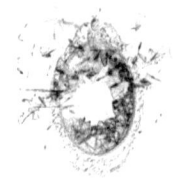

Der Krieger blutete. Ein Dämon hatte ihm die Schulter aufgerissen. Ein lächerlicher Dämon, der nur darauf programmiert war, lebendige Seelen, die sich ins Jenseits wagten, zu fressen. Das war ihm noch nie passiert! Er, Sun Dèng Kén, stand vor Hypnos Festung und verzog das Gesicht vor Schmerz. Und er schwor, dass irgendjemand schon sehr bald dafür büßen würde. Der Krieger ließ seine Schulter kreisen und sein Schwert von einer Hand in die andere wandern.

An einem grellweißen Torbogen prangten die Marmorköpfe griechischer Gottheiten. Jeder von ihnen war mit einer Mischung aus Vogelkot und Fetzen blutiger Innereien beschmiert. Am Tor selbst hingen die aufgeschlitzten Körper hunderter Nagetiere. Verwitterte Schriftzeichen verhießen jedem einen qualvollen Tod, der es wagte, ohne Einladung einzutreten.

Duncans Blick wanderte am Tor hinauf und wieder hinab.

Ansatzlos sprang er die gut drei Meter in die Höhe und schwang sich auf die andere Seite, um dort sofort den breiten Weg in Richtung des Hauptgebäudes hinabzurennen.

Immo saß mit überschlagenen Beinen auf dem Ohrensessel, als Emily in den Wohnwagen zurückkehrte. Der zerknüllte Zettel lag geglättet auf seinem Oberschenkel.

„Wo warst du?", fragte er.

Emily streifte ihn nur mit einem Blick, nahm sich frische Kleidung aus dem Schrank und verschwand im Badezimmer. Als sie zurückkam, saß er genauso da wie zuvor und sah ihr entgegen.

„Ich glaube, dass eher ich diese Frage stellen dürfte", sagte Emily und rubbelte ihre Haare trocken. „Ich hätte dich gebraucht. Spätestens, als ich von Patricius zurückgekommen bin."

„Du warst bei Patricius?" Immo richtete sich auf.

„Dem Arsch. Ja."

„Wieso sagst du das so? Hat er dir was getan?"

„Nein. Nur Sprüche geklopft."

„Was für Sprüche?"

Emily winkte ab und nahm sich ein Glas, um es mit Wasser zu füllen. „Irgendwas von wegen er hätte seine Geschichte nur gezeigt, weil er sie zeigen musste und ich solle ihn nie wieder darauf ansprechen, weil er auch anders können würde."

„Was?" Immo sprang auf, hielt Emilys Hand mit dem Glas fest, als sie es gerade zum Mund führen wollte, und bohrte seinen Blick in ihren. „Wiederhole das bitte, und zwar sehr, sehr langsam."

Sie schob seine Hand zurück und trank. „Ich weiß nicht mehr genau, was er gesagt hat. Das alles steigt mir gerade über den Kopf, kannst du das verstehen? Patricius zickt rum. Duncan zickt rum. Und du bist nicht da. Die Einzige, die noch alle beisammenhat, ist Brenda."

„Wieso zickt Duncan rum? Was ist mit Sun? Verdammt, Emily!" Immo drehte sich fort von ihr und schlug mit der flachen Hand auf die Sessellehne. Im nächsten Moment wirkte er wieder vollkommen beherrscht. „Wenn ich unterwegs bin, wie vorhin, dann bekomme ich nichts mehr mit. Ich bin als Mensch ausgeschaltet. Nur das Bewusstsein des Traumfängers ist wach. Und es nimmt ganz anders wahr als wir es gewohnt sind. Ich kann es nicht erklären, weil ich es selbst nie mitbekomme. Ich weiß nur, dass ich Dinge weiß, wenn ich wieder – erwache. Also musst du mir erzählen, was hier los war!"

„Muss ich das?" Emily trat von ihm zurück und musterte ihn kühl. „Ich denke, dass ich mich erst erholen möchte. Ich bin gerade von Duncans entzückendem Minidrachen zurück in mein Selbst geschleudert worden. Kurz nachdem ein irrer Vogelmörder mit einem Stock nach mir geschlagen hat. Ich ..."

Weiter kam sie nicht. Sie taumelte, als der Traumfänger sich ihre Erinnerungen griff. Sein Gesicht erstarrte. Er sprang mit beiden Füßen auf den Sessel, hockte sich hin und wiegte den Körper vor und zurück, die Augen geschlossen. Lautlos bewegten sich seine Lippen. Schließlich sprang er auf und packte Emilys Arm. „Du kommst mit", sagte er und wirbelte mit ihr gemeinsam in Dunkelheit.

Das Tor, über das Duncan sich hinübergeschwungen hatte, öffnete sich quietschend. Immo zog Emily weiter, bevor sie die Details der gruseligen Dekoration genauer in Augenschein nehmen konnte. Seine Hand schoss in die Höhe, als sich links und rechts des Weges Gestalten regten.

„Wagt es nicht!", donnerte die Stimme des Traumfängers über das Anwesen. „Sie steht unter meinem Schutz."

Die Antwort war eine Mischung aus Gelächter und Kreischen. Mehrere Dutzend Löwenkörper mit menschlichen Händen und Raubvogelköpfen zogen sich an den Rand des Geländes zurück. Jedes Wesen für sich beeindruckte allein schon durch Größe und Kraft. Zusätzlich trugen sie Dolche und Schleudern, und ihre Schwänze waren mit langen Dornen besetzt.

„Geh einfach weiter", hörte Emily Immo in ihrem Kopf.

„Keine Sorge", gab sie zurück und griff fester nach seiner Hand. „Aber sollten wir hier wieder rauskommen, bringe ich dich um."

„Hoffentlich", sagte er, bevor sie eine weitläufige Treppenflucht zu einem Gebäude hocheilten. Der Eingang wurde von überdimensionalen Vogelschwingen aus Marmor flankiert.

Im Inneren war es dunkel. Immo zischte, als Emily seine Hand noch fester umklammerte. „Sorry", murmelte sie und ließ locker.

„Schon gut." Flüchtig streichelte er ihre Finger.

„Wo zum Teufel sind wir?"

„Gleich", sagte Immo und zog sie weiter durch einen fensterlosen Gang. Ihre Schritte hallten von den Mauern wider. Statuen links und rechts an den Wänden wirkten, als könnten sie im nächsten

Moment zum Leben erwachen und sich auf die Eindringlinge stürzen.

Der Gang mündete in eine große Halle. Ein einzelnes Lichtbündel fiel hinab auf eine leblose Gestalt. Emily keuchte, als sie Duncan erkannte. Der Traumfänger ließ ihre Hand los, trat vor und straffte die Schultern.

„So pathetisch, Hypnos?" Seine Stimme hallte durch den Saal. „Oder sollte ich sagen, dumm? Hast du dein Wissen inzwischen nicht aufgefrischt?"

„Traumfänger!" Ein Mann schälte sich aus der Dunkelheit und trat näher. Seine schwarzen Locken und feinen Gliedmaßen wirkten wie Hohn angesichts der Brutalität, die Stimme und Mimik ausstrahlten. „Du wagst es, dein Spielzeug mitzubringen? Dann sind die Gerüchte wahr. Du hast den Verstand verloren!"

„Mein Verstand funktioniert einwandfrei, sei unbesorgt. Wie ist es mit deinem? Ich frage nochmal: Hast du nicht mitbekommen, dass Traumfänger und Krieger eins sind? Ich bin tabu für dich – also ist Duncan das auch. Und dieses Spielzeug hier hat mich einst aus dem Nichts gezogen. Noch bevor ich dich erschaffen konnte, Mündel."

„Ach, die alte Prahlerei." Hypnos winkte ab, doch seine Augenwinkel zuckten. „Suhle dich ruhig weiter in deinem Erschaffungsmythos. Wie du weißt, habe ich meinen eigenen."

„Der, wie alle wissen, eine Lüge ist." Immo trat weiter in den Raum hinein. Das Licht, das Duncan beleuchtete, legte sich wie eine zweite Haut über ihn. „Jetzt lass den Krieger frei."

Hypnos' Kinnlade fiel herunter. „Aber natürlich!" Theatralisch warf er die Hände in die Luft. „Du tauchst hier auf und bellst und ich habe nichts Besseres zu tun, als dir zu gehorchen. Gegenvorschlag: Deine Schöpferin kann sich gleich zu deinem Schoßhündchen dazulegen!"

„Wage es nicht!" Immo streckte seine Hand aus. Knapp neben Hypnos schlug ein Blitz in den Boden und riss den Marmor auf.

Hypnos taumelte zurück und presste die Hände auf die Ohren. „Hör auf!", schrie er.

Der Traumfänger entspannte sich. „Lass ihn gehen!"

Hypnos stand gebeugt. Er keuchte. „Du weißt, dass ich das nicht tun kann. Er hat die Regeln gebrochen. Egal wie sehr er du ist."

Immo zuckte mit den Schultern. „Selbstverständlich kannst du", sagte er. „Es sei denn du möchtest, dass ich durchsickern lasse, du hättest die Sache mit den Anrasati verraten."

In den nächsten Sekunden atmete niemand. Hypnos richtete sich in Zeitlupentempo auf und wandte sich dem Traumfänger zu. „Wiederhole das!"

„Du hast mich sehr gut verstanden."

„Du versuchst, mir zu drohen?"

„Falsch. Ich drohe dir."

„Du hast tatsächlich den Verstand verloren."

„Nicht mehr als du, wenn du ernsthaft glaubst, ich würde dein Haus ohne Duncan verlassen."

„Es war seine Entscheidung, herzukommen."

Immo schwieg.

Hypnos fixierte ihn über den Körper des Kriegers hinweg. „Was weißt du wirklich über die Anrasati?", fragte er. „Gar nichts, habe ich recht? Es ist ein Schuss ins Blaue, mehr nicht. Wem also würdest du von diesem angeblichen Verrat erzählen wollen?"

„Du hörst nicht zu", sagte Immo. „Ich bin der Traumfänger. Ich verbreite es im ganzen Universum. Und täusche dich nicht – es ist kein Schuss ins Blaue. Ich weiß, dass etwas läuft mit ihnen."

Hypnos lachte ungläubig auf. „Du würdest die Regeln brechen? Schon wieder? Wäre es nicht einfacher, dich nur auf ein Schoß-hündchen zu konzentrieren? Das Ding an deiner Seite winselt schon die ganze Zeit. Schlag dir den Krieger aus dem Kopf."

Immo verzog keine Miene. Er trat einen Schritt nach vorne, so-dass er direkt neben Duncan stand. „Was machen wir jetzt?"

„Du stellst Fragen, sehr gut. Es gefällt mir, dich demütig zu se-hen. Immo Traumfänger – glaube nicht, dass du mich täuschen kannst. Du zitterst innerlich vor Angst um deinen Geliebten. Und du weißt genau, dass es allein in meiner Hand liegt, was mit ihm geschieht." Hypnos verlagerte sein Gewicht und strich sich übers

Kinn. „Die Anrasati stehen zurzeit nicht unter meinem Kommando. Wer auch immer im Universum für mich wichtig ist, weiß das. Deine lächerlichen Träume hätten keine Chance. Also was meinst du, was wir jetzt machen?"

„Wir werden gehen", sagte Immo. „Du weißt, dass ich dir das Leben schwer machen kann."

Hypnos kniff die Augen zusammen. „Er hat gegen die Regeln verstoßen."

„Das ist mir egal."

„Du willst ihn mitnehmen? Ohne Konsequenzen?"

„Ich werde selbst für die Konsequenzen sorgen."

„Tut mir leid, mein Freund, aber das glaube ich dir nicht." Ein leiser Pfiff kam über Hypnos Lippen.

Immo ballte die Fäuste. „Halte dich bereit", hörte Emily ihn in ihrem Kopf. Gleich darauf traten wenigstens ein Dutzend der löwenartigen Wesen aus den Schatten.

„Einer", sagte Hypnos. Ein Surren erklang und endete mit einem dumpfen Geräusch, als ein Pfeil sich in Duncans Arm bohrte.

„Er lebt, Traumfänger. Nimm ihn mit. Und denke an meine Gnade. Dass ihr im Moment keine Heiler habt, ist vermutlich nur ein Gerücht, dass du in die Welt gesetzt hast, um deine Feinde in Sicherheit zu wiegen. Er wird bestimmt bald wieder dein Bett teilen können. Jetzt verschwindet!"

Immo war neben Duncan zu Boden gesunken und zog den Pfeil aus ihm heraus. Die Wunde blutete stark. Die Beine des Kriegers begannen zu zucken, dann sein ganzer Körper. Er riss die Augen auf und versuchte, nach Luft zu schnappen. Doch nichts als ein Gurgeln löste sich aus seiner Kehle. Aus seinem Mund quoll Schaum.

„Husch, husch", sagte Hypnos. „Noch ist ein wenig Zeit. Du wolltest ihn doch lebendig von hier wegschaffen, oder?"

„Komm", presste Immo hervor. Emily half ihm, den bebenden Krieger auf seine Schultern zu wuchten. Sie hielt ihn im Gleichgewicht, während sie sich fallenließen, um diesen Ort zu verlassen.

Miso bäumte sich auf. Die Fesseln spannten sich und schnitten ins Fleisch. „Lass mich!"

Wie von einem Schlag getroffen fiel der Kopf zurück auf das Kissen. Miso wandte den Blick zur Seite und starrte an die Wand. Nach einer Weile erklang ein tiefer Seufzer.

Niemand sonst war im Raum.

Es donnerte, als sie zurückkehrten. Immo lud Duncan auf dem Boden ab und kniete neben ihm nieder. Seine Hände fuhren über das Gesicht des Kriegers, berührten die Wunde an der Schulter und das Blut.

„Was ist mit ihm?", fragte Emily.

„Gift. Er stirbt." Immos Stimme brach.

„Unsinn", sagte Emily. „Das ist Duncan."

Ihr Fuß tappte unruhig auf den Boden. Durch all das Entsetzen erinnerte sie sich an Miyamotos Worte. Du trägst mehr Waffen bei dir als andere. Vergiss sie nicht. Und auf einmal fiel es ihr wie Schuppen von den Augen. Sie waren sehr gut in diesem Krankenhaus. Das hatte Duncan selbst gesagt. Er, dieser –

„– dreimal verfluchte Bastard!", entfuhr es Emily. Sie bückte sich und machte Anstalten, den Krieger in die Höhe zu zerren. „Hilf mir!" Erneut griff der Traumfänger in ihre Gedanken. Im nächsten Moment sprang er auf und stemmte Duncan abermals auf seine Schultern. „Du führst", sagte er.

Emily hielt seinen Arm fest und ließ sich ins Diesseits fallen.

„Was ist passiert?"

Nur Momente nach ihrem ersten Hilfeschrei in der Notaufnahme stürzten Krankenpfleger zu ihnen. Sie legten Duncan auf eine fahrbare Trage.

„Gift", rief Emily. „Mehr wissen wir nicht."

Jemand legte dem Krieger eine Blutdruckmanschette um den Arm. Ein junger Arzt hielt sein Handgelenk und sah auf die Uhr. Die ganze Gruppe sprintete über den Flur und durch eine Schwingtür in ein Behandlungszimmer. Eine Taschenlampe leuchtete in Duncans Augen. Infusionsständer wurden herbeigezerrt. Der junge Arzt rammte bereits die Nadel einer Spritze in eine Ampulle und zog die klare Flüssigkeit heraus.

„Zugang legen! Atemwege freisaugen! Defi bereithalten!", bellte er Kommandos „Ist Doktor Prokowa im Haus?"

Neben ihm geriet ein Pfleger aus dem Takt. Er warf dem Arzt einen Blick zu, bevor er sich über Duncan beugte. „In der Onkologie", sagte er knapp.

„Autsch."

Schweigend arbeiteten sie weiter, bis Duncan sowohl Sauerstoff als auch Flüssigkeit über Schläuche zugeführt bekam. Dann richtete der Arzt sich auf. „Vielleicht lohnt es sich", sagte er. „Ich möchte, dass sie herkommt."

„Aber ..."

„Versuchen sie es!"

Der Pfleger verschwand aus Emilys Blickfeld. Sie griff nach Immos Hand. Die war eiskalt.

„Raus mit den beiden!"

Doktor Nadja Prokowa trug Alltagskleidung. Ihre Haut wirkte gräulich. Ihr Kopf war kahl. Nur ein flüchtiger Blick streifte den Rest des Zimmers. Er blieb an Duncan hängen.

„Wir wollen hierbleiben!", sagte Emily, als ein Pfleger die Tür aufhielt und sie und Immo nach draußen winkte.

„Lassen sie uns unsere Arbeit tun. Sie können vorne warten."

„Lass gut sein", unterbrach Immo ihren Protest noch in ihrem Kopf. „Danke", sagte er zu dem Pfleger und zog Emily mit sich.

Jeremy Spring lümmelte auf einem Sofa und lachte vor sich hin. Ganz in der Nähe kauerten zwei Gestalten neben steinernen Trümmern. Sie bewegten sich nicht. Die kleinere hielt ihre Hand schützend vor das Gesicht und spähte durch ihre Fingerschlitze, während die andere nackt im Schneidersitz saß und an Jeremy vorbei zu einem Höhleneingang hinter den zerborstenen Wänden des Palastes sah. Von dort war ein Schnaufen und Schmatzen zu hören wie das eines Bären, der sich über sein Futter hermachte. Auch der Gestank, der sich in die Luft mischte, könnte aus einer Bärenhöhle stammen.

Nur waren Bären deutlich kleiner.

Im Wartebereich zog Immo Emily stumm auf seinen Schoß und verbarg das Gesicht an ihrer Brust. Sie zog die Knie an und ließ sich von ihm halten. „Wieso hast du mich mitgenommen?", fragte sie leise.

Lange sagte er nichts. „Muss das jetzt sein?"

„Es gibt nichts zu tun für uns. Bitte."

Er zögerte. „Weil du wissen musst, wie wichtig es ist, mir zu antworten."

„Wow."

An der Wand des Wartezimmers ruckte der Sekundenzeiger einer Uhr vorwärts. Emily griff nach Immos Zopf und zog daran. „Wenn wir nicht hier wären, könntest du dich jetzt warm anziehen."

„Sind wir aber", sagte er. „Du wirst warten müssen. Ewig, wenn du eine Entschuldigung willst. Das hier ist kein Spiel."

„Das weiß ich." Sie stand auf und stellte sich vor eine Pinnwand, an der Informationen und selbstgemalte Bilder hingen.

„Emily ..." Der Klang seiner Stimme lockte sie zurück. Sie setzte sich neben Immo und ließ zu, dass er ihre Hände ergriff.

„Es tut mir leid", sagte sie. „Ich habe auch Angst um ihn. Wird er es schaffen?"

„Ich bin bei ihm."

Emily sah in Immos fahles Gesicht und in seine Augen ohne Glanz. Sie rückte näher an ihn heran.

Der Krieger stand an der Schwelle zum Tod.

Ein Wesen, das den eigenen Schatten trug wie einen Mantel, löste sich aus dem Höhleneingang und rülpste.

Jeremy Spring rappelte sich vom Sofa hoch und schloss seine Hose. „Benimm dich! Wenn du endlich fertig bist, kannst du aufbrechen."

„Auftrag?"

„Derselbe wie besprochen."

„Sicher?"

Jeremy stöhnte. „Ja, Herrgott nochmal. Sie müssen ins Exil. Das wird sie mürbe machen. Mehr tust du nicht diesmal. Du wirst genug Gelegenheiten bekommen, dich auszutoben."

Langsam drehte das Wesen sich zu der nackten Gestalt am Boden. Jeremy zuckte mit den Schultern. „Von mir aus. Nimm diesen Weg, wenn er dir so viel Vergnügen bereitet."

Er ging ein paar Schritte zur Seite. Hinter ihm gab es Geschrei und Gegrunze. „Aufmachen", sagte er zu der Wand vor ihm.

Die Wand verschwand. Jeremy breitete die Arme aus. Sein Blick glitt wie der eines Vogels aus hoher Höhe über die Erde. Sie brannte. Dort, wo keine Feuer waren, ragten Baumskelette aus Ascheböden. Stürme wüteten und an den Küsten brachen meterhohe Wellen an den Dächern halbversunkener Städte.

Auf Immos Stirn stand der Schweiß. Er hielt die Augen geschlossen und bewegte seinen Kopf rhythmisch vor und zurück.

Hinter der Tür am Ende des Flurs schraubte der Defibrillator sein Summen in die Höhe.

„Ein letztes Mal", sagte Doktor Prokowa.

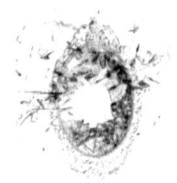

Doktor Nadja Prokowa schwitzte nicht. Sie drückte dem nächststehenden Pfleger den Defibrillator in die Hand und rückte geistesabwesend die Kette an ihrem Hals zurecht. „Tja", sagte sie.

„Entschuldigen sie nochmal, dass wir sie geholt haben!" Der junge Arzt stellte sich neben sie.

„Schon in Ordnung. Wir wollen alle nur Leben retten, nicht wahr?"

„Wenn sie sofort zurückmüssen ..."

„Nein, ich mache das noch zu Ende. Sie haben genug zu tun auf der Station."

„Vielen Dank, Doktor Prokowa!" Der junge Arzt rieb seine Hände gegeneinander. „Und wenn ich das noch sagen darf ..."

„Ich weiß", sagte Nadja Prokowa knapp, drehte sich um und stieß die Tür auf, um den Flur Richtung Wartebereich hinunterzugehen.

„Immo?"

Der Traumfänger brach nach vorne und presste die Arme über dem Kopf zusammen. Sein ganzer Körper bebte.

„Immo?" Emily berührte ihn, erst vorsichtig, dann fester. „Was ist?"

Ein Schluchzen drang aus Immos Tiefe. Er atmete heftig, bevor er sich aufrichtete und Emily ansah. „Verflucht!", sagte er und die Farbe kehrte in sein Gesicht zurück. „Jetzt muss ich ihn doch selbst umbringen." Seine Augen erstrahlten. Er lachte auf und zog Emily an sich, um sie zu küssen. „Er lebt. Alles ist gut."

„Oh Du ..." Doch auch Emily musste lachen, strich seine Tränen fort und schmiegte sich an ihn. So nah spürte sie, dass er immer noch zitterte. Die Ärztin in Alltagskleidung kam den Flur entlang zu ihnen. „Ich mach das", flüsterte Emily, löste sich von Immo und legte schützend die Arme um ihn.

„Ich hatte keine Zeit, mich vorzustellen", sagte die Ärztin. „Nadja Prokowa. Ich war durch Zufall in der Klinik. Was in ihrem Fall gut war, weil Vergiftungen aller Art mein Spezialgebiet sind. Ihr Freund ist außer Gefahr."

„Danke", sagte Emily. „Vielen, vielen Dank!"

Doktor Prokowa musterte sie. „Sie wirken nicht überrascht."

„Unser Freund ist stark."

„Das stimmt. Eigentlich hatte er keine Chance. Seine Konstitution ist außergewöhnlich."

Emily nickte und schwieg.

Doktor Prokowa griff an ihre Halskette und steckte dann die Hände in die Hosentaschen. „Gut", sagte sie. „Ich lasse sie jetzt in Ruhe und werde später noch einmal runterkommen. Wenn sie Fragen haben, dürfen sie gerne auf mich zukommen. Die Kollegen auf der Station helfen ihnen natürlich auch weiter."

Als sie weg war, fuhr Emily fort, Immo über den Rücken zu streichen. Allmählich entspannte der Traumfänger sich. Emilys Hand jedoch kribbelte. Der ganze Wartebereich wirkte plötzlich dunkler als zuvor. Der Zeiger der Uhr hämmerte die Sekunden direkt in ihren Kopf.

Immo richtete sich auf und fasste ihre Schultern. Sie konnte seinen Blick nicht erwidern – ihr fielen die Augen zu.

„Emily?" Immo sprang auf und zog sie in die Höhe. Er musste sie festhalten, weil ihre Beine nachgaben. Sie merkte noch, wie er sich in ihr Bewusstsein tastete. „Zu Ambrosia!", hörte sie seinen Befehl, dann stieß er sie zurück in den Nebel.

„Doktor Chang, sie müssen sofort mitkommen! Entschuldigung. Guten Morgen. Zimmer 33 ist ansprechbar."

„Guten Morgen, Conrad." Doktor Chang stellte ihren Cappuccino ab. „Zimmer 33? Miso?" Schon im Aufstehen griff sie nach einer besonders dicken Akte. „Ich habe gerade gelesen, dass es wieder einen Zwischenfall gab. Hat die Spätschicht nicht sediert?"

„Wenn, dann nicht ausreichend." Der junge Pfleger trat zur Seite. Doktor Chang rauschte an ihm vorbei. Er folgte ihr und griff unterwegs nach einem Notfallwagen.

„Schließen sie auf, Conrad! Wieso ist hier überhaupt abgeschlossen? Miso ist fixiert, oder irre ich mich da?"

Conrad verzog das Gesicht, während er seinen Schlüssel ins Schloss von Zimmer 33 fingerte.

„Sie warten draußen", sagte Doktor Chang. „Halten sie sich bereit, aber stören sie mich nicht."

„Sehr wohl Ma'am", murmelte Conrad und ließ die Ärztin eintreten.

Miso empfing sie mit einem wachen Blick. „Doktor Chang."

„Guten Morgen, Miso." Doktor Chang lächelte und runzelte die Stirn. Misos Körper war übersät von Kratzern und blauen Flecken. „Heute ist Dienstag. Es sind zwei Wochen vergangen seit unserem letzten Gespräch. Was war los gestern Nacht?"

In Misos Gesicht zeigte sich keine Regung. „Ich brauche etwas von ihnen."

„Von mir? Was kann ich dir geben, das du nicht auch von den Pflegern bekommen kannst?"

„Ein Versteck", sagte Miso. „Sie müssen die Erlaubnis dafür geben."

„Du willst dich verstecken?"

„Nicht mich selbst." Miso ließ sich ins Kissen zurücksinken. „Ich brauche ein Versteck für die Hoffnung."

Der Traumfänger stellte sich in die Mitte des Wartebereichs, schloss die Augen und legte den Kopf in den Nacken. Seine Wahrnehmung tastete sich vor, ignorierte die Gespräche und alle anderen Geräusche, die an seine Ohren drangen, dehnte sich über die

Stockwerke des Krankenhauses hinaus und spannte sich über die Stadt, das Land, den Kontinent. Sie fand, was sie suchte.

Als sie in die Enge des eigenen Körpers zurückkehrte, schmerzte Immo das Atmen. Er stützte die Hände auf die Knie. Nur allmählich schärften sich die Muster auf dem Boden. Den Flur hinunter sah er auf die geschlossene Tür, hinter der Duncan lag. Dann richtete er sich auf und verschwand.

Das Erste, was wieder normal funktionierte, war ihr Tastsinn. Es war eindeutig Brenda, an deren Busen sie fast erstickte.

„Kinder, Kinder!" Die Drachenhüterin schob Emily von sich. „Ich bin zu alt für sowas."

Neben ihnen auf dem Sofa saß Ambrosia, das schwarze Gesicht von einem grauen Schleier überzogen. Hinter ihr stand Malaika. Ihre Hände lagen auf Ambrosias Nacken, jetzt wandte sie sich in den Raum. „Sie ist wach", rief sie.

„Ganz großartig", schnarrte die Stimme von Patricius zurück. Er kam zu ihnen, nahm einen Stuhl und setzte sich. „Und? Schon Pläne fürs nächste Mal?"

„Was meinst du?" Emily setzte sich aufrecht.

Patricius zog die Augenbrauen hoch. „Nichts Spezielles. Ich dachte, du wärst vielleicht ein wenig vertrauter mit der neumodischen Art von Dummheit, die den Krieger gerade befällt."

„Dummheit?"

„Dummheit. Wahnsinn. Idiotie. Nenn es, wie du willst. Es läuft aufs Selbe hinaus. Er weiß nicht mehr, wo seine Grenzen sind."

„Wie kommst du darauf?"

„Er hat recht", mischte Brenda sich ein. „Schau dir Ambrosia an, das ist Duncans Werk. Sie musste das Gleichgewicht halten, das er aufs Spiel gesetzt hat."

„Schon gut." Ambrosia hob die Hand. „Ich mache es zwar nicht oft, aber ich weiß durchaus, was ich zu tun habe. Die Erschöpfung verschwindet auch wieder."

„Erschöpfung?" Malaika schüttelte den Kopf. „Du wärst fast bewusstlos geworden."

„Fast, so ist es." Die Hüterin des Gleichgewichts stand auf. „Ich will in dieser Halle keine Vorwürfe hören. Wenn ihr mich unterstützen wollt, dann seid froh, dass es gut ausgegangen ist."

„Ha!", machte Patricius. „Genau, lasst es uns totschweigen. Wie immer, wenn es an die Lieblinge geht. Sogar Brenda ist wütend! Der Krieger hat uns alle in Gefahr gebracht. Ich für meinen Teil nehme das persönlich."

„Hör bloß auf!", sagte Emily. „Du spinnst doch."

„Ach ja?" Patricius beugte sich vor. „Und was befähigt dich zu diesem Urteil?"

„Er hat mir gesagt, was zu tun ist."

Ein meckerndes Lachen schlug ihr ins Gesicht. „Du bist so unfassbar naiv! Hat er dir etwa auch gesagt, dass er vorhat, Hypnos Festung ganz alleine zu stürmen? Das wäre merkwürdig, denn wir hier hatten den Eindruck, dass er nicht mal den Traumfänger eingeweiht hat."

„Keine Ahnung", sagte Emily. „Ganz sicher hat er dich Arschloch nicht eingeweiht."

„Oh bitte ..." Brenda schnalzte mit der Zunge.

Patricius jedoch presste die Hände gegeneinander und starrte Emily an. „Wie nennst du mich?" Er sprang auf und trat seinen Stuhl nach hinten weg. „Das muss ich mir von dir nicht anhören! Du hast einen Dreck geleistet, um diese Situation zu klären. Die letzten 500 Jahre hast du nichts getan. Ach was sage ich – Tausende von Jahren. Nichts, alte Seele, gar nichts. Und jetzt sprichst du zu mir durch eine dumme Göre, die noch nicht einmal trocken hinter den Ohren ist? Du willst der Anfang von allem sein? Verpiss dich! Das Universum ist besser dran ohne dich."

Die Halle verdunkelte sich. Brenda sah an Patricius vorbei. „Oh nein", sagte sie.

Die Eingangstüren der Halle schlugen zu. Der Traumfänger stand da, das Gesicht starr vor Wut. Patricius wich zurück, als Immo auf ihn zukam, und verschwand in einem Wirbel.

Immo folgte ihm.

„Du bist nicht eingeladen!"

„Ich breche sowieso gerade die Regeln."

Patricius stieß rückwärts gegen eine Kommode. Eine Vase geriet ins Taumeln und fiel. In der Drehung fing er sie auf.

Immo blieb stehen. „Du rettest eine Vase?"

„Was meinst du?" Patricius drückte sich gegen die Kommode und hielt das Gefäß wie einen Schild vor sich.

Immo musterte ihn, trat zu ihm und streichelte seine Wange. „Schon vorbei", sagte er leise. „Ich dachte, du würdest sie lieben."

Mit einem Ruck entriss er Patricius die Vase. Zerschmetterte sie an der Wand. Er packte den Hüter des Wassers, zerrte ihn nach vorne und schleuderte ihn auf den Boden. „Wage es nicht!", sagte er. „Wage es nicht noch einmal, so mit Emily zu reden! Sie ist nicht Duncan. Sie ist nicht ich."

„Ganz sicher nicht." Patricius zwang sich in die Höhe. „Ich habe ihr gesagt, was sie ist."

Der Schlag ließ die Haut unter seinem Auge aufplatzen. Doch diesmal wich er nicht zurück. Er berührte die Wunde, betrachtete das Blut und richtete seinen Blick auf den Traumfänger. Der stand vollkommen entspannt da.

„Verstehe", sagte Patricius. „Du machst das hier zum Zahltag."

Immo kniff die Augen zusammen. „Ich werde dich umbringen", sagte er.

„Woher der Sinneswandel?"

„Als ob dich das interessieren würde."

Patricius zuckte mit den Schultern. „Es verwirrt mich eher. Ernsthaft. Was findest du an der Kleinen? Sie nervt. Sie kennt weder Respekt noch Achtung vor altem Wissen. Du wirst noch Hunderte Male ausbügeln müssen, was sie versaut. Was also bringt dich dazu, jetzt über mich herzufallen, nur weil ich ihren Tonfall imitiere?"

Die Hände des Traumfängers öffneten und schlossen sich. Er ließ seinen Blick zur Decke gleiten und wieder zurück. „Es ist nicht wegen Emily", sagte er schließlich. „Für sie hätte der Schlag gereicht." Er zog die Nase kraus. „Vermutlich war das schon einer zu

viel. Sie wird nicht wollen, dass ich sie verteidige. Nicht so. Nein."
Seine Augen glänzten, als er Patricius wieder ansah. „Das hier ist
für Sun und dafür, dass er fast gestorben ist mit meiner Lüge. Er
weiß nicht, was du mir angetan hast. Ich habe ihn im Glauben gelassen, dass ich einverstanden war."

„Autsch", sagte Patricius und trat einen Schritt zurück.

Immo nickte. „Genau."

„Das kannst du mir nicht ankreiden, Traumfänger. Ich habe nie
darum gebeten, dass du mich schützt."

„Was hätte das bringen sollen?" Immo trat dicht an ihn heran.
„Dich wollte ich nicht schützen."

Wieder fand Patricius hinter sich ein Hindernis, diesmal eine
Couch. Der Blick des Traumfängers flackerte. „Mach dich bereit",
flüsterte er.

Der Hüter des Wassers rührte sich nicht. „Das kann nicht dein
Ernst sein."

„Sieh' mir in die Augen."

„Es ist 500 Jahre her, Immo."

„Für mich war es genau gestern, Patricius."

„Tu es nicht."

„Was?" Immo blinzelte. „Bittest du mich um Gnade?"

Patricius lehnte sich vor, bis er den Traumfänger berührte. „Ich
bitte nicht für mich", sagte er. Dann hob er seine Hände an Immos
Brust und stieß ihn zurück. „Benutze mich nicht, um dich zu heilen. Du weißt genau, dass ich dafür nicht geeignet bin."

„Du hast mich zerbrochen."

„Unsinn!", schrie Patricius hinaus. „Du hast dich an meinen
Scherben geschnitten und wusstest nicht, was du tun sollst. Weil es
dir nie jemand gezeigt hat! Du hast mit Schmetterlingen gespielt!
Und dann kommst du zu mir und willst hören, dass alles gut sei?
Was zur Hölle hast du erwartet?"

„Nicht das!", schrie Immo zurück. Er bückte sich und hob ein
Stück der zerbrochenen Vase auf. Er setzte die Bruchstelle an seiner
Schulter an und zog sie einmal quer über die Brust. Blut quoll her-
vor. Der Traumfänger trat zurück und ließ die Scherbe fallen. „Wir

sind noch nicht fertig miteinander", sagte er, wirbelte herum und verschwand.

Der Krieger öffnete die Augen. Er sah weiße Wände, Metall und Schläuche. An unterschiedlichen Stellen brannte und juckte sein Körper. Die Matratze, auf der er lag, war zu weich, das Kopfkissen zu dick und die Bettdecke zu schwer. Sekundenlang taxierte er die Nadeln, die aus beiden Händen ragten und mit Infusionsflaschen verbunden waren. Sein Blick wanderte zum Tablett auf dem Nachtisch. Ein Teller mit zwei Scheiben trockenem Brot stand darauf.

„Heilige Scheiße."

„Gewöhn dich schonmal dran", hörte er Immos Stimme von schräg hinten. „Ich habe vor, dich für eine Weile hierzulassen."

Duncan sank auf das Kissen zurück. Aus dem Augenwinkel sah er, dass Immo sich auf einen Stuhl neben dem Bett setzte. Er wandte den Kopf und musterte den Traumfänger. „Was habe ich verpasst?"

Immos Finger trommelten auf die Armlehnen. „Hol es dir", sagte er.

Stumm streckte Duncan die Hand aus. Immo wirkte erst, als hätte er es sich anders überlegt, aber dann ergriff er sie doch. Sein Blick hielt den des Kriegers fest, bis der sich mit einem Schleier überzog und brach.

„Was war das mit Patricius?", flüsterte Duncan.

Immo schüttelte den Kopf. „Nicht jetzt."

„Wann dann?"

„Bleib liegen. Du warst fast tot."

„Ich war dabei. Ich war nicht mal annähernd tot!"

„Fast", sagte Immo und lehnte sich wieder zurück.

Duncan sah an die Decke. „Ich muss hier raus."

„Ach ja? Tu Buße!"

„Ich brauche den Mist hier nicht. Was soll das sein? Ich kann Wasser trinken, wenn ich Durst habe."

Die Stille neben ihm dehnte sich, bis der Krieger den Kopf wandte und in lachende Augen sah.

„Ich kann es nicht", sagte Immo. „Es ist zu schön, dich wiederzuhaben!"

Duncan schnaubte, dann grinste er. „Ich wette, damit bist du allein."

„Du wirst dir Einiges anhören müssen."

„Das ist mir egal."

Die Matratze sank ein, als der Traumfänger sich auf ihre Kante setzte und über den Krieger beugte. „Warum?", fragte er.

Duncan schloss die Augen. „Weil du mich zurückgeholt hast", sagte er und öffnete seine Lippen für Immos Kuss.

Geräuschlos durchquerte Malaika Ambrosias Halle. „Es muss jemand hinterher", sagte die Hüterin der Luft. „Er wird ihn vernichten."

„Schnickschnack." Brenda legte die Füße hoch und zog ihre Pfeife aus dem Beutel an ihrem Gürtel. „Lass sie in Ruhe, irgendwann müssen sie das mal klären."

„Kann mir mal jemand sagen, was hier los ist?" Emily schob Brendas Füße und die Pfeife zur Seite und setzte sich wieder. „Und lass das Ding aus."

Die Drachenhüterin kniff die Augen zusammen. „Du spielst mit meinen Nerven."

„Beeil dich einfach mit dem Erzählen."

Aufreizend langsam nahm Brenda die Pfeife in den Mund und sog Luft hindurch. „Ich kann dir nicht genau sagen, was los war", sagte sie. „Du bist hier angekommen und warst vollkommen weggetreten. Immo hat keine Informationen geliefert außer der Ansage, dass wir alle hierbleiben sollen, bis er zurück ist."

„Ihm ist etwas aufgefallen", sagte Ambrosia. „Er war alarmiert. Es gibt wohl etwas, das er nur im Diesseits wahrnehmen kann. Und du warst davon betroffen."

Emily sah sie an. „Das sind aber durchaus Informationen."

Ambrosia lächelte. „Wir haben einen eigenen Kanal zueinander."

„Ach?"

Von Brenda kamen laute Schmatzgeräusche. „Ich schlage vor, wir entspannen uns alle ein bisschen. Ich für meinen Teil werde jetzt rauchen. Tut ihr, was immer ihr wollt."

Sie stand auf, ging zum anderen Ende der Halle und setzte sich dort auf den Boden.

Malaika gesellte sich zu Emily und Ambrosia. „Du warst im Tiefschlaf", sagte sie. „Wie ein Baby, das sich durch nichts wecken lässt. Aber es hat viel zu lange gedauert."

„Habt ihr was gemacht?"

„Indirekt", sagte Ambrosia. „Es war wichtig, dich gänzlich aus dem Diesseits rauszuholen. Dazu musste ich ein paar Türen schließen."

Malaika berührte flüchtig Emilys Hand. „Dir kann nichts mehr passieren. Du bist jetzt erstmal im Exil."

„Bitte, Doktor Chang! Geben Sie mir Ihre Hand!"

„Du weißt, dass das nicht vorgesehen ist. Die Sicherheitsvorschriften …"

„Ihre Hand! Bitte!"

Vorsichtig legte Doktor Chang die Akte auf den Nachttisch. Misos Augen wirkten heller als sonst, lebendiger.

„Doktor Chang!"

Die Ärztin seufzte. „Also gut", sagte sie, löste eine der Fesseln und nahm Misos Hand in ihre. Im nächsten Moment zog sie die Augenbrauen hoch und ein winziges Lächeln zuckte um ihre Mundwinkel.

Misos Miene fiel zurück in den Schatten.

Die Flügeltüren öffneten sich und Immo trat hindurch. Er ließ seinen Blick durch die Halle schweifen. Seine Schultern sanken nach unten. Langsam ging er zu einem Sofa, fiel darauf nieder, legte die Beine hoch und bedeckte das Gesicht mit den Armen.

„Ähm", sagte Emily.

„Hm?"

„Kannst du da mal rauskommen, bitte?"

Sekundenlang rührte Immo sich nicht, dann setzte er sich ruckartig auf und sah sie an. „Entschuldige. Ich bin müde."

„Zu müde, um Fragen zu beantworten?"

„Habe ich eine Wahl?"

„Nein."

„Dann frag."

„Wo warst du die ganze Zeit über? Was ist mit mir passiert vorhin? Was ist mit Duncan?"

Immo verzog das Gesicht. „Wo ich war? Ich bin in das Bewusstsein Tausender eingedrungen, die geschlafen haben. Sie wären nicht mehr aufgewacht, weil die Türen verschlossen waren, durch die ihre Träume sie erreichen können. Traumloser Schlaf führt zunächst in die Irre und schließlich in den Tod. Es ist eine Art Krankheit. Aber derzeit wirkt es eher wie eine Art Seuche. Es sind viel zu viele betroffen. Weltweit. Ich habe die Ursache noch nicht gefunden, aber ich habe einen Verdacht."

„Hypnos?", fragte Ambrosia.

„Nein", sagte der Traumfänger. „Pandamator."

„Aber ..."

„Ich weiß." Immo hob die Hand. „Pandamator ist ein Teil von Hypnos. Ich fürchte, er ist zurzeit alleine unterwegs. Hypnos hat mich nicht angelogen. Er kontrolliert die Anrasati nicht. Der General ist Pandamator. Und ich habe ihn in Hypnos Reich nicht spüren können. Er war nicht da. Möglich, dass er sich einen Spaß daraus macht, mich herauszufordern. Nur die Anrasati zu steuern ist ihm zu langweilig."

„Wie kommst du ausgerechnet auf ihn?"

„Im Krankenhaus habe ich ihn gespürt. Glaube ich zumindest, wenn es auch sehr kurz war, als Emily zusammengeklappt ist. Er hat sie angegriffen."

„Kurz? Aber ...?"

„Ich weiß." Der Traumfänger sprang auf und begann, vor dem Sofa hin und her zu laufen. „Kurz, und dann war er weg. Vollständig. Ich habe ihn nicht mehr gefunden. Dafür all die anderen, die geschlafen haben."

„Ich bin von einem Dämon angegriffen worden?" Emily neigte sich vor und versuchte, Immos Blick zu erhaschen.

„Das ist wahrscheinlich, ja."

„Aber wieso?"

„Ich weiß es nicht." Endlich sah er sie an und kam zurück aufs Sofa. „Entweder du warst selbst gemeint oder ich war gemeint. Zufall dürfte es jedenfalls nicht gewesen sein." Er zögerte. „Und deshalb wirst du vorerst auch nicht mehr dort hindürfen, wo jemand wie Pandamator dich erreichen kann. Das ist das komplette Diesseits, aber auch große Teile der Zwischenwelt. Dein Wohnwagen eingeschlossen."

„Wie bitte?"

„Es ist zu gefährlich."

„Willst du mich verarschen?"

Immo fixierte sie. „Nein. Du bist zu wichtig. Erst kann ich Jeremy nicht aufspüren, jetzt auch noch Pandamator? Wir wären dumm, wenn wir die Verbindung nicht sehen würden. Was, wenn sie zusammenarbeiten? Du weißt, dass dein ..., dass Jeremy dich als Ziel sieht."

„Nenn ihn nicht meinen Vater!"

„Das habe ich nicht getan, oder?"

„Aber gedacht hast du es."

Ärgerlich runzelte Immo die Stirn. „Was willst du von mir?"

„Vergiss es." Emily lehnte sich zurück und schlug die Beine übereinander. „Was ist mit Duncan?"

„Er muss sich erholen. Ich habe ihn aus dem Krankenhaus rausgeholt."

„Wo ist er?"

„Zuhause."

„Duncan hat ein Zuhause?"

„Genau genommen ist es mein Zuhause. Aber ja – für ihn ist es das auch."

Ein leiser Pfiff kam von der Seite, wo Brenda saß. Emilys Miene war erstarrt. Immos Blick wanderte von ihr zu Brenda. „Was habe ich denn jetzt wieder getan?"

Die Drachenhüterin sagte nichts, wies ihm nur den Blick zurück zu Emily.

„Du hast ein Zuhause", sagte die leise. „Und ich weiß davon nichts?"

„Oh Immo ..." Ambrosia schüttelte nur den Kopf.

Der Traumfänger fiel zurück gegen die Sofalehne, schlug die Hände vors Gesicht und verharrte bewegungslos. Die Stimmung im Raum lag irgendwo zwischen Ärger und Traurigkeit – in ihm verknotete sie sich zu Schuld. „Das reicht", sagte er schließlich, stand auf und zog Emily in die Höhe. „Lass uns verschwinden."

„Was soll das?" Sie riss sich los und ballte die Hände zu Fäusten. „Bin ich jetzt doch dein Hündchen oder was?"

„Nein", sagte er, ging ein paar Schritte zur Seite, drehte sich um, sah sie an, kam zurück. „Nein, du bist kein Hündchen." Kurz schloss er die Augen. „Komm einfach mit, ja? Wir gehen nach Hause."

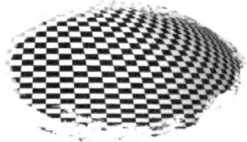

„Das war Scheiße, Immo!" Emilys Stimme zitterte. Er hatte sie mit sich gezogen in jenen Tunnel aus Hochgeschwindigkeit und schrillen Tönen, den sie schon gemeinsam mit Brenda durchquert hatte.

„Entschuldige", sagte Immo. „Ich weiß, dass das für dich noch kein normaler Weg ist."

„Für mich ist seit Monaten gar nichts mehr normal!" Emily wich von ihm weg. „Und jetzt erfahre ich noch, dass du Geheimnisse vor mir hast. Ein Zuhause! Also nicht nur Abertausend Leichen im Keller? Du hängst in meinem Wohnwagen rum und es ist dir nie in den Sinn gekommen, zu sagen, ‚Hey, ich habe übrigens auch eine Wohnung, willst du sie mal sehen'? Das tut weh, verstehst du das? Wie soll ich damit umgehen? Sag es mir!"

Er wartete, bis sich ihr Gesicht glättete. „Mein Zuhause ist nicht mehr besonders schön", sagte er. „Ich bin nicht häufig dort. Duncan ist es wichtiger."

„Vielleicht wäre es mir auch wichtig!"

„Hm." Auf seiner Stirn zeigte sich eine Falte. „Dazu kann ich wenig sagen, oder? Es tut mir leid?"

„Idiot."

Immo zuckte nicht einmal. „Den Rest des Weges gehen wir langsam."

„Fantastisch." Emily sah an ihm vorbei auf ein Schachmuster, das sich bis zum Horizont dehnte. Über diese Ebene war sie zum ersten Mal ins Reich Huang Lungs gelangt, und sie erinnerte sich vor allem an Chaos und Schwindelgefühle. Jetzt wollte sie schon vor dem ersten Schritt fort von hier, um sich zu verkriechen. „Du weißt alles von mir. Vielleicht bin ich ja zu empfindlich und vielleicht hast du deine Gründe, wieso du nichts sagst. Aber es fühlt sich an, als würdest du mich zurückstoßen."

Sie standen beide auf je einem Schachfeld, er auf schwarz, sie auf weiß. Es gab nur eine begrenzte Anzahl von Zügen. Am Ende gab es einen Sieger und einen Verlierer.

„Tu das nicht", sagte Immo leise. Er trat zur Seite, auf ein weißes Feld, und berührte sie am Arm. Emily sah ihn an. „Was soll ich nicht tun?"

„So denken. Ich bin nicht wie die anderen. Sie sind nur Sternschnuppen. Es stimmt, dass ich fast alles von dir weiß. Weil deine Geschichte mit meiner verbunden ist, schon immer. Du kennst mich seit Anbeginn der Zeit. Ich weiß, dass du dich nicht erinnerst. Weil du dich nie erinnerst. Deine Seele will, dass du alles immer wieder neu erfährst. Mich zerreißt das, kannst du dir das vorstellen? Ich sehe dich als jungen Menschen, der glaubt, gerade erst auf der Welt zu sein. Ich spüre, dass du weißt, was ich dir bedeuten sollte. Aber du bist so unsicher. Du weißt nicht einfach, so wie ich es tue. Ich versuche, das nicht zu sehen. Aber auch mich stößt es zurück, immer wieder. Ich brauche mein Vertrauen genauso wie du deins."

Wie sollte sie auf diese Worte reagieren, die sich auf die gesamte Zeit der Welt zu stützen schienen? Sie wollte sich ja erinnern! Aber sie las in seinem Blick, dass sie auch in diesem Moment nicht wirklich fassen konnte, was er sagte.

„Alles ist gut." Immo wirkte, als wolle er sie berühren. „Es ist, wie es ist. Wir fangen von vorne an. Gemeinsam. Und es tut mir leid, dass ich dir manchmal etwas nicht erzähle, was du wichtig findest. Ich bin nicht gut darin, für andere mitzudenken." Versonnen blickte er zu Boden. „Frag Sun."

„Ganz sicher nicht." Emily stupste sein Kinn nach oben. „Obwohl es stimmt. Duncan kann vermutlich besser für andere mitdenken. Wenn er was nicht erzählt, dann hat er dafür definitiv Gründe."

„Ja." Immo nickte. „Was nicht heißt, dass sie weniger idiotisch sein können als meine."

Emily verlagerte ihr Gewicht und merkte, dass der Boden unter ihr sich bewegte. „Lass uns gehen", sagte sie. „Aber bind mich an."

„Wieso sollte ich dich anbinden?"

„Wie wieso? Ich bin diesen Weg noch nicht gewohnt, deshalb."

„Aber du musst doch nur dahin gehen, wo ich auch hingehe. Du kannst hier gar nicht verlorengehen. Komm einfach, es ist ganz leicht."

Emily erinnerte sich, dass auch Brenda irritiert gewesen war von ihren Erfahrungen auf der Ebene. *Dies ist etwas, das dich betrifft*, hatte sie gesagt. War es möglich, dass Immo genauso ahnungslos war?

„Bind mich an", sagte sie schwach. „Du wirst schon sehen."

Er bohrte nicht weiter. Die golden schimmernde Leine schlängelte sich aus seinem Handgelenk und um Emilys Hüfte. „Nicht zu fest?", fragte er. „Dann lass uns gehen."

Jeremy legte den Stift aus der Hand und strich mit den Fingerspitzen über die Zeilen, die er gerade durchgestrichen hatte. Am Ende würde kein einziges Wort übrigbleiben. Trotzdem überprüfte er den Weg dorthin, jeden Tag. Und jeden Tag dauerte es ein wenig länger, bis er zum Anfang kam.

Die Katze.

Von seiner Frau Helena wusste er, dass sich das Tier auf merkwürdige Art und Weise in Emilys Gedächtnis eingebaut hatte, wobei ihre Erinnerung komplett falsch war. Dennoch nagte manchmal der Zweifel an ihm. Seine Tochter sollte sich überhaupt nicht erinnern können. Und bei allem Wissen, das er mit ihr teilte, tat sie das ansonsten auch nicht.

Ungeduldig wischte seine Hand durch die Luft, als könne er so die Gedanken vertreiben. Er hatte es schwarz auf weiß: Alles war genau so, wie es sein sollte. Ja – in nächster Zeit müsste er sich mehr um die Welt als um die alten Seelen kümmern. Sie verdrückten sich. Und so ärgerlich er das fand: Auch das stand in seinem Buch.

Noch tat die Ebene gänzlich unschuldig, so als sei sie bloß reine, unberührte Geometrie. Davon abgesehen gab es keinen Anhaltspunkt, wie es möglich sein sollte, sich hier zurechtzufinden. Wie konnte man ein Ziel anpeilen, wenn jede Richtung beliebig schien?

„Ein Stück drehen und dann die Kästchen zählen", sagte Immo.

„Versuchst du gerade, witzig zu sein?"

„Hör einfach auf zu denken. Ich führe dich."

Sie gingen los.

Wieder war es für Emily, als ginge sie auf einer Gummifläche. Links, rechts, über und unter ihr öffneten sich Tunnel, die sich kreuzten und verzweigten. Sie hörte Stimmen, Geräusche – mal laut, mal leise, ohne dass sie irgendetwas verstehen konnte. „Wieso machst du nicht einfach die Augen zu?" Immo blieb stehen und drehte sich so, dass sie nur noch ihn sehen konnte. Sofort beruhigte sich das Chaos. „Ich habe keine Ahnung, was hier mit deiner Wahrnehmung passiert, aber vielleicht kannst du sie so ausschalten."

Sah er besorgt aus?

Tatsächlich verstummten Stimmen und Geräusche komplett, als Emily die Lider senkte. Auf diese Idee war Brenda nicht gekommen. „Wieso hast du eigentlich keine Ahnung, was hier mit mir passiert?", fragte sie. „Ich dachte, du weißt alles über mich."

„Fast alles", sagte Immo. „Du hast einen blinden Fleck in dir. Die Falltür in der Wüste? Vielleicht findest du dort irgendwann Antworten."

„Vielleicht ist das die Frage, die ich stellen muss. Was zum Teufel passiert mit mir?"

„Vielleicht. Komm jetzt weiter. Willst du meine Hand?"

„Machst du dir Sorgen?"

Einen Moment lang blieb es still. „Nein", sagte Immo dann. Er nahm ihre Hand und lenkte sie weiter. Anders als vorhin war seine Berührung wieder weich. Sie schwiegen, bis Immo anhielt und sich abermals vor Emily stellte. „Wir sind da. Mach die Augen auf."

Das Schachbrett war so unschuldig wie am Anfang. Der Punkt, an dem sie standen, schien völlig beliebig zu sein. Doch vor ihnen flimmerte die Luft in Form einer Kugel – transparent und daher kaum zu erkennen.

„Da rein?", fragte Emily.

„Ja. Du brauchst nur den Schlüssel."

„Okay", sagte Emily und wartete. Der Traumfänger rührte sich nicht.

„Immo?"

„Hm?"

„Der Schlüssel? Oder hast du es dir anders überlegt?"

„Du bist ja ganz heiser." Er blinzelte. „Entschuldige. Ich will das genießen. Du hast den Schlüssel schon."

„Aha? Und sagst du mir auch wo und wie er aussieht? Nicht, dass ich ihn aus Versehen wegwerfe."

Er lächelte. „Das liegt nicht in deiner Macht." Zart strich er ihr eine Locke aus dem Gesicht. „Du besitzt den Schlüssel, seit dieses Reich existiert. Und die Wahrheit ist, dass ich vergessen habe, dass du es vergessen haben könntest. Nicht nur den Schlüssel, sondern auch das Zuhause, das immer auch deines war."

„Heulst du grade?"

„Oh Frau!" Hinter Immos Stirn sammelten sich Worte. Seine Augen leuchteten hell wie geschliffene Smaragde. „Ich liebe dich, das ist der Schlüssel. Bedingungslos. Ich vertraue dir, bis in den letzten Winkel meiner Seele. Und deshalb ist dieses Reich auch dein Zuhause und es wird dich nicht zurückweisen. Niemals."

„Oh." Emilys Blick wanderte zu der Kugel und wieder zurück, glitt ab und blieb zwischen Immos Brust und Schulter hängen. Ohne weitere Worte zog er sie an sich und küsste sie. Der Knoten um ihren Solarplexus löste sich. Dann war es nur noch ein einziger Schritt in das Tor hinein.

„Er hat deine Witterung aufgenommen. Du kannst nicht mehr weg hier."

Pandamator schmetterte seine Faust gegen eine der Säulen, die bis zu diesem Moment noch ganz geblieben waren. Jeremy schüttelte nur den Kopf.

„Denken ist nicht deine Stärke, was? Dir musste doch klar sein, dass es so kommt. Wie kannst du nur annehmen, dass der Traumfänger dich nicht überall im Universum finden würde? Und wenn er seinen Spürhund auf dich ansetzt, hast du noch weniger Chancen als gar keine."

„Arbeit wartet."

„Unsinn. Die Anrasati funktionieren längst ohne dich. Sie wissen, was zu tun ist."

„Kein General, kein Heer."

„Daran wird es nicht scheitern!"

Jeremy wich nicht vor dem Gestank des Schwefels zurück, als Pandamator sich zu ihm beugte.

„Kein General, kein Heer!", wiederholte der Dämon. Als Jeremy nicht reagierte, blies er ihm schmutzig gelben Rauch ins Gesicht.

„Bist du irre?" Jeremy wich hustend zurück. Es dauerte eine Weile, bis er weitersprechen konnte. Pandamators Miene war so unbewegt wie immer, aber im Ausdruck seiner Augen gab es etwas, das Jeremy missfiel. „Mach so etwas noch einmal und ich mache dich zu seinem Sklaven", sagte er, ging zu einem Holzständer und kehrte mit einem länglichen Objekt zurück. Jetzt war es der Dämon, der zurückwich.

„Nein?" Jeremy betrachtete den Gegenstand in seiner Hand und legte ihn schließlich behutsam auf den Boden. „Nun gut, diesmal werde ich es dir durchgehen lassen. Du hast dich aufgeregt. Es wäre dein Recht, wenn du annehmen müsstest, dass ich keine Lösung für dieses Problem hätte. Aber natürlich habe ich die."

„Keine Lösung."

Jeremy stöhnte. „Doch eine Lösung. Du kennst sie."

„Nicht."

„Herrgott nochmal, das kann doch nicht so schwer sein! Nimm Miso, du Dumpfbacke!"

Sie landeten auf einem Moosteppich. Knorrige Bäume duckten sich im Kreis um sie herum. Vor ihnen lag ein Weg. Die Luft nach dem Kuss schmeckte wie ein schwerer Sommertag. Im Hintergrund rauschte es. Und meckerte.

„Hoppla." Hörner stießen Emily zur Seite.

Immo lachte auf. „Hallo Moo!" Er umarmte eine Ziege, die sich hochstemmte und ihre Vorderhufe auf seine Brust stützte. Ihr Bauch war so dick, dass es unmöglich vom Fressen kommen konnte: Sie war schwanger. Hinter ihr trat eine ganze Herde aus dem Wald.

„Du hast Ziegen", stellte Emily fest.

„Sie leben hier, ich habe sie nicht. Sie kommen sehr gut ohne mich klar."

„Aber sie kennen dich. Die da – Moo? – ist ja ganz verliebt."

„Ich bin nicht der Vater", sagte Immo trocken und stieß die Ziege sanft von sich. „Aber ja, sie ist sehr intelligent. Und sie hat ein gutes Gedächtnis. Ich habe sie vor zwei Jahren hergebracht, da ging es ihr nicht besonders gut."

„Sie ist hübsch."

„Sag das nicht zu laut." Immo hielt Moo gerade noch davon ab, auch an Emily hochzuspringen. „Sie versteht dich, glaub mir, aber sie weiß nicht, dass sie auf deinen Bauch aufpassen muss."

„Okay." Emily sah sich um. „Du sagtest, es sei hier nicht mehr besonders schön."

Immo begrüßte und streichelte ein Tier nach dem anderen. „Der Wald ist Duncan", sagte er. „Schau mal dort." Er lenkte ihren Blick Richtung Unterholz. Unter einem Baum war Stroh zu einer Art Bettenlager gebreitet. „Sowas macht er, das bin nicht ich. Wenn du weiter dort hinten reingehst, wirst du noch mehr Lager finden. Vermutlich auch Futter. Er findet es selbstverständlich, sich zu kümmern. Deshalb ist er auch immer hier gewesen zwischendurch. Er erzählt es mir nicht, aber ich weiß, dass er Moo Decken bringt, wenn das Unwetter allzu schlimm wird."

Längst hatte Emily den Blick vom Wald ab- und Immo zugewandt. Sie beobachtete ihn, während er sprach. Er wirkte so entspannt wie lange nicht mehr, ohne Falten auf der Stirn.

„Wie gut, dass er hier ist", sagte Emily.

Am Ende des Weges unter den Bäumen hindurch wurde es heller, und irgendwo zwitscherte ein Vogel.

Dies war das Reich des Traumfängers, und er war es, der sich in der Landschaft spiegelte. Bis auf den Wald – dort spiegelte sich der Krieger.

„Zeig mir mehr", sagte Emily und griff nach Immos Hand.

Über einer verdorrten Hochebene hing ein grauer Himmel. Klippen reichten tief in einen Ozean hinab, der seine Wellen so heftig gegen das Land warf, als wüsste er, dass nichts für alle Ewigkeit Bestand hatte. Irgendwann würde diese Insel ihm gehören!

Am Horizont flackerten Blitze. Emily ließ Immos Hand los und umschlang mit den Armen ihren Bauch.

„Hier hat mal alles geblüht", sagte der Traumfänger leise. „Und das Wasser war immer so blau wie die Tür."

Die Tür. Emilys Blick hatte das flache Haus am anderen Ende der Insel zuvor nur gestreift. Aus der Ferne sah es verfallen aus und schien die Klippe hinunterstürzen zu wollen, an deren Rand es gebaut war. Doch die Tür war tatsächlich blau.

„Dahin gehen wir." Immo streckte die Hand aus. Hätte Emily nicht hingesehen, wäre ihr nicht aufgefallen, dass sie zitterte.

Sie rückte dicht an ihn heran und legte ihm den Arm um die Hüfte. „Ich bin gespannt."

Natürlich war wieder er es, der die Arschkarte gezogen hatte! Alleine in der Nachtschicht und eine Fotze nach der anderen kackte sich voll. Scott knallte die Tür hinter sich zu und rammte den Schlüssel ins Schloss.

„Halt die Fresse! Niemand hört dich." Das Heulen im Raum schwoll an. „Halt deine gottverdammte Fresse!", brüllte Scott und trat mehrmals gegen die Tür. Dann wandte er sich dem nächsten Zimmer auf seiner Route zu.

33. Mimimi-Miso. Großartig.

Als sie näherkamen, wirkte das Haus nur noch alt. Furchig dort, wo es mit Holz verkleidet war, runzelig der Putz. An manchen

Stellen eroberten Flechten die Außenwände und die gebrochenen Spiegelungen in den Fenstern zeugten von welligem Glas.

Einzig die blaue Tür war geschliffen und lackiert. Aus dem Schornstein stieg Rauch auf. Als Immo dies sah, schob er Emily von sich und eilte voraus.

„Das kann nicht sein Ernst sein!"

Er stieß die Tür auf, trat ins Gebäude und war verschwunden.

„Das kann nicht dein Ernst sein!", hörte Emily ihn rufen. Sie beschloss, sich Zeit zu lassen.

Zimmer 33 stank nach Schweiß. Miso keuchte und bäumte sich auf, wieder und wieder, um zurück auf die Matratze zu fallen. Scott trat ans Bett heran und taxierte die magere Gestalt. Sie nahm ihn nicht wahr, was auch sonst. Der dämliche Conrad hatte die Fixierbänder viel zu locker geschnallt. Es fehlte nicht viel und Miso würde sich befreien und den Rest der Nachtschicht zu einem echten Abenteuer werden lassen. Scotts Hand näherte sich bereits den Gurten, als er plötzlich innehielt.

Dann streckte er sich, ließ die Nackengelenke knacken und ging zur Tür, um sie von innen abzuschließen.

Emily stand vor der geschlossenen Tür und betastete den Holzrahmen, der von winzigen Ornamenten überzogen war. Auch hier war kein Verfall zu sehen. Immos und Duncans Stimmen wirkten ebenfalls sehr lebendig.

„Du warst gerade noch tot! Du kannst nicht hier rumlaufen und Sachen machen!"

„Fast tot, Traumfänger, und du schreibst mir nicht vor, was ich zu tun oder zu lassen habe."

„Du hast versprochen, dass du dich ausruhst!"

„Du warst es, der gesagt hat, ‚Ruh dich aus'. Von mir kam das nicht."

„Willst du mich für dumm verkaufen? Die Ärztin hat dich nur gehen lassen, weil du ihr versprochen hast – versprochen, hörst du? –, dass du dich schonen wirst."

„Ach so, stimmt ja."

Emilys Hand lag bereits am Türknauf, aber ihr Gehirn weigerte sich weiter, den Befehl zum Eintreten zu geben.

„Lass mich kurz nachdenken", fuhr Duncan fort. „Ich erzähle es ihr in 500 Jahren!"

Auch die anschließende Stille wollte nicht unterbrochen werden.

„Sun ..."

„Komm rein, Emily!", raunzte Duncan. „Es nützt ja nichts."

Also stieß sie die Tür auf und im nächsten Moment vergaß sie jeden Streit.

„Wir sind allein", raunte Scott Miso zu. Unter ihm flackerten Augenlider und ein halb geöffneter Mund atmete wie eine Maus, die instinktiv begriff, dass sie den Fängen der Katze nur entkommen konnte, wenn sie sich totstellte.

„Dann öffnen wir dich mal, was, Fotze?"

Scott drückte sich so zwischen Misos Beine, dass sein Geschlecht in der richtigen Position lag. Er löste die oberen Fesseln, verschränkte seine Hände mit Misos und leckte quer über das schwitzende Gesicht.

„Komm schon", sagte er. „Ich habe keinen Bock, dich zu ficken, du hässliches Stück Scheiße."

Hinter der Tür öffnete sich ein heller Raum, dessen Größe von außen nicht zu ahnen gewesen war. Im Inneren des Hauses gab es keine Wände, sondern drei halbrunde Ebenen, die stufenförmig in die Tiefe führten. Ganz unten standen ein Sessel und ein glattpolierter Baumstumpf auf einem Holzboden. Die mittlere Ebene war gepolstert und mit Kissen bestückt. Durch die Eingangstür trat Emily auf die oberste Ebene, direkt in eine Küche. Schränke, Herd, Kochgeschirr und Spülbecken: Bunt zusammengewürfelt drängten sie sich an die Seitenwand. Ein Tisch stand davor. Stühle.

„Was zum ...", murmelte sie, zwang sich jedoch, den Mund zu schließen. Ihr Blick fiel auf ein riesiges Objekt, das an der gegenüberliegenden Wand hing. Ein Traumfänger, in dem überdimensionale Federn und Perlen wirkten, als ob sie sich verfangen hätten.

„Herzlich Willkommen", sagte Duncan und ging eine schmale Treppe nach unten. Er bückte sich unter die zweite Ebene. Mit einer Flasche in der Hand tauchte er wieder auf. „Der Platz des Hausherrn", sagte er. „Ein Sessel, Wein, Bücher und ein schmeichelhaftes Selbstporträt."

Emily grinste pflichtschuldig, auch wenn die Worte sie nur streiften. Sie kannte all das. All das kannte sie!

Immos Aufmerksamkeit galt dem Tisch. Kerzenleuchter, Schalen, Gläser und Besteck. In der Mitte ein Korb mit Brot, ringsum verteilt kleine Kunstwerke: Blüten, geschnitten und zusammengesteckt aus Früchten.

„Du bist wirklich wahnsinnig", murmelte Immo, nahm eine dieser Blüten und musterte sie von allen Seiten.

„Wie bitte?", fragte der Krieger.

„Danke", sagte der Traumfänger und legte die Blüte behutsam zurück.

„Wofür?"

Immo griff nach seinem Zopf und löste Stück für Stück die Verflechtungen. „Bloß dafür, dass du mir zeigst, wie viel es zu vermissen gibt." Er glättete das Haar mit den Fingern, warf es nach vorne und mit Schwung wieder zurück. Duncans Blick wurde mild. „Dafür gern", sagte er.

Misos Atmung veränderte sich. Die flackernden Augen fanden Halt in Scotts Raubtierblick, wurden erst zum Spiegel und verkündeten dann den Tod.

„Runter!", drang eine Stimme aus Misos Kehle, die nicht Misos Stimme war.

Scott gehorchte sofort.

Miso setzte sich auf und löste die Fesseln an den Beinen. „Knie nieder!"

Auch diesem Befehl folgte Scott ohne zu zögern. Schultern und Kopf hielt er gebeugt. Miso sprang mit einem Satz aus dem Bett, baute sich vor dem Pfleger auf und drückte ihn tiefer. „Mehr Respekt!"

„Ja, Meister! Verzeih mir!" Scott biss sich die Unterlippe blutig, während Miso ihm in die Haare griff und ein Büschel nach dem anderen ausriss. Kein Laut entschlüpfte ihm, als eine übermenschliche Kraft ihn in die Höhe riss und an die Wand schmetterte.

Miso stand in der Mitte des Raumes und wartete, bis Scott sich dort, wo er war, wieder auf die Knie stemmte und in gebeugter Haltung verharrte.

„Zuhören!", sagte Miso.

„Setz dich, Emily." Duncan öffnete einen steinernen Ofen, holte einen Tontopf heraus und stellte ihn auf den Tisch. Als er den Deckel entfernte, strömte ein Duft in den Raum, der das Wasser im Mund in Wallungen brachte. Der Krieger entkorkte die Weinflasche, doch bevor er Gläser füllen konnte, nahm Immo ihm die Flasche aus der Hand. Er goss nur in ein Glas Wein und reichte es Duncan. „Emily darf keinen Wein trinken", sagte er.

„Ach." Emily verschränkte die Arme hinter dem Kopf und streckte die Beine aus. „Sowas weißt du, ja?"

Der Traumfänger zwinkerte ihr zu, führte die Flasche zum Mund und trank. „Keine Ahnung, was du meinst", sagte er, setzte sich ihr gegenüber und legte seine Füße an ihre. „An manches sollte man sich nicht erinnern." Seine nächsten Worte wärmten Emily noch mehr, als Wein es vermocht hätte: „Also: Willkommen zurück!"

Als sich der bloße Geruch des Essens endlich mit einem Geschmack verbinden durfte, genoss Emily das so gründlich wie lange nicht mehr. Was für verborgene Talente mochten sonst noch im Krieger schlummern? Sie hatte ihn Tee zubereiten sehen –, aber dass er ein Ausnahmekoch war ... „Sorry Schatz", sagte Emily nach geraumer Weile. „Ich glaube, ich möchte doch lieber Duncan als Mutter meines Kindes."

„Vergiss es." Der Krieger prostete ihr vergnügt zu. „Ich werde höchstens Patentante."

„Schatz?" Immo hob eine Augenbraue.

„Ob da wohl der Schnaps aus dem Essen wirkt?" Duncan.

„Hör auf, Sun! Man macht keine Witze über sowas."

Der Krieger winkte ab. „Unsinn. Selbst du hättest Alkohol herausgeschmeckt."

„Ich meinte die Tatsache, dass diese Frau dort mich grade ,Schatz' genannt hat."

„Verstehe. Zeit fürs Bett, würde ich sagen."

„Entschuldigt mal!" Emily sprang auf und füllte sich ihr Glas erneut unter dem Wasserhahn. Bevor ihr jedoch eine passende Antwort einfiel, umarmte Immo sie und wühlte sein Gesicht in ihre Haare. „Dass du hier bist ..."

Alles an ihm sprach Bände. „Zeigst du mir auch den Rest des Hauses?", fragte Emily stumm.

„Darauf kannst du Gift nehmen", erwiderte er nur.

Erst, als er in den Augenwinkeln das Taumeln sah, hob Scott den Blick. „Verfluchte Fotze!" Er stand mühsam auf und schlug Miso ins Gesicht. Ganz klein wirkte die Gestalt jetzt wieder, als sie aufs Bett fiel und Arme und Beine zum Körper zog. Scott packte und streckte sie, um die Fesseln befestigen zu können. Er achtete nicht auf das Wimmern, zog die Gurte so fest, dass sie in die Haut schnitten, und verließ das Zimmer. Er ging in den Waschraum und starrte in den Spiegel. Dann holte er seine Sachen aus dem Bereitschaftsraum, verließ die Klinik und lief den ganzen Weg nach Hause zu Fuß.

Den Rest der Nacht verbrachte er damit, Nachrichten zu verschicken, gehackte Computer zu mobilisieren und seine Spuren im Internet zu verwischen.

Die Holzvertäfelung war so gemustert, dass die Tür erst auffiel, wenn man ihr nahekam. Immo ließ Emily den Vortritt. Mit einem Male war das Rauschen des Ozeans nah und die Luft schmeckte frei. Eine Pergola bildete das Dach für eine riesige, abgerundete Terrasse. Ein rundes, weißes Bett stand in der Mitte. Zum Meer hin wurde die Terrasse von einem Steingeländer begrenzt. Emily ging über helle Bodendielen nach vorne, stellte sich auf Zehenspitzen und beugte sich über die Brüstung. Unmittelbar in die Tiefe ging es, eine Klippe hinab bis hinein in die peitschende Brandung.

Von hinten trat Immo dicht an sie heran. „Sei vorsichtig!"

„Es ist wunderschön hier." Emily schmiegte sich an ihn. Seine Hand schob sich halb in ihren Hosenbund und blieb auf ihrem Bauch liegen.

„Ich sehe es auch", sagte er leise. Das Baby flatterte, als sie sich küssten und die Nähe genossen, bis Emily stutzte und Immos Gesicht berührte. „Wieso weinst du schon wieder?"

Stumm legte er seine Stirn an ihre. Dann drehte er sie so, dass sie wieder den Ozean sehen konnte. Die Brandung hatte sich beruhigt und das Wasser war überzogen von funkelnden Lichtflecken. „Weil es sich ändert", sagte er. „Es kann sich immer noch ändern."

„Ach du." Emily sah ihn an. „Ich liebe dich, weißt du das eigentlich?"

„Ich weiß, dass ich dich jetzt sofort ausziehen und dort aufs Bett legen möchte."

„Ah ja? Und weiter?"

„Abwarten", sagte er und zog ihr das T-Shirt über den Kopf.

„Und wie rum soll ich mich legen?" Emily drückte probehalber auf die Matratze.

„Auf den Bauch, wenn du willst." Immo kam mit einem Fläschchen zurück, das er aus einer Kommode vom Rande der Terrasse geholt hatte. „Ich massiere dich ein bisschen."

„Kein Einspruch."

In Immos Händen erwärmte sich das Öl. Unter Immos Berührungen fiel Emily tiefer als in ihr eigenes Selbst. Und dann dieser Duft ... „Was ist das?", murmelte sie. „Es riecht wundervoll."

Der Traumfänger stockte, beugte sich vor und küsste ihren Hals. „Das bist du. Das Öl verstärkt den Eigengeruch."

Sie hörte, dass er sich ebenfalls auszog. Er legte sich neben sie und ließ seine Hand ihren Rücken hinunter und zwischen die Beine gleiten.

Dies noch, mit all seinem Sein, bevor er die Themen auf den Tisch brachte, die er nicht mehr zurückhalten konnte. Die anderen glaubten, dass er seiner Intuition nicht mehr traute. Dass er zerbrochen sei, dort an Balors Festung. Doch die Wahrheit war, dass er sich seiner selbst genauso sicher war wie zuvor. Nur war das, was seine Intuition ihm sagte, viel zu groß, um nicht davor zurückzuweichen. Und sei es, um so das ganze Bild in den Blick zu bekommen.

Zum ersten Mal in der Geschichte des Traumfängers ahnte er, dass eine Aufgabe ihn überforderte. Dass sie es mit einem Gegner zu tun hatten, der sich nicht auf üblichem Wege besiegen ließ – wenn überhaupt. Die Zeit war reif, es gab kein Zurück mehr. Und sobald Emily nachher schlief, würde er sich dem Zorn des Kriegers stellen.

Kathy Corner rubbelte ihre Haare trocken, als Jaqueline an die Badezimmertür hämmerte. „Kath? Dein Celly dreht gerade durch. Kannst du dich ein bisschen beeilen?"

„Ja, ja", rief sie zurück und beugte sich näher zum Spiegel, um ihre Augen zu begutachten. Gestern war es wieder spät geworden. Im Wahlkampf galt es, sich nicht vor Feiern zu drücken – und ihr Boss nahm sie wirklich alle mit. Lächeln, smart sein, Alkohol. Die Folgen machten sich bemerkbar, irgendwann half auch keine Quarkmaske mehr.

Jaqueline hatte nicht übertrieben. 186 Nachrichten innerhalb von 30 Minuten. Welche Sau wurde da wieder durchs Dorf getrieben?

Kathys Büro im Kongressgebäude war heute dauerbevölkert. Niemand lachte. Die Siegesgewissheit der letzten Wochen hatte sich in Panik verwandelt. Und der nächste Schritt, das wusste sie aus Erfahrung, war Resignation.

„Okay", wandte Kathy sich an ihren Assistenten Michael. „Ist das authentisch?"

„Ich bitte dich!" Michael schaltete den Fernseher aus. „Pädophil? Er? Aber das ist nicht das Problem, und das wissen wir beide. Die Bilder kommen von seinem Computer. Genauso wie die Spuren ins Netz. Als ob er selbst sie so stümperhaft verschleiert hätte!"

„Hacker?"

„Ein gezielter Angriff, ja. Lange vorbereitet, fürchte ich. Das waren Profis."

„Die Presse war schneller informiert als wir."

„So ist es."

Kathy nippte an ihrem Kaffee. „Heiß", sagte sie, biss in einen Bagel, lehnte sich zurück und schloss die Augen.

Michael musterte sie. „So schlimm?"

„Schlimmer! Wir sind total im Arsch. Das überlebt er nicht."

„Aber es ist Bullshit."

„Es ist gut genug gemacht und das reicht. Mit dieser Geschichte kannst du alle abschrecken, die auch nur den Hauch eines Zweifels haben." Sie schwieg und aß ihren Bagel.

„Dann ist es vorbei?"

Kathy nickte, erst zögernd, dann entschieden. „Ja. Es ist vorbei."

Immo blieb noch eine Weile neben Emily liegen und versank in der Ruhe ihres Schlafs. Als er seinen Rock wieder anzog, verschwand das Leuchten auf dem Wasser. Leise ging er zurück ins Haus. Die Küche war aufgeräumt. Duncan saß unten vor dem Sessel auf dem Fußboden, den Kopf gesenkt. Vor ihm lag eine Geige.

Langsam ging der Traumfänger die Treppe hinab. Duncan sah auf. „Spiel für mich."

Immo verharrte. „Wieso sollte ich das tun?"

„So abweisend? Es gab Zeiten, in denen du deine Geige gar nicht mehr aus der Hand legen konntest."

„Zeiten ändern sich."

„Auch deine Leidenschaft?" Duncan streckte Immo die Geige entgegen. „Komm schon – du hast es geliebt! Ich erinnere mich an diesen Tanz, wie hieß er gleich? Du sagtest über ihn, dass er ein Lächeln auf die Lippen holt – und Traurigkeit ins Herz."

„Das ist ewig her. Ich spiele diesen Tanz nicht mehr."

„Wieso nicht?" Die Frage kam zu schnell.

Bedächtig ging Immo die letzten Stufen hinunter und setzte sich auf die unterste. „Ich hatte erwartet, dass du wütend bist. Und jetzt willst du, dass ich Geige für dich spiele?"

„Nicht einfach Geige", sagte Duncan, stand auf und kam hinüber, um ihm das Instrument abermals hinzustrecken. „Ich will diesen Tanz hören. Wann ich wütend werde, entscheide ich selbst."

Immo nahm die Geige entgegen und legte sie sacht auf seinen Schoß. Wann hatte er hier in seinem Zuhause zum letzten Mal seine Geige berührt? Es musste lange her sein –, viel zu lange, gemessen an der Übelkeit, die ihn befiel.

„Es ist 500 Jahre her", sagte Duncan leise. „Spiel doch einfach."

„Es ist nicht mehr dieselbe Geige." Immo strich behutsam über das Holz. Es war haargenau dieselbe Geige!

„Bitte." Duncan hockte sich vor ihn. „Sieh' mich an. Rede mit mir. Du hast es versprochen. Was ist damals passiert zwischen dir und Patricius?"

In Immos Augen erlosch das Licht. Er trat in die Mitte des Raumes und legte die Geige ans Kinn. Die ersten Töne kamen zaghaft, doch dann wirkte der Bogen, als erinnerte er sich von alleine. Eine Melodie erklang, melancholisch und spielerisch zugleich. Mitten in einer Tonfolge jedoch brach sie ab. Der Bogen fiel zu Boden. Immo stand regungslos da. Seine Hände zitterten.

Behutsam nahm Duncan ihm das Instrument aus der Hand.

„Wieso erinnerst du dich, wie lange es her ist?", fragte Immo.

„Ich mochte die Melodie. Und dann hast du aufgehört, sie zu spielen. Ich erinnere mich an alles in jenen Tagen. Auch an unseren Streit."

„Und glaubst du mir, dass ich nichts weniger will, als daran zurückzudenken?"

„Das geht mir nicht anders. Und trotzdem werden wir es tun. Jetzt. Weil du zu Patricius gesagt hast, dass du mich angelogen hast. Und dass dich das belastet. Er hat dir etwas angetan. Ich will aus deinem Mund hören, was es war."

„Setz dich erst wieder", sagte Immo und wartete, bis Duncan seiner Bitte nachkam. Er selbst rührte sich nicht vom Fleck. „Du sagst, du willst es aus meinem Mund hören, und weil ich dich kenne, weiß ich, dass du mindestens einen Verdacht hast. Spätestens, seit du im Krankenhaus meine Erinnerung gesehen hast. Vielleicht war es dumm, dir zu zeigen, dass ich bei Patricius war und mit ihm gestritten habe. Aber als du dort lagst ..." Immo betrachtete seine Hände. Sie zitterten nicht mehr. „Ich habe dich nie zuvor so hilflos gesehen. Du warst plötzlich sterblich. Und dass dies zwischen uns steht – immer noch. Wie konnte das nur passieren? Wie kann ich das denn wieder gutmachen?"

„Rede einfach", sagte Duncan. Immo lachte auf, freudlos und bitter. „Das wollte ich damals auch mit ihm", sagte er. „Reden. Ich habe Patricius besucht, weil ich ihm helfen wollte, seine Dämonen loszuwerden. Seinen Vater – du weißt, wovon ich spreche. Er sollte sich von ihm befreien. Seine Seele war viel zu eingeengt in Schuld. So war er nutzlos für uns. Er konnte seine Aufgabe nicht erfüllen."

„Diesen Teil kenne ich noch", sagte Duncan. Ähnlich wie er selbst war Patricius voller Zorn gewesen, als sie ihn in die Zwischenwelt geholt hatten. Ähnlich wie bei ihm selbst war das geschehen, als er sich gerade umbringen wollte – ertränken. Heute wusste Duncan, dass dies einer der wenigen Wege war, ohne Umwege in die Zwischenwelt zu gelangen: Man musste vollkommen abgeschlossen haben mit dem Leben, das hinter einem lag. Doch Patricius Wasserseele ließ es nicht zu. Längst hatte sie Kontakt zu den anderen alten Seelen aufgenommen. Bis der Mensch Patricius bereit war, mit ihnen zusammenzuarbeiten, sollte jedoch eine lange Zeit vergehen.

„Was danach kam, hast du nur geraten."

„Er ist in deinen Armen zusammengebrochen und ihr habt miteinander geschlafen."

Das Schweigen, das jetzt in den Raum fiel, war das Gegenteil von Stille.

„Rate noch einmal", sagte Immo, kaum hörbar. Es gelang ihm, Duncan anzusehen. „Erinnerst du dich an die Prügelei?"

„Natürlich." Der Krieger nickte. „Dein Gesicht war tagelang entstellt."

„Er hat viel härter zugeschlagen als du jemals."

Duncans Gesicht verfinsterte sich. Die erste Zeit in der Zwischenwelt war eine Erinnerung, die er noch lieber löschen würde als alles, was ihm vorher widerfahren war.

„Du weißt, dass mir das egal war", fügte Immo rasch hinzu. „Ich habe es ja provoziert, absichtlich. Du wolltest vor deinen Dämonen weglaufen. Ich habe mich in den Weg gestellt. Ich dachte, dass es bei Patricius genauso ginge."

„Ging es nicht?"

„Nein. Du hast nicht mitbekommen, dass mein ganzer Körper aussah wie mein Gesicht."

Die Miene des Kriegers versteinerte.

„Es war eigentlich keine Prügelei. Er hat mich geprügelt. Und es war auch nicht so, dass wir Sex *miteinander* hatten ...“ Immo schwieg und ließ die Worte in die entsetzte Stille tröpfeln.

„Was sagst du da?“, flüsterte Duncan heiser. „Ich werde ihn umbringen.“

„Dafür ist es zu spät. Du wirst es aushalten müssen. Enttäusche mich nicht, bitte!“

„Dich enttäuschen?“

„Du weißt, wie ich das meine.“

Duncan sprang auf die Füße. Er presste die Hände auf den Kopf, bis seine Fingerknöchel weiß wurden. „Gar nichts weiß ich!“ schrie er. „Du hast mich in dem Glauben gelassen, dass du mit ihm gevögelt hast! Ich habe es dir auf den Kopf zugesagt, und du hattest nichts Besseres zu sagen als ‚Es wird nicht wieder vorkommen‘! Ich hatte Angst, dich an ihn zu verlieren, und stattdessen hätte ich ihn in seine verfluchte Sterblichkeit zurückpeitschen müssen! Wieso hast du ihn nicht verbannt? Wieso nicht?“

Immo wartete regungslos, bis die Wut an ihm vorbeigerauscht war. „Wir brauchen ihn“, sagte er. „Auch damals brauchten wir ihn. Und das weißt du. Die Wasserseele ist niemals einfach.“ Er zögerte, dann ballte er seine Hände zu Fäusten. „Ich habe ihn so sehr gehasst! Vielleicht tue ich das noch immer. Aber er hat mir alles versprochen, was ich von ihm verlangt habe. Und diese Versprechen hat er gehalten.“

„Du hast ihm Versprechen abgenommen?“ Duncan schloss müde die Augen. „Du bist wahnsinnig. Kein normaler Mensch funktioniert so.“

„Verachtest du mich jetzt?“

Es war nur eine Frage, aber sie bebte nicht weniger als vorhin der Geigenbogen. Duncan öffnete die Augen wieder. Sie loderten. „Nein“, sagte er leise. „Aber ich glaube dir nicht, dass das alles war. Niemand lässt sich so eine Gewalt antun, ringt dem ... Schänder dann Versprechen ab, bricht aber Jahrhunderte später zusammen, nur weil in diesem Haus Musik erklingt. Du verschweigst mir noch etwas, Traumfänger, und du bist hier, weil du es mir erzählen willst."

„Ich weiß nicht, ob ich das jetzt schaffe."

„Zum Donnerwetter!", fuhr Duncan auf. „Du bist hier mit den beiden Menschen, die du wahrhaftig liebst. Wenn du nicht glaubst, dass wir aushalten, was du zu erzählen hast, dann solltest du zurück in die Isolation. Dann hat es keinen Sinn, dass wir hier sind."

Immo sackte auf dem Sessel zusammen und wiegte seinen Körper vor und zurück.

„Es gibt noch etwas", sagte er schließlich, „und ich weiß, dass ich es erzählen muss. Aber ich habe Angst davor. Schon lange. Nur wird dieses Wissen plötzlich wichtig."

Er schwieg erneut. Aus dem Wiegen wurde ein Beben, immer stärker, bis der Krieger sich erbarmte, ihn in die Arme nahm und festhielt.

„Ich bin bei dir", murmelte er. „Ich bin bei dir. Hab keine Angst. Nicht wegen mir."

„Ich werde dir wehtun. Wie könnte ich davor keine Angst haben?"

„Ich kann mit Schmerzen umgehen, schon vergessen?"

„Ich verdiene dich nicht."

„Niemand verdient mich."

Immo löste sich aus der Umarmung, die Augen wieder klar. „Die Geschichte mit Patricius bleibt unter uns", sagte er und hob die Hand, als Duncan ansetzen wollte, etwas zu erwidern. „Bitte. Auch Emily gegenüber."

Langsam nickte der Krieger. „In Ordnung."

„Die andere Sache ..." Immo zögerte. „Die andere Sache zeige ich euch gemeinsam."

„Zeigen?"

„Wir müssen in die verbotene Zone."

„Oh." Duncan stieß einen Pfiff aus. „Und wann?"

„Morgen", sagte Immo. „Lass sie noch einmal ausschlafen, mein Freund."

Der Himmel färbte sich orange. Duncan saß im Lotossitz auf der Steinbrüstung. Heftig wie selten hatte er sich gewünscht, wie ein ganz normaler Mensch in einen Schlaf fallen zu können, der ihn alles vergessen ließ. Er tauchte erst aus seiner Meditation auf, als jemand hinter ihm die Matratze verließ und zu ihm tapste.

„Wow." Emily stellte sich neben ihn. Der Morgen versprach, ein Kunstwerk zu werden.

„Du sagst es." Der Krieger drehte sich zu Immo, der noch auf dem Bett lag. „Wir sollten ihn wecken."

„Wecken?" Überrascht folgte Emily seinem Blick. „Ich dachte, er schläft nie."

„Nur hier. Und er wird schmollen, wenn er dies nicht mitbekommt."

„Es ist ein schöner Sonnenaufgang, das stimmt."

„Es ist der erste", sagte Duncan. „Zumindest der erste seit sehr langer Zeit. Genau gesagt habe ich noch keinen erlebt in seinem Reich. Wie auch? Ohne Sonne."

„Und wieso gibt es jetzt ...?" Emily schwieg abrupt, als sie verstand. Am Horizont wuchs ein Lichtstreifen. „Er wird wieder anfangen zu heulen."

„Und wenn schon. Immo!" Duncan sprang ansatzlos von der Brüstung und rüttelte den Traumfänger an der Schulter. „Wach auf!"

Wie jeder andere Schläfer brauchte Immo einen Moment, um sich zu orientieren. Doch dann trat er ans Geländer. Das Orange streichelte seine Topazhaut, und als tatsächlich eine Sonne aufging, ließ er seinen Tränen freien Lauf. Emily schmiegte sich an ihn und wartete, bis das Farbenspiel vorüber war. „Ich wusste nicht, dass du doch schlafen kannst."

„Ich habe es dir wohl nicht gesagt. Das letzte Mal ist lange her."

„Kannst du auch träumen?"

„Nein. Es ist mehr eine Zeitüberbrückung. Manchmal ist es so weniger anstrengend."

Emily sah von ihm zu Duncan, der so betont ausdruckslos guckte, dass sie sofort Verdacht schöpfte. „Habt ihr euch gestritten?"

Der Krieger schnaubte. „Wieso meinst du, dass dich das was angeht?"

„Muss es mich denn was angehen, wenn ich mich einfach für euch interessiere?"

„Oha." Ein Grinsen erschien auf Duncans Gesicht. „Das ändert natürlich alles."

„Lass gut sein", mischte Immo sich ein. „Wir haben uns schlimm gestritten, ja." Er zögerte. „Tatsächlich gibt es noch mehr, was ich erzählen muss. Deshalb bin ich im Moment ganz froh, dass ich geschlafen habe. Ich habe Angst vor dem, was kommt." Er hob die Hand, bevor Emily etwas sagen konnte. „Ich weiß, dass ich euch vertrauen kann." Er räusperte sich. „Es tut mir leid, dass ich euch verletzt habe. Ihr wart beide verstimmt wegen mir in letzter Zeit und das zurecht. Vielleicht ist es keine Lüge, wenn man etwas verschweigt – aber es wird zu einer, wenn es Menschen gibt, die es verdienen, auch die anderen Dinge zu wissen."

Weder Duncan noch Emily unterbrachen die anschließende Stille. Immo seufzte. „Lasst es uns hinter uns bringen."

Die dritte Tür des Hauses öffnete sich durch einen leichten Druck auf die Wand. Eine offene Wendeltreppe führte nach unten. Bläuliches Licht waberte aufwärts, als sei seine Quelle stetig in Bewegung.

„Geht's dir gut?", fragte Immo Emily, nachdem sie tief hinabgestiegen waren, aber die reagierte nicht. Sie ging an einem Panoramafenster entlang, das fast den ganzen Raum umgab. „Wir sind unter der Meeresoberfläche!"

„Kaum mehr als fünf Meter", sagte Duncan. „Wenn das Glas bricht, können wir bequem nach oben tauchen."

„Du machst mir keine Angst." Emily presste ihre Hände gegen die Scheibe und schloss die Augen. „Ich kann das Meer spüren."

„Wundervoll. Können wir uns bitte auf unsere Aufgabe konzentrieren?"

„Schlechte Laune?"

„Hört auf", sagte Immo. Er stand an der Felswand hinter der Wendeltreppe. „Wir müssen hier hinein." Mit einem Schritt verschwand er.

„Nach dir", sagte Duncan und zog sein Schwert aus dem Nichts. „Es ist offen."

Jeder Kommentar blieb Emily im Hals stecken.

„Willkommen in seinem Wahnsinn", sagte Duncan.

Was sie sahen, war nicht möglich!

Der Traumfänger lief kopfüber an der Decke, ohne dass die Schwerkraft es zu bemerken schien: Weder Haare noch Rock hingen nach unten. Er sprang auf einer Treppe drei Stufen nach unten – im nächsten Augenblick rotierte der ganze Raum, aus runter wurde hoch und Immos Füße befanden sich auf dem Boden.

„Keine Sorge", sagte Duncan. „Gefährlich ist das nicht, solange du nicht groß drüber nachdenkst. Am besten guckst du dich gar nicht um."

Aber Emily schaute fasziniert auf das, was zu Immo gehörte wie jede Lachfalte in seinem Gesicht. „Ich glaube, hier war ich schonmal." *Hatte sie das wirklich gesagt?*

„Ich bin nicht überrascht." Duncan stupste sie an. „Wir sollten nicht ewig hier rumstehen."

Der Raum war nicht schwerelos, und doch bewegten sie sich so. Oben und Unten, Rechts und Links tauschten wahllos Plätze. Eine Treppe wurde zum Wasserfall, der bergauf floss. Ein Vorhang aus Kieselsteinen verwandelte sich in buntschillernde Käfer, zu einer Wolke geballt, die auseinanderstob und verpuffte. Emily genoss den Weg – die Schachbrettebene verwirrte sie mehr. Einzig als sich vor ihr ein Dornenteppich ausbreitete, zögerte sie, weiterzugehen.

Sobald sie jedoch den Fuß anhob und nach vorne bewegte, drehten sich die Dornen an die Decke und warmer Lehm nahm ihren Platz am Boden ein.

Es gab in Immo nichts, das sie verletzen würde.

Der Weg endete an einem Brunnenschacht in einer schummrigen Grotte. Kreuz und quer über den Schacht waren rot-weiße Bänder gespannt. Lange Nägel ragten mit den Spitzen nach oben aus dem steinernen Sims. An jedem von ihnen war eine Amsel aufgespießt.

Duncan schien den Anblick auszuklammern, doch Emily war entsetzt. Was für ein furchtbarer Anblick! Er gehörte nicht hierher! Er gehörte absolut nicht hierher! Zart strich sie über ein schwarzes Federkleid. Es war weich und strahlte Wärme aus. Emily löste ihn vom Nagel und schnappte nach Luft, als der kleinen Körper in ihrer Hand bebte. Die Amsel öffnete die Augen, schüttelte sich und flog davon.

Bei den anderen war es genauso. Die beiden Männer beobachteten Emily, bis kein Vogel mehr tot am Brunnen hing. Dann erst sprach Immo wieder. Seine Stimme klang belegt. „Wir müssen da runter", sagte er und löste die Sperrbänder.

Duncan hieb auf die Brunnenmauer ein. Brocken polterten in die Tiefe. Die Nägel brach er mit bloßer Hand aus dem Stein.

Emilys Stimme kämpfte gegen ein Krächzen. „Und wie kommen wir da runter?"

„Springen", sagte Immo und sprang.

„Nach dir", sagte der Krieger.

Aus der schwarzen Öffnung strömte Tiefe hinauf.

„Irgendwelche Verhaltensregeln?"

Duncan schwieg.

„Nicht denken", sagte Emily und machte einen Satz nach vorne.

Im nächsten Moment stand sie in völliger Dunkelheit auf festem Grund, ohne sich daran zu erinnern, wie sie dort hingekommen war. Es knisterte. Eine murmelgroße Kugel leuchtete auf und wuchs in der Hand des Traumfängers. „Von alleine wird es hier nicht mehr hell", sagte er leise.

In einer Nische der Felsenhöhle bewegte sich etwas. Worte schnitten durch die Dunkelheit.

„Ach, gäben Drama und Pathos doch Licht!"

Duncan riss sein Schwert in die Höhe und sprang schützend vor den Traumfänger, auf den ein Mann zutrat.

War er das Bildnis, das dem Traumfänger sein ewig junges Aussehen sicherte? Ein Spiegel – gefallen durch die Zeit? Ein zweiter Immo stand da, mit weißen Haaren und einer Haut, die zu groß war für den gichtgezeichneten Körper. Doch seine Augen brannten.

Der Traumfänger versteifte sich und wich zurück.

„Askook", sagte Duncan, während er nach hinten griff und Immo festhielt. „Ich hätte eine Wette abschließen sollen, dass du deine Finger im Spiel hast."

„Dass ich meine Finger im Spiel habe?" Askook lachte und hustete. „Du bist vollkommen ahnungslos, habe ich recht?"

Emily baute sich neben dem Krieger auf. „Wer ist das?"

Der Auswurf aus seiner Lunge sorgte dafür, dass Askook beim Sprechen röchelte. „Du siehst schockiert aus, Emily Spring. Ich bin nichts anderes als das, was du verpasst. Ich bin, was der Traumfänger verschmäht. Nur Mensch. Gebrechen. Verfall. Er hat mich hier unten vergraben, als er unsterblich wurde. Zu etwas Besserem."

„Er hat dich vergraben?" Neben Emily kämpfte Duncan um Beherrschung. „Er hätte es tun sollen, ich habe es ihm oft genug gesagt. Er ist niemand, Emily. Ein Dämon. Ein Trugbild. Ein ..."

„Er ist ich", unterbrach Immo ihn. Er kam wieder nach vorne und blieb dicht vor Askook stehen. Seine Stimme klang genauso ruhig, genauso gefährlich wie manchmal gegenüber Patricius. „Meine Zweifel, ob es richtig war, die Bürde des Traumfängers auf mich zu nehmen. Meine Versicherung, dass ich nicht vergesse, wohin ich auch hätte gehen können."

„Deine Nemesis", flüsterte Askook.

Das Licht in Immos Hand verdunkelte sich. „Verbitterung", sagte er. „Das nagende Gefühl, niemals genug zu sein. Das Leben gelebt, ohne irgendetwas erreicht zu haben. Schuldig zu sein an der eigenen Unzulänglichkeit. Und deshalb sind wir hier. Geh zur Seite, alter Mann."

Ein erneuter Anfall aus Lachen und Husten krümmte Askook. „Du willst es dir tatsächlich nochmal ansehen? Es diesen Ahnungslosen zeigen? Bist du dir sicher?"

Er schlug Immo das Licht aus der Hand. Es flog einen kurzen Felsengang entlang und blieb vor einem Höhleneingang liegen. Von dort erklang ein Schrei.

„Verflucht!" Duncan fuhr zusammen. Immo stand da wie versteinert. Er regte sich erst, als Emily ihn berührte. „Entschuldigt", sagte er fahrig. „Das kommt jetzt plötzlich, aber vielleicht sollte ich mir das tatsächlich nicht noch einmal ansehen. Es ist besser, wenn ich im Haus auf euch warte."

„Mach das", sagte Duncan so entschlossen, dass Emily nicht wagte, nachzufragen. Immo drückte ihre Hand, dann verschwand er.

Askook zischte belustigt hinter ihnen her, als sie zum Höhleneingang gingen. Das Licht aus des Traumfängers Hand beschien die Erinnerung.

Nackt kauerte Immo in einer Ecke auf dem Boden, die Hände über dem Kopf verschränkt. Sein Körper war verkrampft wie unter großen Schmerzen.

Auf der anderen Seite der Höhle schlief ein Kind mit friedlichem Gesicht. Lange schwarze Haare flossen um seinen Kopf. Sein Kleid war rot.

„Merula", flüsterte Duncan.

Emily sah ihn überrascht an. „Den Namen hat Tian Shi erwähnt, kann das sein? Und dieser abscheuliche Kerl. Miyamoto? Das Echo?"

Der Krieger nickte. Er flüsterte, auch wenn klar war, dass niemand sie hören oder sehen konnte. „Merula ist für Immo, was Tian Shi für mich ist. Sein inneres Kind. Kein Abbild eines echten Menschen – aber genauso real. Sie ist schon länger nicht mehr aufgetaucht. Ziemlich lang, um genau zu sein. Vielleicht seit ..." Er runzelte die Stirn und fasste sein Schwert fester.

„Ich habe sie schon gesehen. Als er mich zum ersten Mal in seine Tiefe mitgenommen hat."

„Ein Traum", sagte Duncan, „Aber nun. Dieser Teil von ihm. Der verbotene Teil – so nennt er ihn. Er hat mich seit einer Ewigkeit nicht mehr hierhergelassen. Wenn Merula hier ist ..." Er verstummte.

Vor ihnen regte Immo sich. Aus einem Seitengang drang Fackelschein, dann betrat Askook die Höhle. Er ging mit langen, steifen Schritten, als wollte er so die eigene Gebrechlichkeit niederzwingen.

„Genug ausgeruht!" Seine Stiefelspitze stieß dem Traumfänger in die Seite. Immo stöhnte und drehte sich so, dass er mit dem Rücken zur Wand saß. Sein Antlitz war das eines Totenschädels. Ganze Büschel fehlten in seinem Haar. Askook hielt ihm einen Becher hin. Gierig trank Immo. Sein Kopf sank zurück gegen den Felsen. „Wie lange bin ich schon hier?" Kaum mehr als ein Krächzen kam aus seiner Kehle.

Askook zuckte mit den Schultern. „Wieso interessiert dich das? Wochen? Monate? Jahre – wer weiß? Wichtig ist, dass wir noch nicht fertig sind. Solange das Kind schläft, ist das hier nicht zu Ende."

„Du hast doch gesehen, dass ich Merula nicht wecken kann. Hunderte Male hast du es gesehen. Ich schaffe es nicht. Wieso lässt du sie nicht einfach in Ruhe?"

„Ich? Für mich ist sie keine Gefahr. Sie ist mir egal. Du bist es, für den sie schläft."

Immo zog sich mühsam hoch und stützte sich an der Wand ab, bis er nicht mehr schwankte. „Wieso sagst du das ständig – eine Gefahr?" Er taumelte durch die Höhle, als hätte er gerade erst laufen gelernt. Neben Merula sank er zu Boden, packte ihre Schulter und rüttelte sie. „Wach auf!"

Askook stellte sich breitbeinig neben ihn. „Du bist hier, weil du Verbrechen begangen hast. Alles haben wir durchgekaut, wieder und wieder. Du hast gewinselt und behauptet, dass du bereust. Die Toten und das Leid, das sie in den Tod getrieben hat. Du hast es ihnen beschert. Du hast ihre Träume missbraucht. Aber es ist nicht deine Aufgabe, dich zum Rächer aufzuspielen. Das Universum funktioniert so nicht. Es ist im Gleichgewicht, perfekt und zerbrechlich. Wie ein Raum voller magnetischer Kugeln. Anziehung und Abstoßung müssen sich die Waage halten, sonst gleitet alles ins Chaos. Du kannst nicht einfach hineingreifen und eine Kugel entfernen, nur weil du die Macht dazu hast. Macht zu haben bedeutet immer auch zu wissen, wann man sie nicht einsetzen darf."

„Spar dir deine Predigt, die habe ich oft genug gehört."

Askook schnaubte. „Offenbar nicht."

„Meine Eltern haben mich aufgezogen mit dieser Predigt."

„Sie waren nicht sehr erfolgreich."

Immo sah auf Merula hinunter. Zärtlich strich er ihr die Haare aus dem Gesicht. „Irgendwann haben sie nur noch geschwiegen, das hat gereicht. Vielleicht hätten sie mich häufiger verprügeln sollen – ich war kein einfaches Kind."

„Du hast sie herausgefordert."

„Irgendwann nicht mehr." Immo zog die Hand zurück und rührte sich nicht mehr. Er blinzelte nicht, sein Atem ging flach.

„Wieso nicht?", fragte Askook. Immo sah zur Seite. „Irgendwann gibt man auf."

„Man?" Die Stimme des anderen war nur noch ein Flüstern. „Du bist nicht *man*! Wieso hast *du* aufgehört, sie zu provozieren?"

„Aus demselben Grund." Immos Stimme blieb tonlos. „Ich habe resigniert."

„Du hast dich der Macht der Erwachsenen gebeugt?"

„Sie saßen am längeren Hebel."

„Sie haben dich bestraft."

„Das haben sie."

„Wie war das für dich?"

Das Gesicht des Traumfängers kehrte zurück. „Was meinst du damit? Es hat mir nicht gefallen, was sonst?" Er seufzte, als Askook den Kopf schüttelte. „Ich konnte es nicht begreifen. Es tat weh. Tief hier drin – tat es unmenschlich weh." Müde winkte er ab. „Aber was soll das? Hier waren wir schon so oft."

Fast schien es, als würden alle Anwesenden außer dem Kind aufhören zu atmen. Und als die Stille sich entschieden hatte, wurde sie zum Warten. Askook griff nach Immos Nacken und zog ihn näher. „Nein", hauchte er. Und lauter: „Nein! Sag mir, was das heißt, *es tat unmenschlich weh*. Du hast dir angewöhnt, Phrasen zu dreschen. Damit ist Schluss, hier und jetzt. Also versuche es noch einmal. Wieso hast du aufgehört, sie zu provozieren?" Er griff in Immos Haare und riss seinen Kopf zurück, um ihm ins Gesicht zu schauen – in einen flackernden Blick, in dem die Erkenntnis nach einem Ausweg suchte zu fliehen. „Wieso?", schrie Askook.

Immos Lippen bewegten sich, erst wie die eines Fischs auf dem Trockenen, dann formten sie Worte.

Askook schüttelte ihn. „Was? Ich kann dich nicht verstehen!"

Der Traumfänger heulte auf vor Schmerz und die Antwort brach aus ihm heraus. „Es war sicherer, geliebt zu werden!"

Neben ihm bewegte Merula sich. Askook ließ Immo los und stieß diesmal das Kind in die Seite. „Aufwachen!", rief er.

Immo machte eine Bewegung, als wollte er ihn zurückstoßen. Doch er nahm Merula und barg sie in seinen Armen. „Wach auf", sagte er. „Wach auf!"

Askook trat einen Schritt zurück. „Halt sie besser gut fest."

Merula erwachte. Ihre Augen glühten rot. Hass verzerrte ihr Gesicht.

Sie öffnete den Mund und fauchte.

Ein erstickter Laut drang aus Immos Kehle. Er riss Merula näher und drückte ihr Gesicht an seine Brust. „Bitte nicht", flüsterte er. „Bitte, bitte nicht!" Er streichelte und wiegte sie, presste seine Lippen auf ihren Kopf, bis sich ihr Körper entspannte. Als er sie losließ, schaute sie ihn stumm an. Ihre Augen waren grün, wie die seinen. Langsam tauchte Leben in ihnen auf. Merula schluchzte auf und klammerte sich an Immo. Sie stieß Laute hervor, die keinen Sinn ergaben, bis ein Wort übrigblieb: „Baba", weinte sie, das Gesicht an seinem Hals verborgen.

Vater.

„Es tut mir leid!" Wenn es Immo möglich gewesen wäre, sie noch näher an sich zu ziehen, hätte er es getan.

„Ja, das ist dein Werk", sagte Askook und beugte sich zu ihnen hinab. Er hustete, bevor er weitersprach. „Du hast sie in Ketten gelegt, weil du geliebt werden wolltest. Sie war alles, was du nicht leben durftest. Was du verleugnet hast."

„Das ist nicht wahr!"

„Natürlich ist es das", lachte Askook sein liebloses Lachen. „Sie ist impulsiv. Sie ist es, die vor Emotionen übersprudelt, die sich besoffen ins Leben stürzt. Die nicht nach Folgen oder Vernunft fragt. Sie war gefährlich für dich, und deshalb hast du sie in Ketten gelegt. Sie sollte dich nicht verführen."

„Das ist nicht wahr", wiederholte Immo, doch aus seiner Stimme schwand die Kraft.

„Aber du hast dich nicht in Ketten legen lassen, nicht wahr, Merula?" Auch das Mädchen sah Askook jetzt an. „Du hast ihn weiter gesteuert, und er hat dich immer fester eingeschnürt – dachte, er müsse es tun. Irgendwann war es zu viel, was er dir zugemutet hat. Du hast ihn zum Mörder gemacht."

„Du lügst!" Immo ballte die Hände zu Fäusten. „Sie hat damit nichts zu tun!"

„Baba ..." Merulas Flüstern hallte durch die Höhle. „Ich wollte das nicht."

Askook rückte noch dichter an Immo heran. „Da hörst du es", sagte er. „Sie hat dir genommen, was dir so heilig war – deine Integrität als Traumfänger. Das Vertrauen des Universums. Und nicht zuletzt den Krieger. Seine Enttäuschung hat ihn zerbrochen. Er wird dich nie wieder lieben können, selbst wenn er weiter deinen Beschützer spielt."

Unfähig zu sprechen schüttelte Immo nur noch den Kopf.

„Die Konsequenzen sind klar", sagte Askook. „Wir sind am Ziel, Traumfänger. Das Urteil kann fallen."

Er streckte sich mühsam gerade und zog sein Hemd glatt. „Merula. Du wirst diese Schuld tragen müssen, auch wenn du niemals schuldig warst."

Er wartete und blickte den Traumfänger an. Der regte sich immer noch nicht, hielt Merula und beugte seinen Kopf über sie. Askook sprach weiter.

„Du wirst sterben, Merula. Du wirst alles mitnehmen, was er mit dir verbunden hat. Und du, Traumfänger – du wirst zurückkehren und weitermachen. Ohne Merula. Sie wirst du nicht mehr spüren in dir. Nichts von ihr. Nie mehr. Und es wird genau das sein, was du immer wolltest. Möge deine Reue dich zerfressen!"

Er entwand dem Traumfänger das Kind. „Wehre dich nicht!", herrschte er ihn an. „Wenigstens das kannst du für sie tun."

Askook legte Merula auf den Boden. Ihre Augen suchten die Immos – fragend, ohne einen Begriff von dem, was geschah. Sie begann zu schrumpfen wie eine vertrocknende Frucht.

Der Traumfänger blinzelte kein einziges Mal.

Sein Kind fiel in sich zusammen und wurde zu Staub.

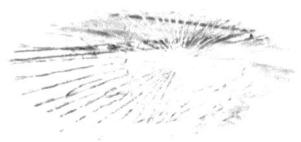

Duncan hieb auf die Felswand ein. Stumm. Beharrlich. Schweißperlen glänzten auf seiner Glatze. Nach und nach splitterte der Stein. Emily wagte nicht, den Krieger anzusprechen. Nach unzähligen weiteren Hieben brach Licht in die Höhle. Ein Fenster entstand, dann ein Durchgang. Der Duft nach Salz und frischer Luft drängte hinein – sie traten hinaus an Immos Ozean. Von diesem Ort aus waren Emily und der Traumfänger zur Schlacht gegen Balor aufgebrochen.

Duncan schleuderte sein Schwert in die Luft, wo es verschwand. Er lief ins Wasser hinein, tauchte in die Wellen und pflügte durch sie hindurch.

„Besser?", fragte Emily, als er wieder ans Ufer kam.

Er streifte sie mit einem Blick. „Dasselbe könnte ich dich fragen."

„Wieso hast du die Höhle kaputtgemacht?"

Duncan ließ sich in den Sand fallen. „Gib mir noch einen Moment. Ich habe meine Impulse fast unter Kontrolle."

„Genau genommen hast du gerade mit dem Schwert auf Immo eingedroschen."

Der Krieger dachte nach. „Stimmt", sagte er nach einer Weile. „Hoffentlich hat er das mitbekommen."

Emily setzte sich zu ihm. „Du weißt, wieso er dir das nicht zeigen wollte, oder?"

Diesmal dauerte das Schweigen länger. „Wegen Tian Shi", sagte Duncan schließlich und erhob sich mühsam wie ein alter Mann. „In Ordnung. Lass uns gehen."

„Ich bin mir nicht sicher, was ich davon halten soll, Scott. Doktor Chang reißt mir den Arsch auf, wenn sie von deiner Aktion erfährt. Ich bin verantwortlich dafür, dass hier alles läuft."

„Ach komm schon! Es wird nicht wieder vorkommen! Das nächste Mal melde ich mich direkt krank. Aber hierzubleiben war keine Option. Ich habe mir die Seele aus dem Leib gekotzt!"

Conrad starrte auf den Bildschirm, während er um eine Entscheidung rang. Dies war die einmalige Gelegenheit, Scott zu feuern. Niemand würde Anstoß daran nehmen. Auf der anderen Seite brauchte er alles Personal, das er kriegen konnte. Wenn Scott ginge, hieße das Mehrarbeit für alle.

„Du bekommst eine letzte Chance", sagte er. „Aber ich will, dass du mehr Respekt zeigst. Deine Art, mit Menschen umzugehen, ist nicht tolerabel. Und diesmal meine ich es ernst. Verdammt ernst."

„Alles klar, okay. Ich versprech's. Ich danke dir. Bist ein anständiger Kerl!"

Scott verließ den Raum lächelnd. Alle bis auf Conrad hatten ihm heute schon gesagt, wie gut ihm die raspelkurzen Haare standen.

Immo saß mit angezogenen Beinen auf dem Sessel, die Arme um die Knie geschlungen, neben ihm eine offene Flasche Wein. Duncan nahm sie und stellte sie zur Seite. „Wieso jetzt?", fragte er. „Ich habe es nicht vollständig verstanden. Der Gedanke, dass ich plötzlich dahinscheiden könnte, müsste dir schon öfter gekommen sein. Es ist mehr als 70 Jahre her. Tian Shi ist damals auch verschwunden. Offenbar konnte sie deine Verschleierungen nicht ertragen! Sie hat nie aufgehört, dich zu lieben. Und ich dachte, dass es an mir liegt. Du wusstest, dass ich sie vermisse und hast nichts gesagt. Ich habe dich unzählige Male nach dem Urteil gefragt. Du bist ausgewichen. Wieso ist gerade jetzt Showtime, Traumfänger? Nimm uns mit in deine kryptische Gedankenwelt."

Emily ließ sich auf dem Rand des Sessels nieder und zog Immo an sich. „Kannst du ihn nicht mal in Ruhe lassen? Wenn das alles so lange her ist, haben wir sicher noch ein paar Minuten Zeit."

Der Traumfänger lächelte flüchtig. „Ich hätte noch ewig geschwiegen. Das ist die Wahrheit und ich bin nicht stolz drauf. Aber Ambrosia weiß nichts davon, dass Merula fort ist", sagte er. „Und das habe ich erst kürzlich mitbekommen."

„Was sagst du?" Der Krieger spannte die Muskeln. „Wieso weiß sie das nicht? Hast du nicht einmal sie eingeweiht? Ich dachte, das sei nicht verhandelbar."

„Ist es auch nicht. Und doch hat sie keine Ahnung. Nicht mehr. Und ich wäre erleichtert, wenn ihr mir versichern würdet, dass das vollkommen unbedenklich ist."

„Wie lange weißt du es schon?", fragte Emily.

„Seit ich ihr gesagt habe, dass ich nachsehen muss, was die Träume beunruhigt. Ich wollte es euch gleich anschließend erzählen, aber das ging nicht. Sun lag im Koma."

Der Krieger verlagerte sein Gewicht. „Soll ich dir einen Vortrag über Prioritäten halten? Wir haben ein Problem!"

Emily richtete sich auf. „Klärt mich mal auf, bitte."

Immo beobachtete Duncan, der sich abwandte und die Treppe hinaufging, um sich auf den Küchentisch zu setzen. „Es ist möglich, dass Jeremy das Wissen über Merula besitzt", sagte der Traumfänger. „Du hast von Helena eine Kugel zurückgeholt. Vielleicht waren wir zu erleichtert damals. Vielleicht waren wir blind. Helena könnte mehr als eine Kugel gestohlen haben und die anderen waren nicht mehr bei ihr. Und wir haben den Köder geschluckt. Jeremy ist gut darin, uns zum Narren zu halten."

Duncan kniff die Augen zusammen. „Und diese Erkenntnis ist dir einfach so gekommen?"

„Teils."

Der Hüter des Wassers blätterte in einem Buch über Quantenphysik, als Immo in seinen Geist eindrang. „Was haben wir übersehen?"

Seufzend klappte Patricius das Buch zu. Er beschwerte sich nicht. Niemand außer dem Traumfänger war dazu in der Lage, ein Bewusstsein einfach zu entern. Dass er es bei ihm immer wieder tat – nun. Dieses zweifelhafte Privileg hatte er wohl verdient. Im Moment war es ihm sogar ganz recht. Seit Emily ihn besucht hatte, waren seine Dämonen wieder wach.

„Ich habe Patricius um Rat gefragt."

„Fantastisch. Was hat er sonst noch gesagt?"

„Moment", sagte Emily. „Verstehe ich es richtig? Weil Ambrosia nichts davon weiß, dass Merula gestorben ist, muss das Wissen fort sein. Soweit klar. Aber ihr könnt euch nichts anderes vorstellen als einen Diebstahl?"

„Nein", sagte Immo. „Und glaube mir, ich habe mir das Gehirn zermartert. Weil ich genau weiß, dass Ambrosia es wusste. Wir haben irgendwann aufgehört, über Merula zu sprechen, aber bis dahin ..." Er schwieg und betrachtete seine Hände.

„Was bedeutet es, wenn Jeremy dieses Wissen hat?" Als sie von Immo keine Antwort erhielt, sah Emily zu Duncan, doch die Miene des Kriegers war starr. Endlich räusperte Immo sich. „Merula war ein Teil meiner Seele. Sie ist in mir gestorben. Für mich existiert sie nicht mehr. Aber es ist nicht möglich, sie ganz auszulöschen. Sie an sich zu binden und zu nutzen, das könnte allerdings möglich sein. Man müsste sie nur finden. Und vielleicht hat Jeremy das getan."

„Indem er das Wissen über sie hat, hat er sie selbst?"

Immo schwieg lange. „Möglicherweise nicht sie selbst. Aber genug, um nutzen zu können, was in ihr steckt. Traumfängeranteile. Wissen, das nur ich haben sollte."

Duncan kam wieder hinunter zu ihnen. „Du hast dich noch gewundert, wieso Jeremy Träume manipulieren kann! Wie tief war das Loch, in dem du gesteckt hast?"

Immo schloss die Augen. „Du weißt, wie leid es mir tut. Ich bin ein kompletter Versager!"

„Ich widerspreche dir nicht." Duncan beugte sich zu ihm, packte ihn am Hinterkopf und zog ihn dicht an sich heran. „Du kannst froh sein, dass ich mich vorhin ausgetobt habe. Das nächste Mal sagst du rechtzeitig Bescheid, wenn du dich verstümmeln willst. Ich werde es dir austreiben. Sie war dein Kind, Immo! Das macht man nicht mit seinem Kind!"

Der Traumfänger verlor endgültig die Fassung. „Ich weiß", stieß er hervor und brach in Tränen aus.

In Ambrosias Halle herrschte Schweigen, nachdem der Krieger den Bericht beendet hatte. Immo blickte teilnahmslos. Die Erste, die sich räusperte, war Brenda. „Gehe ich recht in der Annahme, dass wir den Teil mit den Vorwürfen überspringen können?" Sie stand auf, ging zum Traumfänger und nahm ihn in die Arme. „Was hast du dir nur dabei gedacht? Askook existiert doch nur, um dich zu demütigen. Wieso hast du ihm das Urteil überlassen?"

„Das sind Vorwürfe, Brenda", sagte Duncan und trat einen Schritt näher. Immo schüttelte nur den Kopf und schob die Feuerfrau von sich. „Ich kann dir darauf keine Antwort geben. Es erschien richtig."

„Du hättest Ama wählen sollen", sagte Ambrosia.

„Askook ist verbittert und eifersüchtig", sagte Malaika.

„Ihr solltet euch reden hören!", sagte Patricius, und alle Blicke wandten sich ihm zu. Schon wirkte der Hüter des Wassers, als würde er bereuen, sich geäußert zu haben.

„Was meinst du damit?", fragte Brenda.

Patricius zuckte mit den Schultern. „Er war in Isolation. Monate lang, wenn ich mich richtig erinnere. Was glaubt ihr, was das mit einem macht? Und der Traumfänger ist eh nicht für rationales Verhalten bekannt."

„Du?" Die Temperatur im Raum fiel, als Duncan sich aufrichtete und sein Schwert ergriff. „Du erlaubst dir ein Urteil?"

Patricius musterte ihn ausdruckslos. „Ich würde das nicht urteilen nennen. Es sind Feststellungen. Eure Verblendung ihm gegenüber ist nicht unbedingt hilfreich."

Duncans Miene gefror. Ohne ein weiteres Wort drehte er sich um und verschwand. Immo sah zu Boden.

Emily stöhnte. „Was soll das schon wieder? Wir haben Wichtigeres zu tun!"

Patricius beachtete sie nicht. „Isolation", sagte der Hüter des Wassers langsam, „bedeutet das totale Abgeschnittensein von allem Lebendigen. Du spürst niemanden, weder Freund noch Feind. Du kreist um dich selbst, während du metertief unter der Erde in einem Sarg in der Dunkelheit liegst und verbrauchte Luft atmest, die nie zu Ende geht."

Sein Blick blieb auf Immo gerichtet, bis der ihn erwiderte. „Du wirst sehr vorsichtig handeln müssen, das sagte ich dir schon", sagte Patricius. „Wenn Jeremy einen Teil von dir in seiner Gewalt hat, dann kann er dich wahrscheinlich beobachten, sobald du als Traumfänger unterwegs bist. Du wirst schnell sein müssen und präzise."

Immo verzog das Gesicht. „Das ist nicht meine Stärke."

„Ich weiß. Du brauchst einen Plan. Wir müssen Miso und die Anrasati endlich finden. Tragt zusammen, was wir wissen. Dann besprechen wir das."

„Wir?"

„Wir. Du brauchst mich, wie du weißt."

Immos Stimme klang abwesend. „Ich behalte das im Kopf, aber im Moment machen wir noch gar nichts. Bis wir eine echte Strategie haben, ziehen wir uns wieder zurück. Es darf niemand in Gefahr geraten, nur weil wir ungeduldig sind. Ihr wisst jetzt alle mehr – aber wir sind noch nicht bereit für einen Schlag."

„Kannst du weniger in Rätseln sprechen bitte?" Emily runzelte die Stirn.

„Nein, entschuldige. Ich weiß selbst nicht, was uns noch fehlt. Ich weiß nur, dass etwas auf uns zukommt. Etwas kippt im Diesseits. Wir müssten es auffangen. Und ich sehe bislang nicht, was es ist, geschweige denn, wie wir es angehen sollten."

Die Welt stieß ihn zurück. Sie zwang ihn dazu, aus der Ferne zu beobachten. Sie zeigte ihm, mit jeder Sekunde, dass er nicht dazugehörte. Und er wusste nicht, ob das neu war oder ob er sich schon immer daran erinnerte, der Ausgeschlossene zu sein.

Ambrosia kam und legte ihm den Arm um die Schulter. „Ich empfinde es genauso. Bislang habe ich immer eine Ahnung gehabt, wo ich ansetzen kann, um die Waage im Gleichgewicht zu halten. Diesmal ist alles durcheinander. Ich fürchte, dass ich die Kontrolle verliere – vielleicht habe ich das schon. Nichts desto trotz helfen Sorgen uns nicht weiter. Wir folgen deiner Intuition und bleiben in unseren geschützten Dimensionen. Lösungen werden kommen, wenn sie kommen sollen."

Müde lehnte Immo seinen Kopf an die Hüterin des Gleichgewichts. „Was, wenn es diesmal nicht so ist? Was dann?"

Duncan saß am Küchentisch, als Emily und Immo zurückkehrten. Stumm holte der Traumfänger eine Flasche Wein, öffnete sie, setzte sie an die Lippen und schluckte. Emily reagierte nicht, aber Duncans Blick verfinsterte sich. Schließlich sprang er auf, um Immo die Flasche wegzunehmen.

„Was?", fuhr der ihn an und zog die Hand zurück. Er ging zum Spülbecken und kippte den Wein hinein. Als die Flasche leer war, stellte er sie auf den Tisch und sah Duncan finster an. „So willst du es also? Kontrolle? Selbstbeherrschung? Ist es dir so recht?"

„Was redest du?", fragte Duncan schwach.

Immo taxierte ihn weiter. Dann drehte er sich um und ging zu der Tür, die nach draußen führte. „Ich brauche Zeit mit Sun, Emily. Suche dir einen anderen Platz für die Nacht. Es könnte laut werden."

Abendlicht strömte durch die Fenster und veränderte den Charakter des Innenraums. Das Holz nahm die Farbe von flüssigem Honig an. Schatten krochen über die Maserungen und formten Muster. Lange fixierte Emily eine bestimmte Stelle, bevor ihr auffiel, dass auch dort der Umriss einer Tür zu erkennen war. Als sie hinüberging, glaubte sie an ein Déjà-vu: Sie kannte diesen Weg!

Ein kurzer Korridor führte in einen Raum mit komplett verglaster Erkerfront. Dort stand ein Schreibtisch, in einer Nische links an der Wand ein Bett. Es gab Pflanzen und Regale voller Büchern. Vom Erker aus ging es hinaus auf einen Balkon mit Blick aufs Meer. Doch zunächst interessierte Emily sich für das Notizbuch auf dem Schreibtisch. Es lag neben einem Bleistift und war gestreift: blau, indigo, violett. Alle Seiten waren leer. Nur ganz vorne stand ein Name: Emily Spring.

Rein und unschuldig, mit Bleistift geschrieben.

In ihrer eigenen Handschrift.

Dass der Krieger sich auf das Geländer stellte und die Arme vor der Brust verschränkte, verstärkte Immos Wut. Am liebsten hätte er Duncan in die Tiefe gestoßen! Stattdessen wandte er sich ab und lief hin und her. Seine Hände bewegten sich, seine Lippen formten lautlose Worte. Aber er fand nicht das, was er sagen wollte. Sagen musste, damit er nicht erstickte.

„Du zuerst!", blaffte er den Krieger schließlich an. Doch Duncan schwieg.

„Du kannst nicht darüber hinwegsehen", sagte Immo und blieb stehen. „Du erträgst es mitnichten! Ich habe dir das mit Patricius nur erzählt, damit endlich Frieden herrscht. Ich hätte es für mich behalten sollen! Nichts hat sich gebessert! Ich Idiot!"

Er wartete, als Duncan auf den Boden sprang und sich gegen das Geländer lehnte. Doch mehr Reaktion bekam er nicht.

„Im Gegenteil", fuhr Immo fort. „Du steigerst dich rein. Spielst dich als mein Beschützer auf, leugne es nicht! Du weißt, dass ich das hasse! Hör auf damit!"

Duncan bewegte sich nicht. Immo schob sich dicht an ihn heran. Seine Augen brannten vor Anstrengung, nicht zu blinzeln. „Ich habe meinen Wein zum letzten Mal für dich weggeschüttet. In Zukunft trinke ich ihn und zieh dir dann die leere Flasche über den Schädel. Sprich mit mir!"

„Sollte das ein Gleichnis sein?"

„Vielleicht."

„Was brauchst du von mir?", fragte Duncan ruhig. „Ich verstehe es nicht. Glaubst du wirklich, dass ich schon genug Zeit hatte, deine Geschichte zu verdauen?"

Immos Augenlider flatterten. Er trat einen Schritt zurück. „Bestraf mich nicht", sagte er leise. „Du weißt, was ich brauche. Niemand weiß das besser als du."

„Du sprichst nicht darüber. Kann sein, dass du es dir wünschst. Aber ich wühle nicht ungefragt in deinen Wünschen."

„Sun ..."

„Jetzt bin ich dran! Du hast recht, ich kann es nicht so gut aushalten, wie ich behauptet habe. Ich arbeite daran. Aber selbst ich bin nicht perfekt, auch wenn du das von mir denkst. Patricius - er soll verrecken! Ich möchte ihn aus der Geschichte des Universums löschen! Wieso bloß hat die Wasserseele einen so schwachen Charakter gewählt? Ich ekle mich vor ihm, mehr denn je. Nur eifersüchtig zu sein war besser! Und Merula – was soll ich dazu sagen? Du hast einen Fehler gemacht, der vielleicht nie wieder gutzumachen ist."

„Einen Fehler?"

„Natürlich einen Fehler!" Duncan wurde laut. „Wie konntest du nur? Dieses Kind war der Kern deiner Seele. Du hättest es beschützen müssen! Niemals hätte Merula das Opfer sein dürfen! Niemals! Du hast sie nicht mehr ertragen in dir, das ist der wahre Grund. Sie war zu lebendig für dich. Also hast du den Teil von dir zum Richter gemacht, von dem du wusstest – jawohl, wusstest! –, dass er diese Lebendigkeit seit jeher aus dir rausreißen wollte. Du hast dich selbst betrogen und das ganze Universum dazu. Und das, mein Freund, macht auch mich zu einem Betrogenen."

Alle Wut in Immos Miene wich der Angst. Er suchte nach Worten, zuckte nach vorn, um dann zurückzuweichen.

Duncan beobachtete ihn regungslos. „Glaubst du wirklich, dass meine Liebe so wenig wert ist?", fragte er schließlich. „Glaubst du wirklich, ich würde dir nicht jeden Fehler verzeihen? Du bist nicht deine Fehler. Niemand ist das. Selbst Patricius nicht, und deshalb werde ich auch ihm verzeihen irgendwann. Aber du bist mir im Moment wichtiger." Er trat vor und legte Immo die Hand auf die Brust. „Was also brauchst du von mir?"

Stille verdrängte allen Aufruhr. Immos Finger tasteten nach der Hand des Kriegers. „Hab Geduld mit mir", sagte er leise. „Seit Merula weg ist, wandere ich im Nebel. Ich weiß nicht, ob ich je wieder rauskomme. Aber in letzter Zeit reißt ihr manchmal Löcher hinein, Emily und du. Dann kann ich Sterne sehen und die Sonne. Und ich bin kein Betrüger. Vertrau mir wieder – ich bitte dich!"

Duncans Augen glitzerten, doch er runzelte die Stirn. „Ich tue viel mehr als das, und damit habe ich nie aufgehört. Askook hat dich belogen. Deine Angst hat dich belogen. Du kannst mein Herz nicht verlieren. Ich liebe dich, Immo! Und ich vertraue dir. So, wie ich dich immer beschützen werde übrigens. Du wirst viele Flaschen auf meinem Schädel zertrümmern müssen, solltest du das verhindern wollen."

„Das ist dann dein Problem, du sturer Hund", sagte Immo und zog den Krieger in die Arme. Spielerisch stieß der den Traumfänger aufs Bett.

„Es könnte also laut werden, ja?"

Emily berührte alles in dem Raum. Sie entdeckte den Durchgang in ein modernes Badezimmer. Einen Schrank voller Kleidung, die ihr perfekt passte. Den Balkon mit einem Schaukelstuhl und blühenden Blumenstöcken. Von hier aus ging sie einen schmalen Pfad hinunter zu einer Bucht, wo ein Sandstreifen zum Verweilen einlud. Emily sah der Sonne zu, wie sie allmählich unterging. Sie lauschte den Wellen, lag auf dem Rücken und ließ sich von der Dunkelheit zudecken. Immo hatte nicht gelogen. Sie kannte diesen Ort und sie hatte ihn schon früher mitgeformt. Die alte Seele in ihr war plötzlich nah.

Vorsichtig tastete sie mit ihren Gedanken in die Ferne. Immo und Duncan erreichte sie nicht, sie hatten sich abgeschirmt. Doch sie fand ein Lächeln von Brenda, eine erschöpfte Hüterin des Gleichgewichts, Malaika völlig entspannt und Patricius ...

„Emily." Auch der Hüter des Wassers schickte sein Bewusstsein auf Reisen. „Du fühlst dich – größer an als sonst."

„Besten Dank. Wieso sprichst du mich an? Sicher, dass es dich nicht stört?"

„Sei ruhig schnippisch, das habe ich wohl verdient. Aber wir sollten aufhören mit dem Streiten. Die Sorgen des Traumfängers sind zu ernst dafür."

„Seit wann machst du dir ..."

„Bitte! Ich habe keine Lust, dir alles zu erklären. Und Immo würde das auch nicht wollen. Aber wir müssen zusammenarbeiten, ich sagte es schon. Was wissen wir? Ich habe nicht alles mitbekommen."

„Und du glaubst, ich würde dir helfen?"

„Ehrlich gesagt habe ich mir diese Frage gar nicht gestellt. Wieso solltest du mir nicht helfen?"

„Wieso bist du plötzlich so scheiße freundlich?"

Emily wartete und erntete Schweigen. *Bist du wirklich so jung?* Also gut. „Wir können Jeremy nicht finden. Miso auch nicht, wobei das vielleicht was anderes ist, weil niemand weiß, wen genau wir eigentlich suchen. Dieser Pandamator, der mich im Krankenhaus angegriffen hat, ist der dritte. Das dürfte neu für dich sein. Immo sagt, dass er ihn nicht aufspüren kann. Aber er hält ihn für den General, der die Anrasati steuert. Immo war unterwegs, um Menschen aus einem Schlaf zurückzuholen, der sie ansonsten getötet hätte. Es waren viele, und sie waren quer über die ganze Welt verteilt. Er ..."

„Stopp!", sagte Patricius. „Schläfer? Quer über die Welt? Das gab es noch nie. Sie haben sich höchstens mal auf ein kleines Gebiet konzentriert. Immo hat das an einem Nachmittag erledigt."

„Nein, mehr als das, viel mehr."

„Das ist allerdings interessant. Immo sollte eine Karte malen, schlag ihm das vor."

„Willst du mich auf den Arm nehmen?"

„Keinesfalls. Wir suchen die Anrasati. Pandamator ist womöglich ihr General. Und der ist bekannt dafür, dass er sich mit dem Traumfänger gerne Wettkämpfe liefert. Die Anrasati sind sein Zugang zur Welt. Er wird nicht damit rechnen, dass Immo die Schläfer systematisch erfasst und nachschaut, ob ein Zusammenhang zwischen ihnen besteht. Voraussichtig sind sie beide nicht. Lass Immo eine Karte malen. So werden wir die Anrasati finden."

Jeremys Finger trommelten auf die Armlehne des Throns. Er wusste nicht, was er davon halten sollte, und dieses Gefühl mochte er überhaupt nicht.

Es war wie ein Ton gewesen, hell, kurz und ohne Nachklang. Doch Jeremy war sich sicher, dass er ihn wahrgenommen hatte. Nicht mit den eigenen Ohren, aber mit jenem fremden Sinnesorgan, das in die hintersten Winkel des Universums griff und hörte, was zwischen den Schallwellen war. Bislang hatte er sich darauf verlassen können. Aber in dem Buch stand nichts von diesem Ton. Und auf das Buch war ebenso Verlass.

Emily erwachte aus wirren Träumen. Sie lag immer noch am Strand.

Merula in einem Käfig auf dem Küchentisch. Sie blutete aus zahllosen Wunden. Rote Rinnsale vereinten sich und tropften in eine Flasche. Duncan, der die Flasche nahm und das Blut in einen Trichter füllte, der aus Immos Brustkorb ragte. Moo kam und leckte dem Krieger durchs Gesicht. Emily sah zu Boden und merkte, dass sie schon seit Stunden über eine sattgrüne Wiese lief. In der Hand hielt sie glitzernde Tropfen. Als sie auf eine Brücke trat, verwandelte sich die Wiese in einen tobenden Ozean. Nichts als dünne Seile hielten die Bretter. Sie schwankten, und nirgendwo war ein Ufer zu sehen.

Noch ganz steif vom harten Boden stand Emily auf und ging ins Haus zurück. Sie konnte Immo und Duncan wieder spüren und nahm es als Einladung, zu ihnen auf die Terrasse zu kommen. Die Nähe, die sie vorfand, versetzte ihr einen Stich. Der Krieger betrachtete sie aufmerksam. Dann rückte er zur Seite, um ihr Platz zu machen.

Immo schlief.

„Alles in Ordnung bei euch?", fragte Emily leise.

„Wie man's nimmt. Er ist ziemlich fertig."

„Das ist nicht gut. Er sollte sich konzentrieren können."

„Das kann er schon im Normalzustand selten. Wieso sagst du das?"

„Patricius meint, dass wir die Anrasati finden können, wenn Immo von allen Schläfern, die er zurückgeholt hat, eine Karte anfertigt."

Duncan richtete sich auf. „Was soll das heißen, Patricius meint? Wann hat er das gesagt?"

„Ich habe gestern mit ihm gesprochen. Als ihr anderes zu tun hattet."

Der Krieger versank im Anblick des Traumfängers. Behutsam strich er ihm eine Haarsträhne aus dem Gesicht, beugte sich hinunter und küsste ihn auf die Mundwinkel. „Wach auf. Es gibt etwas zu tun."

Aus der Höhle hinter der zerstörten Wand drang ein bestialischer Gestank. Jeremy zwang sich, weiterzugehen. Sobald er eine gewisse Schwelle überschritt, verschwand der Geruch. Übrig blieb nur etwas Muffiges, das roch wie Wäsche, die lange Zeit im Schrank ganz hinten gelegen hatte. Licht gab es nicht. Trotzdem ging Jeremy zügig, bis er an einer scheinbar beliebigen Stelle stehen blieb. Minutenlang verharrte er und lauschte, bis er schließlich auf der Stelle kehrtmachte und die Höhle rasch wieder verließ.

Immo lag bäuchlings in dem Stauraum der untersten Etage und kramte sich durch Berge von Büchern, die so zusammengestopft waren, dass möglichst jeder Platz genutzt wurde. Jetzt türmten sie sich auf dem Boden rund um den Traumfänger, was Duncan unglücklich beobachtete. „Rate, wer sie nachher zurückstellen wird", brummte er, ging in die Küche und stellte einen Kessel mit Wasser auf den Herd.

„Kannst du mir Kaffee kochen?", fragte Emily und gähnte. „Mir tut alles weh von letzter Nacht."

Der Krieger grunzte. „Dagegen hilft Kaffee nicht. Geh schwimmen."

„Du könntest mich auch massieren."

„Sicher. Aber ich will nicht."

„Ich wusste es!", unterbrach Immos gedämpfter Ruf ihr Geplänkel. Er tauchte wieder auf, wobei die meisten der wackeligen Buchtürme umfielen, und hielt ihnen eine lange Blechrolle entgegen. Sie wirkte alt und war stellenweise verbeult. Immo schraubte den Deckel ab und zog eine Weltkarte hervor. Er breitete sie auf dem Boden aus. Emily hockte sich neben ihn und beschwerte die Ecken der Karte mit Büchern. Obwohl sie alt war, schien die ganze Welt darauf abgebildet zu sein. Fast.

„Australien ist nicht da", stellte Emily fest.

„Das macht nichts", sagte Immo, sprang auf und kam mit einem Bleistift zurück. Mit einem groben Umriss ergänzte er die Karte. „Das sollte genügen." Er verschaffte sich mehr Platz, indem er Bücher achtlos zur Seite schob. Dann beugte er sich über die Welt und begann, sie mit Punkten zu markieren.

Duncan kam mit einer Tasse, die er neben Immo auf den Boden stellte. „Danke", murmelte der.

„Wir lassen dich allein", sagte der Krieger und stieß Emily leicht mit dem Fuß an. Widerwillig folgte sie ihm hinaus auf die Hochebene.

Jeremy warf die Peitsche mit einem Wutschrei in die Schatten. Der verfluchte Traumfänger! Er war gewarnt worden vor seiner Macht, aber bislang hatte er damit gut umgehen können. Im Grunde hielt er ihn für eine traurige Gestalt. Und fast hätte Jeremy seine Antwort nicht bekommen. Er hatte das Kind als Druckmittel nehmen müssen. Wenn er drohte, ihm wehzutun, bekam er alles.

Hinter ihm drehte eine zweite Gestalt sich auf den Rücken und versuchte, den Schmerz zu unterdrücken. Die langen Haare waren feucht.

Es war Miso.

„Er wird eine Weile brauchen", sagte Duncan, nachdem sie sich ein Stück vom Haus entfernt hatten. „Willst du nicht doch schwimmen gehen? Du läufst wie eine kaputte Ente."

„Vielen Dank", erwiderte Emily spitz und musterte ihn von der Seite. „Mir scheint fast, du brauchst auch noch eine Weile."

„Was meinst du?", fragte er, doch seine Miene verlor kurz die Teilnahmslosigkeit.

„Du bist grummelig. Innerlich. Du tust nur so, als sei alles okay."

„Hm." Duncan heftete den Blick auf den Boden. „Das ist ein Fortschritt, glaub mir."

„Verrätst du mir, worum es geht?"

„Nein." Die Antwort kam so entschlossen, dass Emily nicht nachsetzte.

„Komm schon", sagte Duncan versöhnlich. „Ich kenne eine schöne Stelle zum Schwimmen. Du wirst dich besser fühlen."

Das Wasser war nur ein wenig kühler als die Sommerluft. Duncan hatte nicht zu viel versprochen – auch an dieser Stelle war das Meer ruhig. Am Strand lagen Felsen und die Bucht öffnete sich für einen Blick in die Weite. Der Krieger blieb am Ufer zurück und meditierte, während Emily sich treiben ließ. Der Schmerz in ihren steifen Gliedern verschwand tatsächlich. Als sie sich tropfnass neben Duncan setzte und die Sonne auf der Haut spürte, schloss sie die Augen. „Es ist wirklich schön hier."

„Und normalerweise auch völlig ungestört", erwiderte er trocken und rückte ein Stück von ihr weg. Emily grinste ihn an.

„Ich will mit dir reden", sagte er unvermittelt.

„Aha. Worüber?"

„Synchronizität."

„Das zufällige, gleichzeitige Auftreten von Phänomenen, die dann von abergläubischen Menschen in einen Sinnzusammenhang gestellt werden?"

„Oha. Kaffee war nicht nötig, oder?"

„Entschuldige. Erzähl."

„Wir waren beide acht Jahre alt, ist dir das aufgefallen?"

Emilys Blick folgte einem Wassertropfen, der ihr Bein hinunterrann.

Duncan wandte sich ihr zu. „Mit acht Jahren haben sich unsere Leben komplett verändert. Du warst in Heimen, ich kam in ein Kloster. Was du an Gewalt erfahren hast, weiß ich inzwischen. Es war nicht viel anders bei mir."

Ihre Blicke trafen sich. „Das Kloster war da, um Soldaten großzuziehen", sagte Duncan. „Ich war nicht gewillt, noch irgendjemandem zu gehorchen oder mich drillen zu lassen. Weglaufen konnte ich nicht – also musste ich kämpfen. Die Mönche haben jeden Ungehorsam bestraft. Mit Schlägen. Mit extrem harter Arbeit. Mit Arrest. Ich war immer dabei, in der Regel doppelt und dreifach. Vollkommen untauglich für sie. Ich bin nur nicht rausgeflogen, weil meine Familie" – er spuckte auf den Boden – „gut für mich bezahlt hat. Und doch ..." Duncan stockte und sah hinaus aufs Meer. „Nach ein paar Jahren bin ich eines Abends im Krankenlager aufgewacht. Bei Yuuto. Er war einer der Heiler. Fast doppelt so alt wie ich, auch Mönch. Aber er hat mich berührt, als sei ich zerbrechlich. Es war das erste Mal, dass jemand so mit mir umging. Er hat meine Wunden versorgt, mich gewaschen und umgezogen. Heute könnte ich die Zeichen besser deuten als damals. Und er wusste wahrscheinlich schnell, dass ich ihn auch – anziehend fand."

„Oh", sagte Emily leise. Duncan nickte versonnen. „Er war wunderschön. Ich kann ihn heute noch vor mir sehen. Seine weiche Haut, die feine Mimik. Er war wie Porzellan. Seine Lippen ..." Der Krieger verstummte und runzelte die Stirn. „Du hast ihn in dein Notizbuch gezeichnet. Kannst du dir vorstellen, wie mich das getroffen hat?" Eine Antwort wartete er nicht ab. „Jedenfalls gelang es ihm, mich als seinen Schüler an sich zu binden. Die anderen Mönche waren froh darüber. Von da an gab es keine Bestrafungen mehr. Nur sehr – intensive Lehrstunden. Tagsüber, um meinen Körper und meinen Geist zu trainieren. Und nachts, um mich in Dinge einzuführen, von denen ich nie zuvor zu träumen gewagt hatte." Er warf einen raschen Blick auf Emily, bevor er weitersprach. „Wir haben uns geliebt. Dann mussten wir in einen Krieg und er ist gestorben. Ich war dabei. Anschließend wollte ich mich von einer Klippe stürzen. Gelandet bin ich in der Zwischenwelt."

„Oh Duncan!" Emily konnte nicht anders, sie musste ihn berühren. Er ließ es zu und erwiderte ihren Blick.

„Das wusste ich nicht."

„Yuuto zu verlieren war schlimm. Aber es wäre schlimmer gewesen, ihn nicht gekannt zu haben. Dass ich ihn lieben durfte ... Es war wahrscheinlich der einzige Grund, wieso ich mich Immo zuletzt öffnen konnte. Dass er mich davon abgehalten hat, mich umzubringen, habe ich ihm lange übelgenommen."

„Verstehe ich", sagte Emily.

„Wer hat dich davor bewahrt, der Liebe abzuschwören?"

„Was?" Emily zog ihre Hand zurück.

„Du hast mich schon verstanden. Nach allem, was ich von dir gesehen habe, ist es eher unwahrscheinlich, dass du so lieben kannst, wie du es tust. Also. Wer war es?"

„Hat Immo dir nie von Robert erzählt?"

„Robert? Ah ja, da klingelt was. Dein Exfreund, stimmt's? Aber Immo hat sich so angehört, als wäre er dir lästig."

„Wohl eher ihm", sagte Emily. „Immo konnte ihn nicht leiden."

Duncan kniff die Augen zusammen. „Wieso nicht?"

„Weiß ich nicht wirklich. Es war mir auch egal. Robert und ich waren eh nicht mehr zusammen. Aber wenn du mich nach dem Menschen fragst, der mich aus meinem Loch geholt hat, dann ist das er."

„Was hatte Immo dann gegen ihn?"

„Wie gesagt, ich weiß es nicht. Vielleicht hat es ihn gestört, dass wir trotzdem im Bett waren. Er glaubte, dass Robert ein Frauenheld ist, der an jedem Finger eine andere hat."

Duncan schnaubte. „Das allein hätte er gar nicht registriert, glaube mir."

„Er hatte wohl den Eindruck, dass er mich betrügt."

„Aber ihr wart gar nicht zusammen."

„Er hat mich in der Zwischenwelt extra nochmal zu ihm geführt, damit ich seinen Gestank mitbekomme."

In der Stille, die folgte, war auch der Ozean nur noch ein Murmeln in der Ferne. Duncan saß kerzengerade und wirkte fassungslos. „Das hast du nicht gesagt, oder?", fragte er leise – gefährlich leise. „Du hast mir nicht erzählt, dass Immo Gestank aufgefallen ist? Bei Robert?"

„Doch. So war es. Er benutzt ein gutes Deo, das waren seine Worte. Deshalb hätte ich es bis dahin noch nicht gerochen."

„Blödsinn!" Der Krieger sprang auf. „Der verfluchte Idiot weiß doch gar nicht, wovon er spricht. Was sage ich – er wusste offenbar noch nicht einmal, was er da gerochen hat! Er hätte zu mir kommen müssen!"

Emily veränderte unruhig ihre Position. „Was ist los?", fragte sie. „Wieso bist du so sauer?"

„Er war so damit beschäftigt, mir aus dem Weg zu gehen, dass er nicht aufgepasst hat!" Der Krieger nahm einen Stein und warf ihn mit aller Kraft hinaus ins Meer. „Dämonen stinken!"

„Duncan! Warte!" Emily hatte keine Chance, den Krieger einzuholen. „Willst du, dass meine Fruchtblase platzt?", schrie sie ihm hinterher, doch auch das beeindruckte ihn nicht. Als sie außer Atem die blaue Tür aufstieß, stand er am oberen Rand der Treppe und bedeutete ihr, still zu sein. „Fuck you!", formten ihre Lippen, dann sank sie auf einen Küchenstuhl.

Immo arbeitete noch immer, mit einer steilen Falte auf der Stirn. Erst als er sich streckte und seine Hände ausschüttelte, fragte Duncan: „Kannst du schon was sagen?"

„Kommt runter", sagte Immo und setzte sich auf den Sessel.

Hunderte markierte Punkte bildeten sieben Cluster, verteilt auf alle Kontinente.

Emily kniete neben der Karte nieder und betrachtete sie genauer. „Ich tippe darauf, dass die Anrasati in den Zentren sind?"

„Anzunehmen", sagte Immo. „Es ist eine gewisse Nähe nötig zwischen dem Anrasati und seinen Opfern."

Emily beugte sich über die Karte und nahm Europa ins Visier. Ihre Haltung versteifte sich. Langsam hob sie den Kopf und fixierte Immo. „Dämonen stinken? Habe ich das richtig verstanden?"

„Das tun sie", sagte Duncan. Er ließ den Traumfänger ebenfalls nicht aus den Augen. „Wie Schwefel. Wie Jauche. Sobald sie das Jenseits verlassen."

„Das ist meine Stadt in diesem Zentrum. Dort ist das Krankenhaus. Dort hat Pandamator mich angegriffen."

Immo vermied ihren Blick. „Es ist noch mehr als das", sagte er. „Dort gab es auch den ersten Fall der Schlafkrankheit. Ihn konnte ich nicht retten." Er schwieg und sah schuldbewusst aus. Duncan tippte ungeduldig mit dem Finger auf die Karte. „Hast du vor, uns einzuweihen?"

„Der erste Tote hieß Augustus R. Dengler."

Während die Miene des Kriegers leer blieb, zuckte Emily hoch. „Dengler? Professor Augustus R. Dengler?"

„So ist es", sagte Immo. „Und er hatte zu seinen Lebzeiten Kontakt mit dir und mit Robert."

„Das kann doch wohl nicht wahr sein!" Emily sank in sich zusammen. Es war soweit. Der Name stand im Raum: Robert. Und Duncans schlechte Laune flammte wieder auf. „Verdammt, müssen wir dir alles aus der Nase ziehen, Traumfänger?"

„Er war Professor an meiner Uni", sagte Emily.

Im dritten Semester hatte sie ein Seminar bei ihm belegt. Ein schleimiger Typ war er, dieser Professor. Er genoss es, sich selbst zuzuhören, während er zwischen den Tischen entlangwanderte und den Studentinnen in den Ausschnitt glotzte. Bei Emily war er auch stehengeblieben, hatte sich vorgebeugt, mit dem Finger auf ihre Notizen getippt und dabei wie zufällig ihre Brüste berührt. Sie erzählte Robert davon, mehr als Small Talk. Doch der flippte vollkommen aus. „Du gehst da nicht mehr hin!", schrie er sie an. „Scheiß auf die Credits, du musst ihn melden!"

„Scheiß auf gar nichts!", schrie sie zurück. „Ich brauche keinen beschissenen Beschützer! Ich regle das selbst und ich denke gar nicht daran, länger zu studieren, nur weil ich nicht mit einem Pavian zurechtkomme!"

Er war zu Dengler gegangen und hatte ihn zur Rede gestellt. Nicht erfolgreich, denn als Nächstes erhielt Emily die Nachricht, dass sie aus dem Seminar ausgeschlossen worden sei.

„Das war's", verkündete sie Robert noch am selben Tag. „Diese Grenze übertritt niemand bei mir. Niemand, hörst du!"

„Volltreffer", murmelte Duncan.

„Was?"

Der Krieger räusperte sich. „So hat der Anrasati sich Robert gefügig gemacht. Er hat ihm deinen Professor auf dem Silbertablett serviert. Rache für die gescheiterte Beziehung. Dein Exfreund war nicht so über dich hinweg, wie du denkst."

„Wenn du glaubst, dass ich jetzt schlauer bin ...?" Emily runzelte die Stirn.

„Entschuldigung", sagte Duncan mit einem scharfen Blick zu Immo. „Für mich sind Dämonen Selbstverständlichkeiten – für euch Bücher mit sieben Siegeln. Offensichtlich."

„Setze es auf die Liste", sagte Immo gereizt. „Ich bin ein Versager."

„Wenn ein Anrasati einen Menschen übernehmen möchte", fuhr Duncan ungerührt fort, „nimmt er ihn entweder mit Gewalt, oder er braucht dessen Zustimmung. In der Regel bekommt er die, indem er ihm einen Dienst erweist. Zum Beispiel schafft er jemand Unliebsamen aus dem Weg. Eine freiwillige Übernahme ist immer stärker, von daher versuchen es die Anrasati in der Regel so. Und Rache ist ein furchtbarer Trieb. Wie ich die Geschichte bisher beurteile, würde ich sagen, dass Robert zu der Zeit, als du in die Zwischenwelt gekommen bist, noch nicht komplett besessen war. Der Anrasati hatte angedockt, ihn aber noch nicht übernommen. Er hätte Immo sonst schon von Weitem bemerkt."

„Er hat ihn bemerkt", sagte Emily prompt. Duncan füllte die anschließende Stille mit erwartungsvollem Schweigen. „Nicht von Weitem", ergänzte Emily. „Immo hat ihn berührt und Robert hat es offensichtlich gestört."

„In Ordnung", sagte der Krieger langsam. „Dann war er zu dem Zeitpunkt schon bereit, mit dem Anrasati zu kooperieren. Trotzdem kann der Dämon ihn noch nicht ganz übernommen haben. Das hat er erst, als er Roberts Rache befriedigt hat. Er hat den Mann vernichtet, der für das Ende eurer Beziehung verantwortlich war. Und anschließend hat Pandamator befohlen, die Schlafkrankheit über die ganze Welt zu verteilen."

„Damit ich nicht misstrauisch werde und anfange, in den Plänen der Anrasati rumzuschnüffeln", schloss Immo.

„Genau", sagte Duncan. „Die Wahrscheinlichkeit, dass dir das Schicksal von Augustus Dengler auffällt, war relativ gering, aber vorhanden. Offenbar fand Pandamator, dass es sicherer sei, dich gleich mit Tausenden zu konfrontieren."

„Wie Patricius sagte. Von mir aus hätte ich vermutlich nie versucht, einen Zusammenhang zwischen den Schläfern zu suchen. Mir erschien das alles völlig willkürlich."

Emily hielt es nicht mehr auf dem Boden. Diesmal war sie es, die unruhig im Raum auf und ab wanderte. „Können wir bitte zu Robert zurückkommen", sagte sie. „Ich habe verstanden, dass ihr glaubt, er sei von einem Anrasati besessen. Was bedeutet das und – um Himmels Willen: Warum das Ganze?"

Keiner der Männer beeilte sich mit einer Antwort. Immo massierte seine Stirn und Duncan stand einfach da. „Normalerweise suchen Anrasati sich Menschen mit Einfluss aus, um sie zu besetzen", sagte der Krieger endlich. „Ihr Ziel ist es, Schaden anzurichten. Chaos zu stiften. Robert passt nicht in dieses Schema."

„Er hatte vermutlich eine andere Aufgabe", fuhr Immo fort. „Dich."

„Mich?"

Der Traumfänger nickte. „Gehen wir davon aus, dass du nicht unentdeckt warst. Dass jemand da draußen wusste oder zumindest ahnte, dass in dir eine alte Seele steckt, die früher oder später Kontakt zu uns anderen aufnehmen würde ..."

„Jeremy", entfuhr es Emily und sie sah die Bestätigung in Immos Miene.

„Es tut mir leid", sagte er.

„Für Robert bedeutet das nichts Gutes", sagte Duncan. „Von einem so starken Dämon besetzt zu sein, raubt einem alle Lebenskraft. Die Persönlichkeit wird zurückgedrängt und siecht im Dunkeln dahin. Wenn die Zeit zu lang wird, gibt es keine Chance mehr für eine Rückkehr. Sobald der Dämon stirbt, stirbt auch der Besessene."

„Du meinst Robert." Emily war entsetzt. „Soll das heißen, er stirbt, sobald du den Anrasati vernichtest?"

„Wenn ich das tue, dann ist die Wahrscheinlichkeit groß, dass Robert nicht überlebt, ja", sagte Duncan. „Der Tod deines Professors ist Wochen her. Selbst die stärksten Persönlichkeiten überleben eine solche Besessenheit kaum länger. Irgendwann sind sie ganz der Anrasati, nicht mehr als ein leeres Gefäß mit einer stinkenden Füllung."

Emily regte sich nicht.

„Es tut mir leid", fügte der Krieger hinzu.

„Ich komme klar", sagte sie schwach. „Es ist nicht deine Schuld, und auch nicht Immos. Jeremy ist schuld. Wenn Robert stirbt, wird er dafür büßen."

Minutenlang sagte niemand ein Wort, bis Immo den Rücken streckte.

„Lasst uns einen Schlachtplan machen", sagte er.

Doktor Chang betrachtete Miso lange, nachdem sie ihre Untersuchungen abgeschlossen hatte. Sie verstand nicht, was geschehen war. Einmal mehr war ihr Schützling in eine Art Wachkoma gefallen, ausgelöst vermutlich durch eine Überflutung durch Stresshormone. Aber was sollte vorgefallen sein, um so einen Stresslevel zu erreichen? Hier, in einem geschützten Raum der Klinik? Das Pflegepersonal war genauso ratlos wie sie. Alle beteuerten, dass sie Miso in den letzten Tagen und Nächten nie anders vorgefunden hatten als entspannt, sogar ansprechbar. Und nun zeigte die Gestalt auf dem Bett keine Reaktionen mehr, keine Reflexe, gar nichts. Mit offenen Augen, in denen jede Erkenntnis fehlte, lag sie da.

Doktor Chang seufzte und klappte die Akte zu. Es war nicht zielführend, sich hier und jetzt den Kopf zu zerbrechen.

Sie würde Feierabend machen.

„Robert ist nicht wichtig!", wiederholte Patricius scharf. „Wir geben jeden Vorteil aus der Hand, wenn der Krieger jetzt blind losstürmt. Ist er nicht eh längst verloren?"

„Je länger wir warten, desto sicherer ist er das", sagte Brenda ärgerlich und kam Emily zuvor.

„Du hast selbst gesagt, dass wir die Anrasati finden sollen", sagte die stattdessen. „Immo hat sie gefunden. Und jetzt hängen wir die Karte an die Wand und starren sie nur an? Oder wie denkst du dir das?"

„Wir müssen auch Miso finden", gab Patricius zurück. „Solange wir nicht wissen, wo Miso ist – wer Miso überhaupt ist –, gehen wir ein zu großes Risiko ein. Solange wir nur die Hälfte wissen, kann Jeremy reagieren und den Schutz erhöhen. Schon jetzt kann er den Traumfänger abblocken, weil er ihn besser kennt, als uns lieb ist. Und ich wüsste nicht, wer Miso sonst finden sollte."

„Und wenn wir Miso nie finden?", fragte Emily. „Was, wenn das unmöglich ist? Und wir lassen die Gelegenheit verstreichen, die Anrasati zu vernichten? Vielleicht ist es irgendwann zu spät! Vielleicht ist Miso doch nicht so wichtig?"

„Miso ist wichtig", sagte Immo. Er hatte sie streiten lassen. Jetzt stand er auf und alle anderen Gespräche brachen ab. „Patricius hat recht. Wir haben eine Hälfte, die andere fehlt. Das reicht nicht, um das Gewicht auszugleichen. Niemand rührt Robert an, bis wir Miso haben." Er hob die Hand, um Emilys Protest abzufangen. „Genug. Die Diskussionen machen mich krank. Sie führen zu nichts. Diese Entscheidung treffe ich und sonst niemand."

Emily schnaubte, als er verschwand.

Duncans Blick war dunkler als sonst. Er hatte kein Wort gesagt.

Das Trommeln von Immos Fingern auf dem Küchentisch war lange das einzige Geräusch. „Wenn du eine Idee hast, rück raus damit!"

Duncan reagierte nicht.

„Sun?"

„Warte. Ich versuche, es so zu formulieren, dass du es verstehst."

Immo zog die Augenbrauen hoch.

„Ich werde Miso suchen", sagte der Krieger.

„Auf keinen Fall!"

„Wieso nicht?" Emily saß kerzengerade am Tisch.

„Weil wir Jeremy dann auch direkt fragen könnten. Der Krieger sorgt immer für Aufmerksamkeit."

„Ich hätte Jeremy längst gefragt, wenn wir *ihn* finden würden", sagte Duncan scharf. Milder fuhr er fort: „Ich habe nicht vor, Aufmerksamkeit zu erregen. Ich tue einfach das, was du tun würdest, wenn du es tun dürftest."

Immos Finger hielten still. „Du hast recht, das solltest du so formulieren, dass ich es verstehe."

„Ich klinke mich in dein Traumfängerbewusstsein ein und schaue von dort."

„Versuch es weiter."

„Boah, könnt ihr das mal abkürzen?" Die Tischplatte zitterte, als Emily ihre Faust draufschlug. „Hör ihm doch einfach zu, Immo!"

„Wie bitte?" Der Traumfänger sah sie verblüfft an. „Ich höre zu."

„Quatsch. Du solltest deinen Gesichtsausdruck sehen! Du willst doch gar nicht wissen, was er zu sagen hat!"

„Was ist denn plötzlich los mit dir?"

„Mit mir ist gar nichts los! Mir geht das alles nur viel zu langsam! Dieses scheiß Rumgestreite!"

Duncan räusperte sich. Emily sank an die Stuhllehne und verschränkte die Arme vor der Brust. Immo ließ sie nicht aus den Augen, während er langsam weitersprach. „Erkläre es mir, Sun."

„Es ist ganz einfach", sagte der Krieger. „Lass uns Rollen tauschen! Ich weiß, wie dein Traumfängerbewusstsein funktioniert. Und anders als du falle ich nicht auf. Du darfst nur wahrnehmen – so sehr, dass Dein bloßes Bewusstsein sich weigert, zu urteilen. Wenn du plötzlich eine solche Suche starten würdest, wäre das wie – die Stimme von jemandem, der ziemlich schief singt in einem Chor. Ich singe auch in dem Chor. Aber ich singe immer schief. Niemand wird sich darum kümmern. Ich bin unsichtbar, weil ich nicht unsichtbar sein muss."

Immo zog die Stirn kraus. „Wie willst du meine Rolle einnehmen? Es reicht nicht, nur zu wissen, wie mein Bewusstsein funktioniert. Dahinter steckt noch viel mehr."

„Ich weiß nicht nur ein bisschen darüber", sagte Duncan leise. „Ich tauche seit Jahrzehnten hinein, während meiner Meditationen. Du bemerkst es nicht, weil – ich erwähnte es eben – mich niemand bemerkt. Es – war die beste Möglichkeit, dir nahe zu sein."

Seit Jahrzehnten? Immo öffnete den Mund und schloss ihn wieder. Der Krieger wartete einen Moment, dann stand er auf, um vor dem Traumfänger auf die Knie zu sinken. „Ich kann dein Traumfängerbewusstsein lesen. Ich habe mich unzählige Male mit ihm verbunden. Bitte ... Es ist nur noch ein kleiner Schritt für mich. Ein wenig tiefer hinein ..."

„Was soll das?" Immo ging in die Hocke. „Wieso machst du das?"

Emily schnalzte mit der Zunge. „Weil er Angst hat, dass du ihm nicht vertraust. Du kannst das abkürzen: Tust du's?"

Sie konnte Immos Gesicht nicht sehen, aber Duncans wurde hart. Er stand auf. „Klärt das!", sagte er, drehte sich um und verließ das Haus durch die blaue Tür. Der Traumfänger regte sich nicht. Dann erhob er sich, mühsam wie ein Greis, und ging zu der Wendeltreppe, die in die Tiefe führte. „Komm mit", sagte er nur.

Emily würdigte ihn keines Blickes, als sie an ihm vorbei ans Fenster trat. Blau und lebendig lag das Meer vor ihr. Sie drückte ihre Stirn gegen die kühle Scheibe und schloss die Augen. Wie gerne wäre sie auf der anderen Seite und könnte einfach wegschwimmen! Immo legte seine Hände von hinten auf ihre. Diesmal hörte sie ihn nur in ihrem Kopf. „Du kannst nicht fliehen, aber du kannst jemanden rufen. Denk nach! Denk an das Wesen, das du jetzt sehen willst." In seinem Geruch lag eine Nuance, die Emily nicht kannte von ihm. Nicht so stark, nicht ihr gegenüber: Zorn.

„Was meinst du?"

„Warum findest du es nicht raus?"

„Ich habe keine Lust zu spielen."

„Aber genau das tust du."

Genervt wollte sie sich ihm entziehen, aber Immo hielt sie fest. „Bleib", bat er leise. „Nur ein paar Minuten. Lass die Augen zu. Konzentrier dich."

Ein Teil von ihr protestierte so heftig, dass ihr Magen sich umdrehen wollte. Wie konnte er es wagen ... Doch der Rest von ihr konzentrierte sich und ließ die Augen zu. Und alles verflog, als sie die Augen wieder öffnete.

Vor ihr schwamm ein Wal. Ein ausgewachsener Blauwal. Er öffnete sein Maul und sog Tonnen von Wasser hinein, um sie gleich wieder auszustoßen. Das Fenster bebte, als könnte es im nächsten Moment bersten.

„Wahnsinn!" Emily zuckte zurück, doch Immo drückte ihre Hände weiter an die Scheibe.

„Das ist Ina", sagte er. „Sie kommt jede Nacht hierher."

„Es ist genau das Tier, das ich sehen wollte!"

„Ich weiß." Er ließ sie los. „Und du willst, dass meine Beziehung zu Duncan weniger eng ist."

„Was?" Sie drehte sich zu ihm.

„Du hast in Frage gestellt, dass ich ihm zuhöre. Dass ich ihm vertraue. Weil du wirklich ein Interesse daran hast oder weil es für dich angenehmer wäre? Ich will das gar nicht wissen. Aber die Frage ist da. Sie spielt mit meinen Gefühlen. Wenn du mich also treffen willst, dann so."

„Aber ich ... ich wollte nicht ..." Emily verstummte. Immos Ausdruck wurde milder. „Du willst nicht so fühlen, das weiß ich", sagte er. „Du bist kein eifersüchtiger Mensch. Aber unser Unterbewusstsein spielt uns manchmal einen Streich. Es tut dir weh, wenn ich mit Sun zusammen bin. Vergiss nicht, wer ich bin. Ich sehe diese Dinge!"

Er sah zu Ina, die Wasser durch ihre Barten sog. „Ich hasse es, nichts gegen deine Angst tun zu können", sagte er. „Ihr braucht Zeit, Du und Sun. Ihr werdet niemals konkurrieren müssen! Emily! Ich brauche euch als Verbündete. Ihr müsst viel mehr Nähe zwischen euch zulassen! Was Sun vorhat, wird uns abermals Kraft rauben. Du musst da sein und aufpassen – ich schaffe es vielleicht nicht allein!"

„Ich soll aufpassen?"

Immo umarmte sie. „Ich brauche dich auf meiner Seite, bedingungslos, das ist alles. Du bist als Mensch noch nicht so weit. Ich kann es nicht erwarten. Aber ich kenne deine Seele! Unser beider

Seelen kennen sich! Und du bist so stark ..." Er zog sie mit auf die Treppe. „Ich weiß, dass du dich in diesem Haus an Einiges erinnerst. Deine alte Seele erinnert sich. Du hast ein Notizbuch gefunden, in das du deinen Namen schon reingeschrieben hast, obwohl du dachtest, es bis dahin noch nie gesehen zu haben. Und seit du mich aus meiner erstarrten Zeit geholt hast, weiß ich, wozu du fähig bist. Du warst es auch, die einst Byamees Seele geteilt hat."

„Byamee? Der erste Traumfänger, richtig? Er ist – war ... ihr wart ..."

„Wir waren er", sagte Immo. „Meine und Duncans Seele, in ihm vereint. Du erinnerst dich an die Geschichte, wie ich sehe. Er musste sich opfern. Du hast das Opfer vollzogen."

Die letzten Worte blieben im Raum hängen. Emily verbarg ihr Gesicht an seiner Schulter. „Wie könnte ich diese Geschichte vergessen? Aber ich erinnere mich nicht an meine Rolle darin."

Sanft, ganz sanft strich Immo über ihr Haar.

Ein runder Steintisch, von einem Netz aus Licht umwoben. Schwarze Kerzen und ein Kuss, der nach Abschiedstränen schmeckte.

„Schsch", machte er, als Emily zitterte. „Wie schrecklich es gewesen sein muss!", sagte sie. „Und wenn ich wirklich schonmal hier war? So wie jetzt. Ich habe Angst, verstehst du? Sachen beginnen, wenn ich auftauche. Aber vorher muss was kaputtgehen, oder nicht?"

Immo streichelte ihren Rücken. „Die Apokalypse ist nichts gegen dich."

Es dauerte einen Moment, bis Emily seinen Blick suchte und ein Lächeln fand. „Grr", machte sie. Immo drückte ihr einen Kuss auf den Mund. „Der richtige Weg geht mitten durch die Angst hindurch. Und am besten lächelst du dabei."

Duncan ließ sich fallen. Um in den Zustand der vollständigen Entspannung zu gelangen, brauchte er keine Zeit. Sein Bewusstsein aber blieb wach. Der Krieger sah durch eine transparente Welt hindurch und könnte sich durch bloße Konzentration zu einem anderen Ort begeben. Er könnte überallhin reisen.

Was er nicht tun durfte. Nicht, um Miso zu suchen. Also sank er durch die Schichten der Realität hindurch, bis er das Netz erreichte, das den Traumfänger vom Rest des Universums trennte. Die Grenze zum Unbewussten – dort ging niemand einfach so spazieren. Die Quellen, aus denen die Träume stammten, kannten weder gut noch böse. Sie waren wie Vulkane, die das Licht des Feuers oder aber pure Vernichtung ausspeien konnten. Immos Aufgabe war es, jene Träume, die Träumende in den Wahnsinn treiben würden durch ihre dunkle Kraft, nicht hinauszulassen. Dieses zarte, silbrige Netz war es, was das brutale Chaos vom normalen Chaos des Lebens trennte.

Auch der Krieger kam nicht ohne Weiteres durch die Maschen des Netzes in das Bewusstsein des Traumfängers hinein. Es flirrte – wie das Schnurren einer Katze, die bereit war, sofort die Krallen auszufahren und zuzuschlagen. Jeden anderen jedoch hätte diese Katze längst filetiert.

Bis heute hatte es Duncan genügt, einfach hier zu sein, zu beobachten und zu spüren. Er hatte gelernt, in dem scheinbaren Chaos Muster zu erkennen. Fäden, die sich jeder für sich und zugleich im ständigen Tanz mit ihrer Umgebung bewegten. Und er hatte begriffen, dass er nicht weniger sah als jedes einzelne beseelte Lebewesen und alle Möglichkeiten   mochten sie hell oder dunkel sein –, die in ihnen schlummerten.

Hier würde er Miso finden. Aber er musste durch das Netz hindurch.

„Erkläre es mir!" Emily lehnte an der Hauswand und sah Immo zu, wie er Kieselsteine auf die Hochebene hinauswarf.

„Kann ich nicht", entgegnete der Traumfänger.

„Willst du nicht."

Der nächste Stein flog weiter. Immo sank neben Emily auf den Boden und massierte seine Schläfen. „Ich habe dir von der Zeit erzählt, als ich die Gesetze der Traumfängerseele gebrochen habe und Menschen in den Wahnsinn fallen ließ. Dafür musste ich bewusst beobachten, wen ich treffen wollte. Ich habe die Träume, die ich sonst zurückgehalten hätte – weil sie zu grausam waren, zu dicht an der tiefsten Wahrheit jener – Mörder und Menschenschänder ... Ich habe diese Träume zu ihnen gelassen. Durch die Grenze hindurch, die auch mein menschliches Ich vom Unterbewusstsein des ganzen lebendigen Universums trennt. Das hat damals niemand mitbekommen, weil nur das Traumfängerbewusstsein selbst dazu in der Lage wäre. Mitbekommen haben die anderen nur, dass etwas aus dem Gleichgewicht gerät – heftiger als jemals zuvor und jemals danach bisher."

„Verstehe. Wieso geht ihr denn jetzt davon aus, dass es bemerkt würde, wenn du bewusst nach Miso suchst?"

„Weil wir davon ausgehen, dass Jeremy einen Teil meiner Seele gefangen hält."

Merula. Plötzlich machte alles Sinn.

„Dann hast du überhaupt keine Angst, dass Duncan es versaut. Du hast Angst, dass er wie du endet, wenn er dein Bewusstsein – nun – bewusst wahrnimmt."

„Genauso desillusioniert und verbittert meinst du?"

„In diese Richtung."

„Hm." Immo zögerte. „Ich glaube eigentlich, dass Sun stärker ist als ich. Aber er wird mir sehr nahekommen, und davor habe ich Angst."

„Ach komm schon!" Emily stupste ihn mit dem Ellbogen an. „Kannst du es nicht einfach genießen? Es muss doch absurd schön sein, sich so nahe zu sein! Ein echter Grund für Eifersucht übrigens."

Ein flüchtiger Blick streifte sie, als wollte er überprüfen, ob sie ernst meinte, was sie da sagte. „Es ist schön. Unfassbar schön. Aber hinterher muss ich ihn wieder loswerden."

Die Idee spukte schon länger in Duncans Kopf. Er war sich nicht sicher, ob er Emily hätte einweihen sollen – auf der anderen Seite war auch sie nicht nur Mensch. Sie würde verstehen. Also rief er Hani. Und Hani kam.

Drei Mädchen ohne Gesichter und Farben. Sie hüpften, klatschten und lachten.

Ein Mann betrat die Szene. Groß und schwarz wie Tinte.

Die Mädchen sprangen auf ihn zu. Er hob eins nach dem anderen hoch, wirbelte es im Kreis und lachte mit ihnen.

Dann nahm er zwei an die Hand. „Es ist Zeit. Ihr müsst mitkommen."

Das dritte Mädchen sprang hinterher. Doch der Riese bückte sich und schüttelte den Kopf.

„Du bist noch nicht ganz, Liebes."

Allein blieb es zurück.

Emily fand sich in dem Unterwasserzimmer wieder. Sie hatte keine Ahnung, wie sie hierhergekommen war. Ihre Hand lag an der Glasscheibe, hinter der Ina fraß. In der Scheibe spiegelte sich Immo.

„Sieht sie dir an", sagte Emily. „Sie bewegt sich, wie Kontinente sich bewegen. Sie ist die Erde selbst, im Zeitraffer durch die Jahrmillionen. Geografie im Zeitraffer."

Immo schlang seine Arme um ihren Bauch. „Hast du schlecht geträumt?"

Die Walin tauchte behäbig auf, um Luft zu holen. „Ich bin mir nicht sicher", sagte Emily. „Magst du nachschauen? Und dann sagst du mir, was da grade passiert mit mir."

„Kannst du Dàlóng aus mir herausholen?"

Der Derwisch schmunzelte. „Ich wusste, dass du mich früher oder später so etwas fragen würdest."

„Wir sollten alles nutzen, was wir zur Verfügung haben. Du kannst offensichtlich unabhängig von Emily sein. Also ..."

„Ich bin einverstanden. Aber ich kann ihn nur herausholen. Ob er zurückkehrt, wird er selbst entscheiden."

„Werde ich wissen, was er herausfindet, wenn er nicht zurückkehrt?"

„Nein."

„Dann muss ich hoffen, dass er mich mag."

Hani lachte. „Darauf läuft es hinaus. Auf jeden Fall kann er durch dieses Netz hindurchschlüpfen, wenn es ihn lässt."

„Das war Byamee." In Immos Stimme lag Ehrfurcht.

„Und wieso träume ich von ihm? Ich kenne ihn gar nicht."

„Du weißt, dass das nicht stimmt." Immo drehte sie zu sich und zog sie mit auf den Boden. „Was mit dir passiert? Deine alte Seele steigt an die Oberfläche."

Der Kokon aus Geborgenheit, den er um sie baute, war dichter und wärmer als je zuvor.

In diesem Leben.

Der Krieger war sich alles andere als sicher. Wie wahrscheinlich war es, dass das Netz ausgerechnet den kleinen Drachen durchlassen würde, wo es doch jede andere Seele beliebiger Größe abblockte? Andererseits ...

Hani murmelte unverständliche Worte, schnalzte mit der Zunge und streckte die Hand aus. Dàlóng erschien aus dem Nichts, mit schlagenden Flügeln, um das Gleichgewicht zu halten. Ein Pfiff löste sich von Duncans Lippen.

„Die Aufgabe, die du ihm überträgst, ist nicht leicht", sagte der Derwisch. „Im Bewusstsein des Traumfängers muss selbst Immo aufpassen, nicht verloren zu gehen."

„Das lass mal meine Sorge sein."

Dàlóng stieß Rauchkringel aus und hüpfte auf Duncans Schulter. Für ihn könnte es offensichtlich nicht schnell genug losgehen. Duncan kraulte ihn am Kinn und lächelte. „Danke", sagte er in Hanis Richtung. Der Derwisch nickte ihm zu und verschwand.

„Du und ich", sagte der Krieger. Dàlóng schmiegte sich an ihn und gurrte. Dann stieß er sich ab und flog mühelos durch ein Loch des Netzes in das Bewusstsein des Traumfängers hinein.

Immo blieb auf dem Bodes des Unterwasserraums liegen. Mühsam unterdrückte er das Beben, das ihn packen und schütteln wollte. Bin in die Fingerspitzen hinein fühlte er Duncans Präsenz.

Emily setzte sich auf die Treppe und wartete.

Die Idee, zwischen Abermilliarden Seelen eine bestimmte finden zu können, war absurd. Doch die Wahrnehmung des Drachens richtete sich nicht auf Individuen, sondern auf Muster. Er folgte Duncan und dessen Vermutungen. Miso war von den Schattendrachen als eine Art Hintergrundgeräusch beschrieben worden.

Ein Hintergrundgeräusch ließ sich finden, indem man alle anderen Geräusche ausblendete. Und als Dàlóng herausgefunden hatte, wie das ging, konnte es nur noch eine Frage der Zeit sein. Er schlängelte sich unermüdlich durch das, was den Traumfänger zu dem machte, was er war. Draußen vor dem Netz kauerte der Krieger am Boden und stemmte sich gegen die Flut der Sehnsucht, die ihn zu ertränken drohte.

Am fünften Tag kam Duncan wieder heraus aus dem Wald, in den er sich zurückgezogen hatte. Er ging zu Immo, nahm dessen Gesicht in beide Hände und legte die Stirn gegen seine. „Ich weiß, wo Miso ist", sagte er. Der Traumfänger schloss die Augen.

„Wo?", fragte Emily.

„In Australien", sagte Duncan, ohne die Position zu verändern. „In einer psychiatrischen Klinik in der Nähe von Sydney."

„Da könnte auch das Zentrum von einem der Cluster sein."

„Ja." Der Krieger wühlte sich in Immos Haare und strich sie nach hinten. Er küsste ihn. „Das war die Wahrheit", sagte er leise. „So ist es ohne das, was uns trennt."

„Ich weiß", erwiderte der Traumfänger. Erst Minuten später lösten sie sich voneinander und setzten sich zu Emily an den Küchentisch.

„Was jetzt?", fragte sie und blickte aus ihrer Verlegenheit auf.

„Ich gehe und knüpfe eine Verbindung zu Miso", sagte Immo.

„Aber dafür musst du dich zeigen!"

„Richtig. Wir haben alles, was wir brauchen. Wir verlassen unsere Deckung. Ich muss eine Verbindung zu Miso aufbauen, auch wenn der direkte Weg sicherlich nach wie vor geblockt ist von Jeremy. Aber es gibt immer den Weg, über eine andere Person zu gehen, die den direkten Kontakt hat. Jeremy wird das vermutlich mitbekommen, wenn er Misos Umgebung so gut bewacht, wie wir das annehmen. Aber zu dem Zeitpunkt wird es zu spät für ihn sein. Wenn ich einmal Kontakt zu Miso gefunden habe – und sei es über eine Kette von Menschen –, kann Jeremy mich nicht mehr abschirmen."

„Wow", sagte Emily. „Allmählich begreife ich, wieso ihr nicht versteht, dass ihr Jeremy nicht finden könnt."

„Richtig. Zumindest über dich sollte er für mich spürbar sein. Aber er ist nirgendwo. Miso ist aber eindeutig in diesem Universum."

„Was, wenn Jeremy Miso dorthin bringt, wo er selbst ist, sobald er merkt, was du vorhast?"

Duncan wischte ihren Einwand mit einem Handstreich weg. „Hätte er schon längst getan. Nein. Es wird einen Grund geben dafür, dass Miso in dieser Klinik ist." Er fixierte den Traumfänger. „Ich fürchte eher das, was er dir antun könnte. Bis du hast, was du brauchst, wirst du dich sehr gut abschirmen müssen. Besser als je zuvor. Du weißt, dass Jeremy Möglichkeiten hat wie sonst niemand, um dich zu bemerken."

„Ja, das weiß ich. Und ich verspreche dir, dass ich vorsichtig sein werde."

„Du musst mit einem Anrasati rechnen. Mit einem mächtigen vermutlich. Nähere dich nur vorsichtig aus der Zwischenwelt heraus. Wenn du ihn riechen kannst, ist es fast so weit, dass er dich ebenfalls bemerken kann. Zieh dich dann zurück und warte, bis er weg ist. Auf keinen Fall darfst du eine Seele berühren, bevor du nicht hundertprozentig sicher bist! Wenn er dich vorher entdeckt, ist alles umsonst."

„In Ordnung."

„Ich werde aufpassen, dass du abgeschirmt bleibst."

Ein Lächeln fand seinen Weg auf Immos Gesicht. „Davon gehe ich aus", sagte er.

Duncans runzelte die Stirn. „Nimm das ernst, mein Freund! Ernster als jemals etwas zuvor. Findet der Anrasati dich, wirft er dich Abbadon persönlich zum Fraß vor. Und du wärst ein Festmahl!"

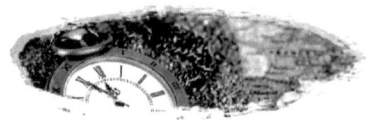

Immo roch Feuer und hörte Bäume brechen. Die psychiatrische Klinik lag abseits der Stadt an einem Fluss. Viele Meilen dahinter wütete ein Waldbrand, dem scheinbar niemand diesseits des Ufers Aufmerksamkeit schenkte. Doch der Traumfänger beobachtete aus der Zwischenwelt heraus. Die Nervosität der Menschen flirrte in grellen Farben um ihre Körper.

Die Klinik selbst war von einer hohen Mauer umgeben – ein modernes, nüchternes Gebäude, dessen Name in schnörkellosen Buchstaben über dem Eingangstor stand: Spring Memorial Hospital.

Immo hielt Abstand und richtete sich auf eine lange Wartezeit ein. Wenn es einen Anrasati gab, der etwas mit Miso zu tun hatte, dann ging er vermutlich in der Klinik ein und aus. Für den Moment überlagerte der Brandgeruch alles andere. Doch wenn der Dämon so stark war, wie Sun vermutete, dann sollte er ihn erst riechen, dann sehen können. Der Traumfänger setzte sich dem Wind entgegen und schloss die Augen.

Das Feuer aus der Ferne. In der Nähe unterschiedliche Parfums. Fastfood. Kaffee. Stressschweiß. Nichts von dem, was er in der letzten Nacht bei Emily und Sun gerochen hatte.

Er durfte seine Aufmerksamkeit nicht abschweifen lassen! In den nächsten Stunden schaltete Immo alle Gedanken ab. Stattdessen dehnte er seinen Geist und ließ ihn auf Wanderschaft gehen.

Ein schwarzes Gesicht tauchte aus dem Nebel auf, der blanke Schädel feucht benetzt. Ein Blick aus den Tiefen der Zeit fiel in Emily hinein. „Ich habe Wale gesehen", sagte Byamee. „Sie teilen den Ozean gern. Wieso bist du so geizig geworden, Geliebte?"

Im ersten Moment glaubte Emily, in ihrem Wohnwagen zu sein. Ein Hauch von Sandelholzduft schlich in ihre Nase und die Wand neben ihr strömte Vertrautheit aus. Aber sie irrte sich. Dieser Raum war viel größer. Heller. Ein Verführungskünstler, der ihr jeden Wunsch von den Augen ablas. Geizig? Wie verschwenderisch sollte sie denn noch umgehen mit ihrer Großzügigkeit? In der letzten Nacht waren beide Männer in ihrem Bett gewesen. Sie hatte auch die Intimität zwischen Traumfänger und Krieger genossen – die Nähe der beiden hatte sie mit einbezogen. Der Stachel war fort. Und trotzdem verfolgten Vorwürfe sie bis in den Traum? Verdrossen stand sie auf und ging in die Küche, um sich Frühstück zu machen.

Sie fand Duncan abseits vom Haus auf einer Moosfläche. Ein Stück von ihm entfernt stand ein Fenster in Augenhöhe auf einer schmalen Mauer. Der Krieger warf mit Nadeln darauf. Sie prallten nicht vom Glas ab, sondern schossen hindurch wie Pistolenkugeln. Aus der Nähe sah Emily, dass die kleinen Löcher ein Bild ergaben: das Gesicht des Traumfängers. Sie ging zu Duncan, nahm ihm eine Nadel aus der Hand und versuchte, sie vorsichtig durch die Scheibe zu bohren. Die Spitze verbog sich sofort. „Du bist ja irre", sagte sie und ließ die Nadel fallen.

„Ich konzentriere mich auf ihn", gab er knapp zurück. „Du stehst im Weg."

Emily stellte sich abseits. Der Krieger hatte seine gesamte Aufmerksamkeit an diesem Punkt zusammengezogen – es war, als umgäbe ihn eine Hülle, die alles abstieß, was von außen hineinwollte.

„Wieso hasst ihr mich eigentlich nicht, obwohl ich euch getrennt habe?", fragte Emily. Die nächste Nadel prallte an der Scheibe ab. Duncan gefror mitten in der Bewegung. Er machte Anstalten, neu anzusetzen – doch dann spuckte er auf den Boden und wandte sich Emily zu.

„Du bist eine wirkliche Expertin!"

„Entschuldigung. Ich dachte nicht, dass du zuhörst."

„Wieso bloß beschäftigst du dich mit solchen Fragen?"

„Ich will dich nicht ablenken. Mach einfach weiter!"

„Immo vergöttert dich. Deine Zweifel verletzen ihn."

„Sie verletzen ihn? Was wird das hier?"
„Ich will deine Frage beantworten."
„Ich höre nur einen Vorwurf."
Der Krieger warf die letzten Nadeln achtlos fort und kam zu Emily. „Lass uns ein Stück spazieren gehen."
„Und deine Konzentration?"
„Komm mit", sagte er und tippte sich an die Stirn.

Für den Bruchteil einer Sekunde wusste Immo nicht, ob der Gestank aus der Nähe kam oder von weit weg. Er riss die Augen auf und bereitete sich auf den Rückzug vor. Ein Mann verließ das Spring Memorial Hospital. Braungebrannt und mit millimeterkurzen blonden Haaren. Er schlenderte zum nahen Parkplatz und öffnete die Tür eines kleinen roten Autos. Gleich darauf fuhr er in Richtung der Stadt davon.

Adrenalin schoss durch den Körper des Traumfängers. Es war soweit! Der Anrasati war aus dem Spiel.

„Wieso, glaubst du, hätte der Traumfänger vor Urzeiten auf die Idee kommen sollen, all die unterschiedlichen Lebewesen zu erfinden – allen voran die Menschheit?"
„Gute Frage. Vielleicht hatte er Langeweile?"
„Klingt wie Spott, aber es trifft es ziemlich gut."
Emily wartete. Duncan verlangsamte seine Schritte. „In jedem Menschen gibt es eine Erinnerung daran, dass er irgendwann einmal aus einer gemeinsamen Quelle kam. Ob du es Urknall nennst, Schöpfungsgeschichte oder Traumzeit, spielt keine Rolle – das alles sind Erzählungen, die aus demselben Grund erzählt werden. Menschen spüren, dass ihre Einsamkeit eine Lüge ist."
„Ist das so?" Emily blieb stehen. „Aber für die meisten Menschen sind das wirklich nur Geschichten. Ohne Zusammenhang mit ihrem eigenen Leben. Ihre Einsamkeit ist sehr real. Wie viele glauben, dass es daraus keinen Ausweg gibt! Die erinnern sich an gar nichts, genauso wie ich."

„Doch, tun sie. Genau wie du, immer wieder. Dieses Empfinden, dass es irgendwo etwas geben muss, das uns wieder mit etwas Größerem verbindet, wirft den stärksten Motor an, den das Leben hat. Sehnsucht."

„Meiner Erfahrung nach sehnen die Leute sich meistens nach etwas, was sie besitzen können. Verbundenheit mit etwas Größerem? Das sind erstmal große Worte. Und meine Frage beantworten die auch nicht. Ich habe gesehen, wie Immo reagiert hat, als du im Traumfängerbewusstsein warst. Ich habe gehört, was er gesagt hat. Es quält ihn, von dir getrennt zu sein. Und das ist mein Werk."

„Aber es sind nicht nur große Worte – diese Worte sind wahr!" Duncan wandte sich Emily nun ganz zu. „Und niemand weiß das besser als Immo und ich. Nur weil wir uns nacheinander sehnen können, entwickeln wir uns weiter. Langeweile hat keine Chance, wenn du einmal die Witterung aufgenommen hast, dass du mit mehr verbunden bist als mit dir selbst. Es mag dich innerlich zerreißen oder beflügeln – das Ergebnis bleibt. Sehnsucht ist die größte Energie, die dieses Universum vorantreibt."

„Bis an den Rand des Abgrunds."

„Charmant."

Emily seufzte. „Entschuldige. Ich finde schön, was du sagst. Vielleicht stimmt es sogar, dass Sehnsucht beflügelt. Aber sie lässt dich eben auch die Einsamkeit spüren. Nie bist du zufrieden, wenn sie da ist. Sie ist anstrengend. Ist es nicht einfach menschlich, das zu hassen, was Sehnsucht verursacht hat? Wenn man es schon so sicher benennen kann, wie ihr das könnt? Ich für meinen Teil verzeihe meiner alten Seele nicht so leicht, dass sie mich vergessen lässt."

„Du glaubst mir nicht. Wundert mich nicht. Dafür bist du in diesem Körper noch zu jung – genau dein Problem, ich weiß. Du würdest mir glauben, wenn deine alte Seele dich nicht vergessen ließe. Nur hättest du dann keinerlei Antrieb mehr, dich in die Belange der Welt einzumischen. Du wärst gar nicht hier, verstehst du? Aber dass du mir mit menschlich kommst ..." Frech grinste er sie an. „Die Nacht war nachhaltig, was? Aber so sehr Mensch sind wir dann doch wieder nicht. Immo und ich können Sehnsucht erst spüren, seit wir nicht mehr eins sind. Byamee war das nicht möglich. Ich für meinen Teil würde jeden bekämpfen, der mir meinen stärksten Antrieb nehmen wollte. Und dass es Immo genauso geht, daran brauchst du nicht den leisesten Zweifel haben."

Doktor Chang kramte in ihrer Handtasche, als sie jemand anrempelte. Fluchend bückte sie sich, um Brieftasche und Autoschlüssel aufzuheben. Münzen rollten fort, doch eine schlanke Hand sammelte sie auf.

„Es tut mir leid", sagte Immo. „Ich habe nicht aufgepasst."

„Ich doch auch nicht", sagte Doktor Chang und strich sich eine Strähne aus dem Gesicht. Der Fremde wirkte zerknirscht. Er nahm ihre Hand und legte die Münzen hinein. „Nochmals Entschuldigung", sagte er, drehte sich um und ging eilig davon.

„Nichts passiert", murmelte die Ärztin. Sie fühlte eine merkwürdige Verwirrung, die aber schnell verschwand.

Der Traumfänger zog sich zurück in die Zwischenwelt. Er hatte, was er brauchte – mehr als das sogar! Was war als Nächstes zu tun? Sollte er es wirklich riskieren, sich offen mit Miso zu verbinden? Nach dem Einblick in Doktor Changs Gedächtnis schien ihm diese Klinik vor allem eins: ein für Miso erbautes Gefängnis, von innen und von außen komplett abgeschirmt. Doch Jeremy hatte jederzeit Zugriff, so musste es sein. Was Doktor Chang so sehr verwirrte, dass es ganz oben in ihrem Bewusstsein hing, war für den Traumfänger unmittelbar einsichtig. Miso wurde Gewalt angetan, die nicht aus dieser Dimension stammte. Setzte er Miso dem erst recht aus, wenn seine Kontaktaufnahme beobachtet wurde?

Noch weniger durfte er aber riskieren, das Band nicht zu knüpfen! Diese Gelegenheit würde nie wiederkommen.

Er musste die Augen der Beobachter auf etwas anderes lenken.

„Ich brauche ein Ablenkungsmanöver", schickte er einen stummen Ruf zu Duncan.

„Gib mir 30 Sekunden."

Immo lächelte.

„Ich bin gleich wieder da", sagte der Krieger und verschwand mit einer Drehung. Er brauchte nur zwei Sprünge in der Zwischenwelt, bis er Robert in einer Kneipe fand. Sein Gestank drang durch die offene Tür weit auf die Straße hinaus. Wenn der Krieger blieb, wo er war, könnte er den jungen Mann durchs Fenster beobachten, ohne dass der Anrasati ihn bemerkte.

Also ging er ein Stück näher. Er wartete so lange, bis Roberts Hand zögerte, das Glas an den Mund zu führen –, bis er sich aufrichtete und in Duncans Richtung sah. Der wartete keine Sekunde länger, sondern ließ sich zurück ins Reich des Traumfängers fallen.

Dort ignorierte er Emilys Fragen. Was er gerade getan hatte, gefiel ihm ganz und gar nicht. Jede Chance auf ein Überraschungsmoment war zerstört. Wenn er den Anrasati demnächst angreifen wollte, würde er mit einer Schlacht rechnen müssen. Aber für den Moment bekam er von Immo das Signal, dass es funktioniert hatte:

Aller Aufruhr der Gegenseite richtete sich darauf, dass es dem Krieger offensichtlich gelungen war, Robert zu enttarnen.

Immo schickte das Band aus. Es schlängelte sich durch die Barriere zu Miso und verknüpfte sich mit einem, das von der anderen Seite auch auf der Suche war – seit Jahren vielleicht schon. Miso musste eine Ahnung haben, dass es außerhalb der Mauern ein anderes Leben gab. Selbst Jeremy könnte dem Traumfänger von nun an den Kontakt zu Miso nicht mehr verwehren. Dieser Part war geschafft.

Sollte er sofort zurückkehren? Weg von diesem Ort musste er auf jeden Fall, aber davon abgesehen ...

Noch etwas stach in sein Bewusstsein. Noch etwas nahm er wahr. So deutlich, dass es ihm ins Gesicht schlug – jetzt, da er seine Aufmerksamkeit dahinlenkte. Zuvor war es nur ein leichter Juckreiz gewesen.

War er stark genug, sich dieser Sache auch noch zu widmen? Die Frage hielt sich nicht lange. Er *musste* stark genug sein.

Der ganze Planet stank nach Verwesung.

„Lass uns Moo besuchen", sagte Duncan. Emily hielt ihre Fragen zurück und nickte. Für den Moment musste sie mit dem Schweigen leben. Der Krieger war extrem schlecht gelaunt.

Die Ziegen kamen ihnen entgegen, meckerten leise und zupften Duncan an der Hose. Moo war nicht unter ihnen. Der Krieger beschleunigte seine Schritte und lief geduckt in den dichteren Teil des Waldes. Neben einer Kuhle unter einem Baum hockte er sich nieder. Dort lag die Ziege auf einem Bett aus Moos und Stroh und blickte ihn aus halb geschlossenen Augen an. Zwei Zicklein, gerade erst von ihrer Mutter trocken geleckt, saugten Milch. Duncans Gesicht wurde weich.

„Wieso hast du denn nicht Bescheid gegeben?", fragte er sanft, strich Moo über die Schnauze und kraulte sie hinter den Ohren. Ein leises Meckern klang wie eine Antwort.

„Was sagt sie?", fragte Emily und ging ebenfalls in die Knie.

Duncan sah irritiert aus. „Irgendwas in ihrer Sprache. Sie ist stolz und erschöpft."

„Ah." Emily musterte ihn. „Dann ist es wie bei dir gerade. Irgendwas in deiner Sprache. Ich sehe nur, dass du eine scheiß Laune hast."

„Hervorragend." Sein Blick verdunkelte sich. „Ich wollte vergessen, was ich vorhin getan habe."

„Raus damit."

Duncan erzählte es ihr. Ohne eine Miene zu verziehen streckte Emily die Hand aus und kraulte Moo ebenfalls. „Wo ist das Problem?", fragte sie. „Ich habe gesehen, wie du mit Dämonen umgehst. Erzähl mir nicht, dass du Angst hast."

„Angst?" Seine Stirn legte sich in Falten. „Ich glaube nicht, dass das der richtige Begriff ist. Ich hasse es, nicht genau zu wissen, was mich erwartet. Einen Anrasati bekämpft habe ich oft genug. Seine Handlanger kann ich vorher nicht einschätzen. Und je mehr ich mich um Nebenschauplätze kümmern muss, desto unwahrscheinlicher wird es, dass ich Robert lebend da raushole."

Immo suchte nach dem, was er gewittert hatte. Er hob seinen Geist über das ameisenhafte Gewusel der Individuen und spürte nach der Welt als Ganzem. Seine Verwirrung wich blankem Entsetzen.

Alles hier stank nach Dämon. Und Suns Worte ergaben plötzlich Sinn: „Er würde dich Abbadon zum Fraß vorwerfen."

Nie zuvor hatte er diesen Namen aus dem Mund des Kriegers gehört. Er musste ihn aufgeschnappt haben, als Dàlóng ins Traumfängerbewusstsein eingedrungen war. Wie sonst hätte er ihn kennen sollen? Diese Erinnerung gehörte Byamee – sie war auf den Traumfänger übergegangen. Nicht auf den Krieger.

Und jetzt war der Name plötzlich da.

Immo wusste, wann er nicht an einen Zufall glauben durfte. Zu viele Fäden waren gewöhnlich an einem Gedanken beteiligt.

Doch diesen wollte er nicht weiterspinnen. Es durfte nicht sein! Askook wollte seine Nemesis sein? Er ahnte nicht, wie lächerlich dieser Gedanke war!

Der Gestank musste eine andere Ursache haben! Also suchte er.

Und Stunden später wünschte er sich, die Verantwortung für all das trüge doch niemand anderes als der mächtigste Dämon aller Zeiten.

„Ich weiß nicht, was Immo noch macht." In Duncans Stimme schwang Unmut mit.

Patricius bohrte nach. „Weil du es nicht wissen willst oder weil es nicht möglich ist, es zu wissen?"

„Von mir aus beides."

Im Äther blieb es still. Duncan seufzte. „Entschuldige. Ich habe dich angesprochen, nicht umgekehrt. Ich versuche schon, Immo zu erreichen. Er reagiert nicht."

„Das ist nicht gut. Wir sollten jetzt schneller sein, sonst wird Immos Verbindung zu Miso doch noch entdeckt. Wie lange glaubst du braucht Jeremy, bis er die Information erhält, dass Immo von dieser Ärztin gesehen wurde?"

„Schwer zu sagen, vielleicht weiß er es längst. Andererseits glaube ich, dass auch Jeremy vorsichtig ist. Er wird nicht ständig herumwühlen. Zumindest nicht, wenn er so clever ist, wie es den Anschein hat. Dann hat er auch Respekt vor uns."

„Ich glaube eher, dass er zu überheblich ist", warf Emily ein. „Er wird wirklich denken, dass du so dumm warst, dich entdecken zu lassen. Was auch besser wäre. Wenn er uns für clever hält, denkt er vielleicht an eine Ablenkung."

„Jedenfalls will ich den nächsten Schritt zügig machen", sagte Duncan. „Und wenn es nur ist, um meinen Ruf wiederherzustellen."

„Dann sind wir uns einig", sagte Patricius. „Soll ich die anderen auf dem Laufenden halten?"

„Tu das", sagte Duncan. „Wir warten noch einen Tag auf Immo, dann starte ich."

„Ich bin stolz auf dich", sagte Emily und grinste Duncan an. „Mir scheint, Patricius und du werdet noch Freunde. Wie kommt es bloß zu dem Gesinnungswandel?"

„Halt den Mund", sagte der Krieger. „Wir arbeiten seit Jahrhunderten zusammen. Dafür muss ich meine Gesinnung nicht ändern." Er drehte sich um und ließ sie stehen. Über dem Meer ballten sich Wolken zusammen. Erste Blitze zuckten. Emily trottete hinter Duncan her zum Haus. Sie war müde.

Das Gewitter tobte jetzt über der Insel. Duncan stand am Fenster, während Emily die Bücher durchwühlte. Blitze und Donner ließen eine Unterhaltung kaum noch zu, worüber sie froh war. Wahllos zog sie ein Buch nach dem anderen aus den ungeordneten Stapeln und fand rasch heraus, dass es unmöglich war, sie an dieselben Plätze zurückzustellen. Das Lesen war ebenso schwierig, denn nahezu alle Bücher waren in Sprachen verfasst, die sie nicht kannte – bei einigen zweifelte sie, ob es sich überhaupt um Sprachen handelte.

Schließlich blieb sie an einem schmalen blauen Band hängen, der ihr vertraute Worte zeigte. Die Seiten waren verknickt und abgegriffen. Ein getrocknetes, rotes Blütenblatt markierte ein Gedicht.

„Nicht alle Schmerzen sind heilbar, denn manche schleichen sich tiefer und tiefer ins Herz hinein, und während die Jahre verstreichen, werden sie Stein. Du sprichst und lachst, wie wenn nichts wäre, sie scheinen zerronnen wie Schaum. Doch du spürst ihre lastende Schwere bis in den Traum. Der Frühling kommt wieder mit Wärme und Helle, die Welt wird ein Blütenmeer. Aber in meinem Herzen ist eine Stelle, da blüht nichts mehr."

„Ich fürchte, gleich wird es ungemütlich", sagte Duncan und drehte sich zu Emily und ihren überlaufenden Gefühlen um. Er sah, was sie las, wirkte kurz, als wollte er zu ihr kommen, hob dann aber die Augenbrauen. „Leg das weg. Immo ist auf dem Weg."

Der Traumfänger polterte durch die Tür. Er war nass und über und über mit Erde verschmutzt. Mit einem Arm presste er ein Deckenbündel an seine Brust. In der freien Hand hielt er eine Flasche. Sein Blick flackerte von Duncan zu Emily und wieder zurück. Er setzte die Flasche an den Mund und trank sie in einem Zug leer. „Sie widern mich an!", lallte er und schmetterte die Flasche an die Wand, wo sie in tausend Scherben zerbarst. „Lass sie sterb'n, alle! Ich hab' nichts mehr mit ihn'n zu tun!" Wie eine Marionette, deren Fäden zerschnitten waren, sank er am Tisch zusammen und verbarg den Kopf in den Armen.

„Saiai ..." Duncan näherte sich dem Traumfänger und legte ihm die Hand auf den Rücken. „Was ist passiert?" Er rührte sich nicht, bis Immo den Kopf hob und in Richtung des Deckenbündels nickte. Es bewegte sich.

„Um Himmels Willen!" Mit zwei schnellen Schritten war Emily da und wickelte aus, was Immo mitgebracht hatte. Die Augen noch geschlossen, kaum größer als eine Hand und in der plötzlichen Kälte zitternd lag da ein Ferkel. Als Emily es hochhob, quiekte es leise und schmatzte. „Es hat Hunger", sagte sie. „Wo hast du es her?"

Immo streckte die Hand aus und ließ das Neugeborene an seinem Finger saugen. Seine Stimme war wieder vollkommen klar. „Ich habe seine Mutter hinter dem Wald begraben. Sie hing an einem Haken in einer Fabrik, die nur dazu da ist, Schweine zu schlachten. Millionen Schweine! Eigentlich sollte sie tot sein. War sie aber nicht. Sie ist erst hier gestorben. Und den Kleinen habe ich aus ihr herausgeholt." Er sah Duncan an. „Hast du etwas, das du ihm anbieten kannst?"

„Mir fällt schon was ein. Aber findest du nicht, dass du erstmal erzählen solltest? Du wolltest nur Miso finden!"

„Miso?" Der Traumfänger blinzelte. „Ach ja."

Sein Blick verlor sich. „Ich habe mich umgesehen", sagte Immo. „Und ich hatte vergessen, wie lange es her ist, dass ich das letzte Mal die gesamte Erde in den Blick genommen habe. Sie stinkt, mein Freund. Ich dachte erst, es müsse ein mächtiger Dämon sein, der sein Unwesen treibt. Aber sie sind es selbst. Sie rasen direkt in den Untergang."

Er löste seine Hand von dem Ferkel und legte seine Stirn auf den Tisch. „Es sind Abermilliarden! Sie schlachten im Akkord, auf gigantischen Flächen. Sie stopfen sie in sich rein. Und zugleich lassen sie ihresgleichen verrecken vor Hunger. Kinder, Sun! Ihre Augen ... Sie schreien, und niemand hört sie! Wir brauchen uns nicht mehr fragen, wie Jeremy es geschafft hat, jene Dämonenheere zu Balors Festung zu schicken. Wie die Dunkelheit sich so vermehren konnte, dass es sie ausgespuckt hat – einen nach dem anderen. *Sie* waren es!"

Duncan nahm den Kessel, füllte ihn mit Wasser und setzte ihn auf den Herd. Er sah aus dem Fenster in das nachlassende Gewitter. „Moo hat zwei Zicklein", sagte er und drehte sich wieder zu ihnen um. „Vielleicht nimmt sie das Ferkel dazu." Er hob die Hand, als Immo zum Sprechen ansetzte. „Still. Ich muss darüber erst nachdenken. Ich bin durcheinander, und das passiert nicht oft.

An sich wollte ich mich so schnell wie möglich um Robert kümmern."

„In Ordnung", sagte Immo ruhig.

Emily legte die Decke wieder um das Ferkel. „Moo ist eine gute
Idee. Lasst uns zu ihr gehen. Der Kleine verhungert sonst noch."

Immerhin für dich kann ich was tun, dachte sie, als sie es auf den
Arm nahm.

Der Regen dauerte an. Als sie ins Haus zurückkehrten, waren sie
durchnässt. Das Ferkel war bei Moo geblieben, und Immo hatte
ihnen den Grabhügel gezeigt, unter dem die Muttersau begraben
lag. Niemand sprach, während sie sich trockneten, frische Kleidung anzogen und Duncan das Feuer im Kamin entfachte. Der
Traumfänger legte sich zu Emily und schmiegte sein Gesicht an
ihren Bauch.

„Ich denke, dass es trotzdem richtig ist, jetzt den Anrasati anzu-
greifen", sagte Duncan. „Allein schon, damit Jeremy nicht zu genau auf Miso achtet."

„Du wirst recht haben", murmelte Immo. „Auch wenn mir nicht
wohl ist dabei. Aber das kann im Moment an Millionen Dingen
liegen."

„Mir ist nicht wohl, solange Robert von diesem – Ding besessen
ist", sagte Emily. „Ob er es überlebt oder nicht – das hat er nicht
verdient!"

„Nein, das hat er nicht", sagte Immo. Sein Blick war weich, als er
sie ansah.

Es begann mit dem unerfreulichen Umstand, dass Robert erneut
in der Kneipe saß. Duncans Hoffnung, ihn alleine stellen zu können, verflog.

„Hier geht es nicht", nahm er lautlosen Kontakt zu Emily und
Immo auf. „Andere würden mit reingezogen."

„Aber er hat fast immer jemanden um sich", entgegnete Emily.
„Er wohnt ja nicht mal allein."

„Ich müsste ihn zu deinem Wohnwagen locken."

„Wie willst du das anstellen?"

Duncan verdrehte die Augen. „Das solltest jetzt du mir sagen."

Diesmal antwortete Emily nicht sofort. „Möglich, dass ich was weiß. Es ist aber kompliziert. Kannst du in meinen Wagen hüpfen?"

„Ich bin bereits da."

„Such mein Handy. Das ist so ein flaches Teil aus Metall und einem Bildschirm als Oberfläche. Etwa ein Drittel so groß wie ein Taschenbuch. Schwarz. Es müsste entweder am Bett liegen oder auf dem Schreibtisch."

„Der Akku ist leer. Wo hast du dein Ladekabel?"

Sie einigten sich darauf, Robert eine Nachricht zu schicken. „Mach dir nicht so viel Mühe", sagte Duncan. „Der Anrasati wird eh wissen, dass es eine Falle ist. Damit rechnet er, seit er mich gewittert hat. Er kommt, um mich umzubringen."

„Vielleicht zweifelt er aber", sagte Emily. „Oder er glaubt wirklich, dass ich es bin. Das wäre gut für dich, oder etwa nicht?"

Dich wollen sie genauso ausschalten, dachte er bei sich. Das, was er letztlich als Text losschickte, ergab für ihn keinen Sinn. Als er Roberts Antwort las, bekam sein Vorsatz, ihn retten zu wollen, jedoch Risse: *Du willst es hart? Ich bringe die Rute mit, Baby.*

Widerwillig tippte er Emilys Reaktion ein und schickte sie los. Als Robert ankündigte, dass er in einer halben Stunde da sein würde, warf Duncan das Handy zurück auf den Schreibtisch, verließ den Wohnwagen und tauchte in die Zwischenwelt. Im nahen Wäldchen suchte er den dunkelsten Schatten, um von dort aus zu beobachten. Grimmig sah er zu, wie das, was er befürchtete, eintrat. Ein Korridor vom Jenseits zum Diesseits öffnete sich mitten durch die Zwischenwelt hindurch: der Tunnel für jene Dämonen, die auftauchen würden, sobald er Robert angriff. Duncan verbot sich die Hoffnung, dass sie in dem Glauben kamen, Emily anzutreffen und nicht ihn, den Krieger. Sein Schwert jedenfalls war bereit.

Jeremy Spring überprüfte den Elektroschocker. Es gab kein Gerät, das mit weniger Kraftaufwand genauso viel Schmerz verursachen konnte. Die Ketten lagen ebenfalls parat. Die Spritze steckte er in die Brusttasche seines Poloshirts.

Messer und Peitsche würde er zu Beginn nicht brauchen. Mit Widerstand rechnete er erst, wenn sie wirklich verstehen würde, dass sie starb.

„Es ist so weit", sagte er zu Pandamator. „Halte dich bereit."

Das Motorengeräusch verstummte bereits ein ganzes Stück entfernt. Robert kam zu Fuß. Misstrauisch sah er sich um, als er zur Tür des Wohnwagens ging und dagegen hämmerte. „Emily?"

Duncan sah Bewegungen in dem Korridor.

Dies musste schnell gehen. Geduckt und lautlos sprang er von Schatten zu Schatten, ins Diesseits, bis sein eigener Geruch ihn verriet. „Robert!", rief Duncan, als der junge Mann herumfuhr, und stieß die Klinge direkt in ihn hinein. „Das wird jetzt wehtun!"

Ein ersticktes Brüllen kam aus Roberts Kehle. Seine Augen glühten rot. Doch Duncan war längst in die andere Richtung unterwegs, um sich dem zweiten Kampf zu stellen. Diese Dämonen waren tatsächlich nicht besonders stark, dafür viele. Das Schwert des Kriegers wirbelte wie von allein durch die hundeartigen Körper. Es war ein Schattentanz, lautlos und verbissen. Gut zwei Dutzend Gegner musste Duncan niedermähen, dann kollabierte der Tunnel. Die dunkle Energie war aufgebraucht.

Die Kreaturen fielen in sich zusammen. Duncan schenkte ihnen keine Aufmerksamkeit mehr. Er sprang zurück zu Robert und rammte ihm erneut das Schwert in den Bauch. „Sieh' mich an", sagte er. Die Antwort war ein Fauchen, das nicht von einem Menschen stammte. Duncan bewegte seine Klinge durch die Eingeweide. „Ich spreche nicht mit dir! Ich spreche zu Robert." Er packte den jungen Mann am Nacken und zog ihn näher. „Du musst kämpfen!", herrschte er ihn an.

Diesmal lachte der Anrasati. „Glaubst du wirklich, er kommt lebend hier raus?"

„Es ist egal, was ich glaube", stieß Duncan zwischen zusammengebissenen Zähnen hervor. Die Kraft des Dämons nahm zu. „Wichtig ist, was Robert glaubt."

Immo lief wie ein Tiger im Wohnraum hin und her. Emily kauerte auf dem Sessel, die schwitzenden Hände verschränkt. „Du musst ihn unterstützen!", rief der Traumfänger ihr zu und, als er sah, dass sie nicht verstand, „Du musst Robert unterstützen!" Er kniete neben ihr nieder und fing ihren Blick ein. „Erinnere dich daran, dass du ihn geliebt hast. Die Liebe deiner alten Seele wiegt mehr als der Anrasati!"

Das Blitzen in Roberts Augen war kaum wahrnehmbar, aber es reichte Duncan, um seine Anstrengung nochmals zu verstärken. „Gib auf", knurrte er. „Verschwinde aus ihm, du hast längst verloren."

Robert erbrach einen Schwall dunkles Blut. Seine Haut wurde leichenblass, sein Körper sackte zusammen. Duncan zog sein Schwert mit einem Ruck aus ihm hinaus. Aus der Wunde explodierte schwarzer Rauch, der sich zusammenballte und Gestalt gewann. Drei Meter hoch ragte der Anrasati in die Höhe. Er brüllte, als der Krieger auf ihn einhieb.

Im Reich des Traumfängers fuhr Emily aus dem Sessel in die Höhe. „Stopp!", schrie sie.

Nicht einmal der Rauch aus den Nüstern des Dämons bewegte sich noch, und die roten Augen waren ohne Leben. Als Duncan herumwirbelte, fiel Emily neben ihm aus der Luft.

Außer ihr, Duncan und Robert war die ganze Welt erstarrt.

„Du wirst nur Sekunden haben!", stieß Emily hervor und fasste Duncan am Arm.

Der begriff schlagartig. „Du hast die Zeit angehalten."

„Anscheinend", gab Emily zurück. „Und ich habe keinen Schimmer, wie lange es dauert, also ..."

„Was meinst du mit, ich werde nur Sekunden haben?"

„Wenn die Zeit weiterläuft", sagte sie ungeduldig. „Du musst Robert nehmen und mit ihm verschwinden. Egal wohin, nur weg."

„Warum?"

„Ich weiß es nicht!" Gehetzt schaute sie um sich. „Ich weiß es nicht, aber es geschieht jetzt, Duncan. Weg hier! Los!"

Im Krieger rasteten Zahnräder ein. Ohne weiter zu zögern wuchtete er Robert auf seine Schultern. Noch einmal sah er Emily an. „Du auch", sagte er.

„Ja!", schrie sie. „Ja, ja. Mach schon!"

Duncan war fort.

Die Zeit lief weiter.

Aus dem Nichts stieß eine gigantische schwarze Klaue auf Emily zu, packte sie und riss sie mit sich.

Dann detonierte die Welt.

Das Beben pulsierte durch die Zwischenwelt, wurde immer mächtiger, bis es den König der Drachen aus seinem Schlaf riss. Huang Lung öffnete die Augen, lauschte, stemmte seinen Körper in die Höhe und verließ die Tiefen des Ozeans. Im Diesseits war es ein Taifun, der mit gewaltiger Kraft auf ein Festland traf – im Rest des Universums war es die Verzweiflung des Traumfängers.

„Sie ist weg!", brüllte er dem Drachen durch den Sturm entgegen. „Hilf mir!"

„Hör zuerst auf mit dem Unsinn!" Huang Lung schlug mit den Flügeln. Auf einem Felsplateau im Auge des Taifuns stürzte Immo zu Boden. Das Brausen der Luft wurde zu einer Brise. „Was ist passiert, dass du dich herablässt, mich aufzusuchen, Traumfänger?"

Ein Schwall kalten Wassers weckte Emily aus der Ohnmacht. Sie lag nackt auf einem Steinfußboden, ihre Hände gefesselt. Ein Stiefel näherte sich und stieß sie in die Seite.

„Herzlich willkommen", sagte Jeremy Spring.

Emily konnte sein Gesicht erst erkennen, als er sich zu ihr hinunterbeugte. Alles andere sah sie nur verschwommen. Ein pochender Schmerz schob jeden klaren Gedanken fort. Sie sammelte ihre Spucke im Mund und rotzte sie Jeremy entgegen.

Seine Antwort war eine Ohrfeige. „Benimm dich! Du bist hier bei mir." Er richtete sich auf. „Ich gebe dir eine kleine Übersicht. Du wirst hier für den Rest deines Lebens sein. Was nicht mehr allzu lange dauert. Vielleicht merkst du es schon. Das Gift? Es tötet, aber es tötet langsam. Wir haben also noch einige Tage vor uns. Du kannst noch miterleben, wie dein Balg stirbt. Dein Kumpel Hani ist jetzt schon außer Gefecht. Vergiss also, dass er oder sonst jemand auf Reisen geht. Es gibt für dich keinen Kontakt mehr zu irgendwem außer mir."

Der Sinn der Worte erreichte Emily tröpfchenweise. „W' snn dgsn ..." Aus ihrem Mund kam nur ein Lallen.

Erneut ohrfeigte Jeremy sie, wenn auch nicht so hart wie zuvor. „Reiß dich zusammen! Sprich anständig mit mir!"

Emily schloss die Augen. Die Schmerzen in ihrem Kopf machten es fast unmöglich, sich zu konzentrieren. „Was für ein Gift?", brachte sie hervor.

„Wozu willst du das wissen? Du kennst es eh nicht."

„Wo bin ich?"

Jeremy lachte. „Das zu wissen nützt dir auch nichts, aber es ist in jedem Fall viel interessanter!"

„Endlich begreift ihr den Ernst der Lage!" Huang Lungs Schwanz schlug auf die Wasseroberfläche. „Seit Ewigkeiten warne ich euch davor, die Menschheit zu verharmlosen. Sie sind Eintagsfliegen. Sie kennen nur ihre eigene Gegenwart. Zusammen kämen sie auf die Idee, die Sonne zu sprengen, wenn ihnen das in diesem Moment Gewinn brächte. Du hast verloren, Traumfänger. Es waren schon immer zu wenige, die den großen Traum für alle geträumt haben."

„Ich will nur Emily finden!", sagte Immo. „Hast du dazu auch was zu sagen?"

„Nichts. Sie ist nicht mehr in diesem Universum. Das weißt du selbst. Wie sollte ich dir helfen können? Ich kann wach bleiben, dann könnt ihr wenigstens zu Haiowatha. Aber der Traumfänger bist du. Wenn du sie nicht findest, findet sie keiner."

Jeremy zog Emily mithilfe eines Flaschenzugs an Ketten in die Höhe. Sie konnte kaum stehen, aber ihr Blick klärte sich allmählich. Dieser Raum – die zerfallenen Säulen – „Ambrosia!"

Wieder lachte Jeremy, schallend und mit weit geöffnetem Mund. „Du solltest dein Gesicht sehen! Ich kann dir beim Denken zusehen." Er sprach mit hoher Stimme weiter. „Wie kann das bloß sein?" Sein Lachen verschwand. Dicht trat er an Emily heran. „Willkommen in der Zukunft."

„Jetzt tickt es ganz aus." Scott riss die Decke von Misos Bett, um sie neu zu beziehen. Sein Kollege Cooper stopfte die alte Wäsche in einen Sack und zuckte mit den Schultern. Er verabscheute es, mit Scott zusammenzuarbeiten. Immer fühlte er sich dabei, als müsste er sich dringend waschen. Jedoch musste er zugeben, dass es stimmte: Miso lag im Bett und zählte rückwärts. Laut und in gleichbleibendem Takt. „104490. 104489. 104488 ..."

„Schon ein bisschen verrückt", sagte Cooper und hob Misos Kopf an, damit Scott das Kissen hervorziehen konnte. „Hast du gehört, wie viele Tote es inzwischen sind in Europa?"

„Yep. Ziemlich geil, was? Hat jedenfalls die Richtigen getroffen. Arrogante Säcke, jetzt kümmern sie sich erstmal um sich selbst. Was für ein Spektakel!"

Cooper schwieg. Er würde sehr lange duschen müssen heute.

Brenda beobachtete Immo, wie er vor der Höhle hin und her lief und seine Hände knetete.

„Das kann doch alles nicht wahr sein! Wir müssen doch irgendeine Spur finden! Irgendetwas!"

„Es tut mir leid", sagte die Drachenhüterin zum wiederholten Male. „Die Wahrscheinlichkeit war gering, das habe ich dir vorher gesagt. Es gibt kein Wesen im Universum, das Emily eher finden könnte als du selbst. Und wenn du im Traumfängerbewusstsein nichts lesen kannst ..."

„Sei still", sagte Immo. Die Blätter des nahen Baumes begannen zu rauschen. Der Stamm knackte.

„Hör auf damit oder verschwinde!", sagte Brenda scharf. „Du kannst nicht rumlaufen und alles zerstören. Dadurch kommt sie auch nicht wieder."

Immo fuhr zu ihr herum. „Wenn ihr was passiert, werde ich es tun!"

Ohne eine Erwiderung abzuwarten ließ er Brenda stehen.

Thalestris, die Amazonenkönigin, beugte sich über Robert und musterte ihn. „Wacht er wieder auf?"

„Ich hoffe es", sagte Duncan. „Er ist durch die Liebe der alten Seele geschützt. Du kannst davon ausgehen, dass er den Dämon tatsächlich besiegt hat und weiterleben wird."

„Wenn nicht, werde ich ihn persönlich in den Schlot werfen."

Das glaubte er ihr sofort.

„Deshalb bringe ich ihn her. Natürlich bleibt ein Risiko. Und ich kann nicht auf ihn aufpassen. Nicht jetzt."

Thalestris zog dem schlaffen Körper die Jacke aus und betastete ihn. Sorgfältig behielt sie sein Gesicht im Blick. Als Roberts Miene sich nicht rührte, zuckte sie mit den Schultern. „Immerhin wirkt er gut trainiert."

Duncan verzog das Gesicht. „Ihr sollt ihn im Auge behalten, nicht zu eurem Zuchthengst machen."

„Nur, wenn er das will, Krieger. Viele andere gibt es ja nicht." Sie streckte ihre eigenen Muskeln und stieß dem Krieger spielerisch den Finger auf die Brust. „Es sei denn natürlich, du hast es dir inzwischen anders überlegt. In meinem Bett ist immer ein Platz für dich frei."

„Ich bereue meine Entscheidung jetzt schon."

Das helle Lachen der Amazone begleitete ihn, als er sich ins Diesseits zurückfallen ließ. Dass Thalestris versuchte, ihn anzumachen, war er gewohnt.

Neu war, dass er darüber nachdachte. Allerdings sah er ein anderes Gesicht vor sich.

Wenn Emily zurückkehrte, würde er ihr jedoch zuallererst erzählen müssen, dass ihr Zuhause nicht mehr existierte.

Vor Emily glitt die Wand nach unten. Dort – Kilometer unter ihnen – drehte sich die Erde. Scheinbar gemächlich, doch innerhalb von Minuten flogen sie vom Tag in die Nacht und wieder in den Tag.

Die Nacht leuchtete rot und blau.

Das Rot kam von gigantischen Feuern auf den Landflächen. Woher kam das Blau?

„Algen", sagte Jeremy. „Sie vermehren sich und ersticken alles andere Leben in den Ozeanen. Es sieht hübsch aus, findest du nicht?"

„Ich verstehe nicht."

„Hast du nicht zugehört? Das ist die Zukunft. Die Erde ist am Ende. Menschen gibt es kaum noch. Nahezu alle Säugetiere und Fische sind kurz davor, auszusterben. Es gibt noch diese Algen und ..."

„Kakerlaken", murmelte Emily. Sie fand keine Städte mehr auf der Erde. Kein künstliches Licht. „Wie ist das passiert?", fragte sie. „Wie weit sind wir in der Zukunft?"

Die Wand schloss sich wieder. Jeremy zog einen Stuhl heran. „Keine zehn Jahre." Er wartete einen Moment, damit Emily verdauen konnte, was er da sagte. „Ich mache dir nichts vor – so hätten die Menschen die Erde auch selbst hinbekommen. In dieser Geschwindigkeit jedoch war es das Werk deines Traumfängers."

„Wie meinst du das?"

„Du warst tot und er hat – wie soll ich es ausdrücken – die Fassung verloren. Er war sowieso gerade in der Stimmung."

Emily suchte nach Anzeichen dafür, dass Jeremy sie anlog. Immer hatte sie sich eingebildet, dass sie andere Menschen durchschauen konnte. Auf dem Plateau beim Kampf gegen Balor war sie sich absolut sicher gewesen, dass Jeremys Drohungen haltlos waren. Doch jetzt? „Du lügst", sagte sie trotzdem.

Er stand auf und trat zu ihr. Ein Metallstab blitzte in seiner Hand. Emily hörte ein Knistern. Dann war nur noch Schmerz.

„Du hast mich nicht Lügner zu nennen", sagte Jeremy, als Emily aufhörte zu zucken. „Du bist nicht hier, um zu diskutieren oder Zweifel anzumelden. Ich zeige dir das, damit dir klar wird, wie klein ihr alle seid. Du sollst vor dem Tod noch in die Hölle, verstehst du? Und tot bist du dort unten auf der Erde längst."

„Bullshit", stieß Emily hervor.

Sekundenlang musterte Jeremy sie wie ein ihm unbekanntes Insekt, dann hielt er abermals den Elektroschocker an ihre feuchte Haut. „Mir scheint, du brauchst für Manches etwas länger."

„Fuck you!" Der Schmerz raubte ihr die Sinne, aber Emily trat trotzdem zu. Sie traf, hörte ein Scheppern und zwang sich, Luft zu holen.

Jeremy ballte die Fäuste, drehte sich dann aber um und ging fort in die Schatten. „Ich habe keine Eile", rief er zu ihr zurück. „Du wirst dich sowieso bald beruhigen, dafür sorgt meine kleine Spritze von vorhin. Wir unterhalten uns wann anders weiter."

Alles Licht erlosch. Etwas kratzte im Hintergrund – wie Fingernägel auf nacktem Felsen. Ein Wimmern gesellte sich hinzu, leise und monoton in einer Endlosschleife. Das Baby bewegte sich. „Bleib bei mir", flüsterte Emily. „Bitte, bleib bei mir."

Immo saß vor dem Kamin auf dem Boden, die Arme um die Knie geschlungen. Gegen sein Zittern half auch die Wolldecke nichts.

„Es war eine Falle", sagte der Krieger. „In dem Moment, als der Anrasati geschlagen war, ist ein Meteorit abgestürzt. Er war mit ihm verbunden. Ohne Emily hätte ich nie Zeit zum Reagieren gehabt. Robert wäre in jedem Fall tot – ich mit großer Wahrscheinlichkeit auch. Sie hat wahrscheinlich gar nicht nachgedacht, als sie im Diesseits aufgetaucht ist. Trotzdem war Pandamator viel zu schnell zur Stelle. Er wusste es!"

„Ich spüre sie nicht mehr", sagte Immo. „Und ich habe sie immer gespürt. Seit ich existiere. Aber sie ist weg. Sun – sie ist weg!"

Duncan schwieg. Er wagte es nicht, dem Traumfänger nahe zu kommen.

Die Fesseln schmerzten Emily längst nicht mehr. Ihre Arme waren taub. Ihre Beine wollten sie nicht mehr tragen vor Müdigkeit. Das, was sie bei Verstand hielt, war das ständige Spüren hin zu dem vertrauten Flattern im Bauch. Zu ihrem kleinen Vogel, der längst kein Schmetterling mehr war.

Wurde er schwächer? Schlief er wirklich nur?

Sie konnte sich selbst nicht mehr spüren.

„Komm zurück", sagte sie einmal mehr in die Dunkelheit hinein. Alles war besser als diese Einsamkeit. „Ich tu alles, was du willst. Bitte!"

Ihr traumloser Halbschlaf endete, als jemand sie in die Seite stieß. Im grellen Licht blieb Emily blind, bis ihre Augen sich angepasst hatten. Jeremy stand vor ihr, einen Scheinwerfer in der Hand. „Eine einzige Frechheit, und ich lasse dich hier hängen, bis du tot bist. Allein."

„In Ordnung."

„In Ordnung? Mehr fällt dir nicht ein?"

„Ich werde nicht frech sein. Es tut mir leid!"

„Gut." Er bückte sich, hob einen langen Stock auf und ließ ihn durch die Luft peitschen. Emily gefror.

Dies war nicht einfach nur ein Geräusch – dies war eine Erinnerung.

„Ich werde dich trotzdem bestrafen müssen."

Jeremy schlug zu.

Miso war heiser. Die Zahlen waren jetzt so klein, dass sie nur noch einen Atemstoß brauchten. Doch bei der Null war es noch nicht überstanden. Nicht für sie.

„Es tut mir leid", flüsterte Miso in die Leere des Zimmers. „Aber du musst das noch sehen. Es geht nicht anders, sonst haben wir jede Chance verspielt."

Emilys Körper brannte. Der Stock hatte sie sogar im Gesicht getroffen. Ein Ohr war taub.

„Das genügt", sagte Jeremy. „Wenn du brav bist, ersparst du mir und dir mehr davon." Er musterte sie und setzte sich wieder auf einen Stuhl. „Der Anblick wird für den Traumfänger auf jeden Fall reichen. Ich habe ihm die Seele gestohlen, wusstest du das? Er kann mich nicht finden, weil diese Halle wie ein Luftballon in einer Zeit hängt, die euch nicht zugänglich ist. Und die Schnur des Luftballons wird festgehalten. Von Miso. Über Miso kann ich von hier aus auf eure Gegenwart zugreifen – ohne dass ihr eine Chance habt, mich zu erreichen. Ich weiß übrigens, dass es Immo jetzt schon wahnsinnig macht, dich nicht finden zu können. Vielleicht muss ich deinen toten Körper gar nicht zurückschicken? Aber das werde ich tun. Ich will die Geschichte nicht verändern. Alles geschieht so, wie es aufgeschrieben ist."

„Wie hast du es geschafft, der Zeit zu entkommen?", fragte Emily.

Jeremy lachte. „Das wüsstest du gerne. Aber ist es wirklich so schwer zu erraten?"

In Emilys Unterleib rührte sich etwas. Ein Schmerz baute sich auf, rollte heran und raubte ihr den Atem, ließ nach und verschwand.

Es war das erste Mal, dass sie eine Wehe spürte.

Jeremy löste die Ketten. Emily fiel zu Boden.

„Es geht los", sagte er. „Dein Körper merkt, dass etwas nicht stimmt, und stößt als Erstes den überflüssigen Esser ab. Ich glaube, die Fesseln brauchst du jetzt nicht mehr."

Emily wich vor dem Messer zurück, das vor ihren Augen auftauchte. Doch Jeremy grunzte nur verächtlich und griff nach den Seilen an ihren Handgelenken. Schon setzte er an, sie durchzuschneiden, als er innehielt, sie losließ und sich aufrichtete. Emily folgte seinem Blick.

Ein Mädchen trat aus den Schatten, verhalten und gebückt, die verfilzten schwarzen Haare vor dem Gesicht. Es presste etwas an sich. Mit einem Zornesschrei sprang Jeremy zu dem Kind und schlug es so heftig ins Gesicht, dass es zu Boden ging. Über die Steine schlitterte ein Buch bis fast zu Emily.

Blau, indigo, violett.

Jeremy zerrte das Kind in die Schatten zurück. Es schrie, zappelte und trat um sich.

In Emily entfaltete sich ein Licht. Das Gesicht des Traumfängers erschien vor ihr, doch die Stimme in ihrem Kopf gehörte nicht ihm. „Ich bin Miso, Emily. Die Verbindung hält nicht lange, du musst dich beeilen! Stell jetzt die Frage und lass dich fallen. Du musst wissen, wer ich bin. Wer ist Miso? Lass dich fallen!"

Die Fesseln waren noch da, aber nicht sonderlich fest. Die Taubheit verschwand und brachte den Schmerz zurück, Angst und Zorn. Was würde Jeremy dem Kind antun? Sie sollte ihnen hinterhereilen und der Sache ein Ende bereiten. Ihn töten, hier und jetzt!

Doch ihr Blick hing auf dem Buch und ihr Herz schrie sie an, dass sie tun musste, was die Stimme sagte.

Die Frage stellen: Es war soweit. An diesen Punkt hatte ihre alte Seele sie geführt, um sie jetzt retten zu können.

Auch Jeremys Gift konnte sie nicht von den Tiefen unter der Falltür in ihrer Wüste abschirmen.

„Wer ist Miso?", rief Emily und fiel zurück in Nebel.

„Halt dich an mir fest", sagte Hani. Emily griff nach seinem Gewand. Sie taumelte. Als sie ihr Gleichgewicht gefunden hatte, sah sie eine vertraute Umgebung aus der Vergangenheit: das Wohnzimmer ihres Elternhauses. Mit acht Jahren hatte sie diesem Raum den Rücken zugekehrt und war seither nicht wieder hier gewesen. Er kam ihr kleiner und dunkler als früher vor. Unter dem Tisch kauerte ein Mädchen – vielleicht sechs Jahre alt –, das ihr schmerzlich vertraut vorkam. „Wo bin ich hier?", fragte Emily tonlos, obwohl sie die Antwort bereits kannte.

Dies war der Bereich in ihrem Inneren, den sie bislang vor sich selbst versperrt hatte.

Der Kopf des Mädchens fuhr nach oben. Helle Augen weiteten sich. Es krabbelte hervor. „Hallo", sagte es. „Das hier hast du gemacht. Und jetzt bist du alt."

„Alt? Na, danke." Ihre Beklemmung verschwand. „Kannst du mir mehr erklären?"

Das Mädchen zuckte mit den Schultern.

„Wir sind unter der Falltür in der Wüste", sagte Hani. „Nur für uns existiert Zeit. Von außen betrachtet vergeht keine Sekunde. Und das ist gut so, denn im Außen würdest du mit dem Sterben einfach weitermachen. Jetzt bleibt uns ein wenig, um uns umzuschauen. Dann können wir Pläne schmieden."

„Allmählich fühle ich mich von der Zeit verfolgt." Emily streckte die Hand nach dem Mädchen aus. Einmal mehr fiel ihr auf, dass sie keine Fotografien von sich selbst besaß aus dieser Zeit. Doch diese Augen – die Locken. „Du bist ich", flüsterte sie und streckte ihre Hand aus. Das Mädchen schüttelte den Kopf. „Du kannst nichts berühren. Nicht eingreifen."

„Aber ich rede mit dir."

„Das ist – etwas anderes. Ich kann es nicht erklären. Aber du musst jetzt mitkommen. Du hast die Frage gestellt."

Emily blinzelte. Natürlich. Wer ist Miso?

Die Antwort war hier?

Immo stand am Rand der Klippe. Wärme durchfuhr ihn und verschwand im nächsten Augenblick.

Miso!

Miso hatte Kontakt zu Emily.

Sie starb.

Er fand sich auf dem Rücken liegend wieder, die Hände vors Gesicht geschlagen.

Er fiel.

Zwischen Wohnzimmer und Küche stand die Tür zum Keller offen. Das Tageslicht hatte sich die Stufen dahinter noch nie hinabgetraut. Die junge Emily drückte auf einen Schalter und trat zur Seite.

„Nur ihr beiden", sagte sie. „Ich bin schon unten."

Emily roch ihren eigenen Schweiß. Bis zuletzt hatte sie damals die schmale, spärlich beleuchtete Treppe gemieden. „Ich gehe vor, wenn du willst", sagte Hani und wartete ihre Antwort nicht ab.

Auch das Gewölbe wirkte niedriger als früher. Vereinzelt hingen Lampen an Kabeln von der Decke und bewegten sich im Luftzug. Die Schatten wurden lebendig.

„Sei mal leise!" Hani blieb stehen und legte den Finger an die Lippen. Aus einem geschlossenen Raum drang ein Wimmern. Emily näherte sich der Tür und lauschte.

Nein, das war nicht nur das Wimmern eines einzelnen Kindes. In diesem Raum befanden sich zwei Kinder.

Die Luft blitzte und Hani trat heraus. Er packte Immo und zog ihn in die Höhe. „Du musst Miso holen und unter die Falltür in Emilys Wüste bringen. Jetzt sofort. Fragen kannst du hinterher."

Sein Gesicht war aschfahl.

Schritte.

Jeremy kam die Treppe hinunter. Entsetzt wich Emily zur Seite. Doch er beachtete sie nicht. Er sah jünger aus, das Haar noch nicht schütter. In der einen Hand hielt er einen Scheinwerfer, in der anderen einen langen Stock. Als er einen Schlüssel in das Türschloss steckte und drehte, erklangen aus dem Raum spitze Schreie. Jeremy stieß die Tür auf und leuchtete in den Raum.

Die junge Emily stand gebeugt da. Sie presste ein zerschlissenes Stofftier an ihre Brust. Ein älteres Kind hatte den Arm um sie gelegt. Es trug ein verwaschenes Spitzenkleid und seine dunklen Haare lang. Das Gesicht war das eines Jungen. Dieses Gesicht blickte in das blendende Licht hinein und fletschte die Zähne. „Ich hasse dich!"

Jeremy stellte den Scheinwerfer auf den Boden. Bevor er die Tür schließen konnte, folgten Hani und Emily ihm in den Raum. Das Kellerfenster war zugemauert. Eine Lampe gab es nicht. Jeremy packte das ältere Kind am Arm und zerrte es von der jungen Emily weg. „Dann du zuerst, Mia-Sophie."

In Immo zerbrach etwas, als er Miso in die Augen blickte. Nie hatte er Vergleichbares von einer menschlichen Seele empfangen. Verwundet waren sie oft, traurig, gequält – aber diese war in der Mitte durchgerissen, und die eine Hälfte verlor sich im Nichts.

„Du bist da", flüsterte Miso.

Der Traumfänger schüttelte seine Erschütterung ab. „Ich bringe dich fort", sagte er. Die zierliche Gestalt auf den weißen Laken schloss die Augen. Sie hing schlaff hinunter, als Immo sie hochhob und mit ihr gemeinsam in einem Wirbel verschwand.

„Sieh nicht hin!" Hani riss Emily an sich und hielt ihr die Augen zu. Ihre Schockstarre wich.

Schläge. Schreie und ein Keuchen, das Emily zum Würgen brachte. Sie presste sich so dicht an den Derwisch, dass sie nur noch ihn wahrnahm. Er legte seine Hände an ihre Ohren. Die Hölle verstummte.

Dann war es vorbei. Die Mädchen lagen auf dem Boden, ihre Hände ineinander verschränkt. Jeremy bückte sich und hob Emilys Stofftier auf. Zwei-, dreimal warf er es in die Luft. „Das war's für dich", sagte er. „Von dir brauche ich nicht mehr. Morgen verschwinde ich und nehme Mia-Sophie mit mir. Zusammen mit diesem Teil deiner Seele."

Abermals warf er das Stofftier hoch, doch diesmal fiel es wie in Zeitlupe. Emily starrte es an.

Es war eine graue Katze.

„All das hier wirst du vergessen", sagte Jeremy. „Auch deine Schwester. Die vor allem."

Schon hob er seine Hand wie zu einer Beschwörung, als – „Halt!" – die junge Emily aufschrie und jede Bewegung im Raum stoppte. Dann trat Hani aus dem Körper des Kindes, ging vor ihm in die Hocke und streichelte das versteinerte Gesicht. „Somit wäre auch das geklärt", murmelte er. „Damals bin ich erwacht in dir, damit ich heute zurückkehren kann. Ich schaffe diesen Raum heute für uns, damit er schon seit damals existiert. Diese Erinnerung muss bewahrt werden. Sie ist, was uns gefehlt hat."

Emily drehte sich um. Hinter ihr war der Derwisch verschwunden. Sie suchte noch einmal die graue Stoffkatze. Jeremys erstarrter Blick hing auf ihr wie auf einem Schatz.

Er hatte auch ihr einen Teil der Seele gestohlen. Auch von ihr hatte er Fähigkeiten übernommen, die er nicht haben durfte. Das war die Antwort darauf, wieso er durch die Zeit flüchten konnte.

Sie war wieder da. Immo stand in ihrem Inneren. Doch über der Wüste hingen schwarze Wolken. Die Farben schwanden. Es wurde grau.

Dieses Selbst lag im Sterben.

„Wie kann ich das denn vergessen haben?" Emily kauerte neben den bewegungslosen Kindern.

„Er wollte es so", sagte Hani.

„Ich hätte ihn töten sollen."

„Er wird sterben."

„Aber wann?" Emily schrie auf und warf sich gegen die Kellerwand. Sie spürte nichts. „Erst, nachdem ich tot bin? Nachdem mein Baby tot ist? Hol ihn aus mir heraus, Hani! Hol ihn raus!"

„Das kann ich nicht", sagte der Derwisch. „Nur der Gedanke an ihn ist in dir. Halte ihn unter Kontrolle, hörst du? Gib dich nicht dem Hass hin! Du brauchst diese Kraft für dich selbst. Du musst um euer Leben kämpfen!" Er griff nach Emilys Arm, um ihre Aufmerksamkeit auf sich zu ziehen. „Wir sind alle in Gefahr. Miso ist in Gefahr. Wenn Jeremy mitbekommt, dass Miso uns geholfen hat, wird er nicht mehr zu halten sein. Der Traumfänger muss Miso aus der Klinik holen und hierherbringen. Jeremy kann hier nicht rein!"

„Immo wird gar nichts tun, wenn er mich so sieht."

„Dann gehe ich zu ihm. Wir teilen uns. Du wirst dem Krieger vor die Füße fallen. Er wird wissen, was er zu tun hat."

„Zweifellos", sagte Emily leise und betrachtete die Spuren der Gewalt auf ihrem Körper. „Wie viel Zeit, glaubst du, bleibt uns noch?"

Viel konnte es nicht sein. Als sie in die normale Zeit zurückkehrte, schleuderte der Schmerz sie fast in die Ohnmacht. Emily wurde von Krämpfen geschüttelt.

„Zu Duncan!", erinnerte Hani sie, bevor er verschwand. Sie dachte nur noch den einen Namen und ließ sich fallen. Moos federte ihren Sturz. Sie hörte einen Ruf, dann wollte sie jemand in die Höhe ziehen.

Emily schrie auf. Der Krieger kniete sich zu ihr und nahm sie in die Arme. Er streichelte und wiegte sie. „Es ist gut", flüsterte er an ihrem Ohr. „Ich bin da, es ist gut. Lass los, ich kümmere mich um dich."

Er hob sie erst hoch, als sie nicht mehr bei Bewusstsein war.

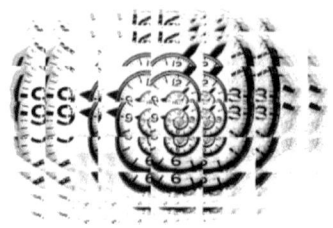

Scott saß vor dem Fernseher, als sein Handy brummte. Er starrte auf die Textnachricht. Ohne Eile schaltete er den Fernseher aus, ging in die Küche, erledigte den Abwasch und stellte eine Waschmaschine an. Minutenlang stand er am Fenster und sah in die Dämmerung. Dann holte er eine Axt aus dem Gartenschuppen. Im Keller schlug er damit auf seine Computer ein – so lange, bis nur noch Schrott übrig war. Den verstaute er in zwei großen Müllbeuteln.

Er duschte.

Aus der hinteren Ecke seines Kleiderschranks zog er eine Sporttasche. Er sichtete ihren Inhalt und verschloss sie wieder.

Er entriegelte die Terrassentür.

Alle Lichter im Haus gingen aus. Scott warf die Sporttasche auf den Beifahrersitz seines Autos und die Müllbeutel in den Kofferraum. Er machte einen Umweg, hielt an einem abgelegenen Flussstück und warf die Beutel dort ins Wasser.

In der Klinik waren alle versammelt.

Miso war verschwunden.

Jeder hier wusste das – und jeder stand in seinem eigenen Angstschweiß. Doktor Chang war berüchtigt dafür, ihren Zorn großzügig zu verteilen.

„Die Überwachungskameras haben nichts aufgezeichnet. Das Zimmer war nach wie vor verschlossen."

Scott hielt sich am hinteren Ende des Raumes. Er stellte die Sporttasche auf den Boden und öffnete sie. Er holte einen dicken Gürtel heraus und schnallte ihn um.

„Ich kann Ihnen versichern, dass ich nicht an Spukgeschichten glaube. Im Moment glaube ich jedoch fest daran, dass Sie alles daransetzen werden, Miso schnell wiederzufinden."

Scott nahm das Sturmgewehr aus der Tasche, entriegelte es und stieß einen Kampfschrei aus. Kurz genoss er die Panik, die Schüsse und das Blut.

Lange hatte er sich nicht mehr so lebendig gefühlt.

Zuletzt aktivierte er den Sprengstoff in seinem Gürtel und machte das Spring Memorial Hospital dem Erdboden gleich.

In einem Krankenhaus am anderen Ende der Welt verließen die ersten Katastrophenopfer ihre Betten, um nach Hause zu gehen. Doktor Nadja Prokowa wertete das als Erfolg. Davor waren die Leute in den Betten noch gestorben. Jetzt kehrte etwas wie Routine auf die Stationen zurück. Zeit zum Luftholen.

Sollte sie weiter mitarbeiten? Eigentlich war sie krankgeschrieben. Nach diesem Meteoriteneinschlag war alles medizinische Personal mobilisiert worden, das zu finden war. Und sie merkte, dass es ihr trotz der Schwäche guttat, zu arbeiten. Leben zu retten.

In ihren wenigen optimistischen Momenten stellte Nadja sich vor, dass sie genug positives Karma sammeln würde, um selbst gerettet zu werden.

Das Piepen nervte und wurde immer lauter. Emily schlug die Augen auf. Sie sah über sich ein Zelt, also sollte sie bei Haiowatha sein. Aber sie lag in einem Bett aus Metall. Schläuche verbanden sie mit Infusionsflaschen. Klobige Apparate wirkten so fehl am Platz wie das Surren eines Elektromotors.

Und dann dieses Piepen! Es kam von einem Monitor. Bunt blinkend zeigte er an, wie sehr Emily lebte.

Eine Kunststoffmaske über ihrem Gesicht trennte sie von echter Luft. Wie konnte irgendjemand das im wachen Zustand aushalten? Emily zerrte die Maske ab, atmete und suchte nach etwas anderem als dem Geruch von Plastik und Desinfektionsmitteln.

Haiowathas Kräuter. Die Sorge des Kriegers. Das Meer.

Immo umarmte sie und die Erinnerung loderte auf.

„Was ist mit dem Baby?"
Emily zitterte am ganzen Leib. Was, wenn sie in sich hineinfühlte, und da wäre nichts?
„Es geht ihm gut!" Noch einmal drückte Immo sie fest an sich. Und da war er: ihr kleiner Vogel. Als hätte er geahnt, dass sie ihn jetzt brauchte – ein Zeichen von ihm. Alles würde gut werden!
„Wie lang ist es diesmal her?"
„Du bist vor zwei Wochen zurückgekommen."
Allmählich beruhigte Emily sich. Zwei Wochen waren nicht die Welt. Nicht als Folge dessen, was gewesen war.
„In deinem Körper war Gift, Haiowatha konnte dich nicht heilen. Wir haben die Ärztin geholt, die Duncan gerettet hat. Nadja, du erinnerst dich. Sie wusste, was zu tun ist – wir mussten ihr nur die Geräte dafür beschaffen. Sie hat dein Blut ausgetauscht und herausgefunden, wie das Gift funktioniert."
Seine Worte plätscherten an Emily vorbei. Nichts von all dem war wichtig. Ihr Baby lebte! Stumm presste sie sich an Immo, bis der Nebel im Kopf verschwand. „Was ist vorher passiert? Als er mich geholt hat?", fragte sie schließlich und löste sich aus der Umarmung. Sie sah das müde Gesicht von Duncan und das Grau in Immos Miene. Der Krieger kam näher. „Du hast uns gerettet. Robert und mich." In seiner Stimme schwang Ehrfurcht mit. „Der Junge lebt und ist in Sicherheit. Aber der Tod des Anrasati hat eine Falle ausgelöst." Er zögerte. „Einen Meteoriten. Er ist auf deinen Wohnwagen gestürzt. Dort ist alles zerstört."
„Was?"
„Dein Wohnwagen. Er ist weg. Alles ist weg."
„Alles?"
„Der See. Der Campingplatz. Häuser am Stadtrand."
Die Botschaft sickerte nur allmählich in Emily hinein.
„Verarsch mich nicht."
„Es tut mir leid." Duncan blinzelte. „Ich hätte mit sowas rechnen müssen."

Emily fiel zurück auf ihr Kissen und starrte zur Decke. Konnte das wahr sein? „Vielleicht hättest du, vielleicht auch nicht", sagte sie, ohne recht zu wissen, was sie sagen oder denken sollte. „Ich war bei Jeremy in der Zukunft. Vermutlich wisst ihr das schon."

Die Blicke der Männer bestätigten ihre Vermutung. „Ich habe Miso aus der Klinik in dein Selbst gebracht", sagte Immo. „Unter die Falltür. Dort kann niemand Kontakt aufnehmen, auf keine Weise, dem du es nicht gestattet. Das bedeutet wohl, wir haben die Verbindung getrennt, die zwischen Jeremys Zukunft und unserer Gegenwart bestand. Ich habe mir angesehen, was er mit dir gemacht hat und was er dir erzählt hat."

Seine Stimme klang unbeteiligt, aber er sah zur Seite. Diesmal war Emily froh über seine Fähigkeit. „Kann es sein, dass Jeremy bis zuletzt genau wusste, was wann passieren würde?", fragte sie. „Nicht nur die grobe Geschichte, sondern auch die Details? Hätte er wissen können, dass Duncan Robert aufsucht und dass ich mich einmische? Dann hat er mit uns gespielt! Er konnte uns steuern, weil er wusste, was wir tun würden! Dann solltest du dort nicht sterben, Duncan. Dann wollte er nur mich hervorlocken. Und er dachte, dass ich sterben würde. Begreift ihr, was hier passiert? *Er dachte, dass ich sterben würde!*"

Duncan richtete sich kaum merklich auf. Immo zog seine Hand zurück. Seine nächsten Worte kamen vorsichtig. „Ich bin mir nicht sicher, ob ich es *ganz* begreife."

Emily funkelte ihn an. „Warum nicht?"

„Wir haben ein Problem. Ich kann mich nicht daran erinnern, mit dir in Kontakt getreten zu sein. Was bedeutet, dass es nicht geschehen ist. Und Miso konnte dir kein Bild von mir schicken – wir hatten uns zu dem Zeitpunkt noch nie gesehen." Der Traumfänger strich eine Falte aus seinem Rock.

„Das ist nicht alles", sagte Emily.

Immo nickte.

„Wenn es so ist, wie Jeremy behauptet – dass er alles wusste, was bis in seine Zukunft hinein geschehen ist –, dann hat er uns nicht gesteuert oder auf uns reagiert –, dann ist er einfach nur einem

Drehbuch gefolgt. Ohne eigene Pläne. Und das hat sich geändert. Erinnere dich an die Bilder, die du im Schlaf gesehen hast. Es ist so weit. Die Zeit ist zerbrochen. Du lebst und ich habe offensichtlich nicht damit begonnen, das Universum zu vernichten. Das heißt, es gibt jetzt zwei Zeitlinien. Eine in die Zukunft, die nicht mehr existiert, und eine in die Zukunft, die stattdessen sein wird. Die erste ist explodiert. Ihre Scherben reißen Löcher in alle andere Zeit. Und die neue Zeit fühlt sich – schwach an. Nicht stabil."

„Warte!" Emily hob die Hand. „Nochmal zurück. Dieser Moment, als die andere Zeit – explodierte, dürfte der sein, als ich lebend entkommen bin. Und an den erinnerst du dich nicht, obwohl du dabei warst?"

„So ist es."

„Fuck." Sie schloss die Augen. „Das hört nie auf, oder? Ist die neue Zeit deshalb so schwach?"

Immo schwieg lange, bevor er antwortete. „Wir finden es heraus", sagte er.

Huang Lung schüttelte sich verärgert. Vermutlich ließen sie ihn nie wieder in Ruhe schlafen. Dass der Traumfänger an der Menschheit als Ganzes zu zweifeln begann, war ein tiefer Einschnitt in das Gleichgewicht des Universums. Dunkle Energie strömte aus Immos Zorn. Die Unschuld, die ihn einst stark gemacht hatte, war endgültig verschwunden. Er war alt.

Der Drache spürte, dass auch sein eigenes Leben verblühte. Sollte es so sein, dass die Existenz der Menschheit gleichzeitig mit seiner endete? So, wie sie gemeinsam begonnen hatte?

Nadja Prokowas Haare waren nachgewachsen. Sie genoss es, nicht mehr nur ihre Blässe wegzuschminken, sondern das Schöne zu betonen, das sie wieder sehen konnte.

„Hier hat noch nie jemand Stöckelschuhe getragen", spöttelte Haiowatha, doch er lächelte dabei.

„Hier hat auch noch nie jemand Blut gewaschen", sagte Nadja. „Meinst du, ich kann jetzt endlich zu ihr?"

Der Alte neigte den Kopf zur Seite und lauschte ins Nichts. „Ich denke, du hast ihnen genug Zeit gegeben, ja."

Emily saß aufrecht im Bett, die Wangen rosig, der Blick klar. Was für ein Unterschied zu dem zerschlagenen Wesen, das sie vor zwei Wochen vorgefunden hatte! Dort, wo Nadja herkam, wäre Emily ein Fall für die Polizei gewesen. Hier lagen die Dinge anders, wie sie inzwischen verstanden hatte.

Nein, korrigierte sie sich selbst. Alle Dinge lagen anders, als sie es jemals für möglich gehalten hatte.

„Ich würde Emily jetzt gerne untersuchen", sagte sie und streckte ihre Hand zur Begrüßung aus. „Freut mich, dass du wach bist."

„Mich auch." Emily ergriff Nadjas Hand und drückte sie. „Ich danke dir so sehr!"

„Und schon hast du den ersten Test bestanden." Die Ärztin lächelte. „Du hast Kraft in deiner Hand", sagte sie. „Das ist gut." Prüfend blickte sie auf den Monitor. „Auch sehr gut." Sie fühlte Emilys Puls, maß den Blutdruck und überprüfte ihre Reflexe. „Dein Baby spürst du?"

„Ja." Emily strahlte. „Ich kann kaum glauben, dass du es gerettet hast."

„Ich musste nur die Wehen abstellen. Das Gift war keine Gefahr, es hätte die Schranken zwischen euren Blutkreisläufen nicht durchdringen können." Nadja legte den kleinen Hammer aus der Hand und straffte die Schultern. „Du bist vollständig über den Berg. Von meiner Seite aus brauchst du dich auch nicht zu schonen. Mach so viel, wie du dir zutraust. Ich ziehe noch die Schläuche aus dir raus."

„Ernsthaft?" Natürlich: Duncan. Emily schnitt eine Grimasse.

„Eins vielleicht ..." Nadja wurde ernst. „Du hast etwas sehr Schlimmes erlebt. Etwas Traumatisches. Unterschätze das nicht. Versuche nicht, alleine damit klarzukommen."

Die gute Laune gefror auf Emilys Gesicht, doch nach einem Blick zu Immo schluckte sie hinunter, was sie sagen wollte.

Haiowatha saß noch am Feuer und rauchte Pfeife. Nadja setzte sich zu ihm und nahm seine ausgestreckte Hand. „Es geht ihr gut." „Ich weiß." Der Alte blies einen Rauchkringel in die Luft. „Ich lasse ihnen Zeit. Sie muss viel verdauen, da bin ich fehl am Platz. Später bringe ich ihr einen Tee." Er sah die Ärztin an. „Was brauchst du, meine Liebe?"

Nadja lehnte den Kopf gegen seine Schulter und sah in die Flammen. „Für mich ist alles perfekt, wie es jetzt ist."

„Ich werde nicht viel hier sein können." Immo saß auf der Bettkante. Sein Gesicht sprach Bände: Er hasste, was er gerade sagte. „Ich bin nicht in Hochform zurzeit, und diese Sache braucht meine ganze Aufmerksamkeit. Ich muss ins Traumfängerbewusstsein."

Abermals schluckte Emily hinunter, was sie eigentlich sagen wollte. „In Ordnung", erwiderte sie stattdessen. „Wir kommen klar."

Sein Kopf sank in ihren Schoß. „Danke. Dann ist da nur noch eins ..."

Duncan räusperte sich. Immo zögerte, dann richtete er sich wieder auf. „Wenn es wahr ist, dass ich dich erreichen konnte – ist dann auch Merula wirklich dort? Bei ihm?"

„Du wolltest damit warten", sagte der Krieger.

Emily schloss die Augen und holte die Erinnerung an das zerschundene Mädchen zurück, das aus den Schatten getreten war. „Ich denke schon", sagte sie leise.

Immos stand auf und umschlich das Krankenlager wie jemand, der sich bei jedem Schritt daran erinnern muss, wie man einen Schritt macht. „Es tut mir leid", sagte er schließlich. „Du hast recht, Sun – das muss warten. Wir müssen uns um die Gegenwart kümmern."

„Zu der Jeremy keinen Zugang mehr hat", nickte Duncan. „Er sitzt in seiner Blase in der Zukunft fest, weil Miso ihn nicht mehr in der Gegenwart hält. So viel er auch zerstört hat, im Moment haben wir Ruhe vor ihm. Und das müssen wir ausnutzen."

Der König der Drachen ließ die Erdatmosphäre hinter sich. Das Tor, zu dem er wollte, war nur durch den leeren Raum des Alls zu erreichen.

Seit der Traumfänger von jenem Gestank gesprochen hatte, der die ganze Welt umhüllte, zupfte eine Erinnerung beharrlich an seinen Nerven. Eine alte – nein uralte Erinnerung.

Huang Lung fürchtete niemanden. Er wüsste nicht einmal, wen in diesem Universum er als seinen ärgsten Feind bezeichnen sollte. Wenn er an sein Ziel dachte, war er sich jedoch sicher, dass er dorthin immer nur alleine fliegen würde. Ob Freund oder Feind: Nur die Einsamkeit schützte einen dort vor Gefahr.

Das Holz stöhnte und zerbrach in den Flammen. Emily spürte die feinen Stiche der Funken auf ihrer Haut und lauschte dem Knistern. Haiowatha saß ihr gegenüber im Schatten. Tage waren vergangen. „Du siehst nicht mehr so erschöpft aus", stellte der Alte fest. „Morgen kannst du den See zweimal umrunden."

„Sicher", entgegnete Emily. „Oder ich lasse es."

„Du solltest auf den Krieger hören."

„Ich höre auf mich selbst. Ich werde während der Geburt schließlich auch nicht um den See laufen. Aber es stimmt – langsam fühle ich mich wieder fit."

Haiowatha kommentierte das nicht. Die Glut seiner Pfeife glomm auf, als er einen Zug tat, und beleuchtete die Belustigung in seiner Miene. Emily nippte an ihrer Tasse. „Was meinst du – sollte ich Miso besuchen?"

„Schwer zu sagen. Im Moment ist Miso von der Zeit abgeschnitten. Du hast gehört, was Immo erzählt hat. Vielleicht solltest du Miso diese Gnade gönnen."

„Ist es nicht egal, wann Misos Zeit weiterläuft?"

„Nicht, wenn du statt mit Düsternis mit Hoffnung kämest."

„Hm", machte Emily. „Vielleicht dauert mir das aber zu lange. Ich bin eine Schwester! Und noch kann ich das nicht glauben! Wie sollte ich, wenn ich Miso nicht treffen kann?"

Haiowatha blies Rauchringe zu ihr hinüber. „Du bist fit, kein Zweifel."

Die Luft teilte sich. Duncan setzte sich zu Emily, nahm ihr die Tasse aus der Hand und trank den Tee in einem Zug. Den letzten Schluck spuckte er ins Feuer. „Zucker?"

„Um Himmels Willen", ätzte Emily. „Nicht, dass du verweichlichst."

„Schlechte Laune?"

„Leck mich."

Haiowatha kicherte. „Sie langweilt sich, Krieger. Das ist ein gutes Zeichen."

„Richtig. Emilys miese Stimmung ist der Inbegriff eines guten Zeichens." Lachend rückte er von ihr ab, als sie ihn boxen wollte. „Lass mich, ich muss erst noch andere Wunden lecken."

Emily beugte sich zu ihm. „Hast du ihn gefunden? Hast du ihn umgebracht?"

„Das war schon erledigt." Duncan wurde ernst. „Der Anrasati, den Immo in der Nähe von Miso wahrgenommen hat, ist Geschichte. Er hat seinen Menschen dazu gebracht, die ganze Klinik in die Luft zu sprengen und sich selbst dazu. Ein schlechter Verlierer, wenn du mich fragst. Nein." Er schöpfte neuen Tee aus einem Kessel und reichte Emily ihre Tasse. „Ich habe einen anderen Anrasati gestellt. Und offenbar sind sie alle mit einer Falle versehen."

„Was hast du kaputtgemacht?"

Der Krieger schnaubte. „Danke für dein Vertrauen."

Der Privatjet hatte das Rollfeld gerade erst verlassen und nahm Höhe auf. Wyatt Brown öffnete die Whiskyflasche. Nach einem Treffen mit dem Kampagnenmanager der Abteilung C trank er mehr als sonst. Die verfluchten Klimaaktivisten saßen ihnen im Nacken. Es wurde immer schwieriger, sie öffentlich zu demontieren. Zweifel sähen, Nebenkampfplätze eröffnen, Ablenkungsmanöver ... Wöchentlich musste die Öl-Lobby ihre Strategien anpassen. Schnell sein. Gelegenheiten erkennen. Wyatt Brown hätte gerne andere Maßnahmen ergriffen. Eines der Drecksblagen öffentlich hinrichten lassen zum Beispiel. Man hätte es den Arabern in die

Schuhe schieben können – die Scheichs waren auch nicht glücklich mit der wachsenden Umweltbewegung. Aber diese Idee war nicht gut angekommen.

„Wyatt Brown?" Der halbnackte Glatzkopf stand vor ihm wie eine Erscheinung. „Denk an jemanden, den du liebst!"

Es war der Krieger! Heulend tauchte der Dämon aus Wyatts Tiefe auf und übernahm das Kommando. Die Whiskyflasche zerschellte auf dem Boden. Duncan packte den tobenden Mann und zog ihn mit sich in die verwirbelnde Luft. Sie landeten in einer Wüste. Dort rammte der Krieger sein Schwert in Wyatt Brown. Anders als Robert hatte der keine Chance. Sein Körper starb schnell, doch der Anrasati gab sich nicht sofort geschlagen. In den Körper des Kriegers schlugen Blitze ein. Der Dämon versuchte, ihn zu umschlingen und so zu ersticken. Doch er kämpfte vergebens. Die Luft bebte von seinem Brüllen, als er starb. Diesmal zögerte Duncan nicht, sondern zog sich sofort in die Zwischenwelt zurück. Von dort aus beobachtete er, wie sich die Erde auftat und alles im Umkreis von hundert Metern in ein Loch riss.

„Sind das etwa Brandwunden?" Erschrocken betastete Emily die roten Flecken auf Duncans Körper. „Scheiße, die musst du kühlen! Das weiß sogar ich! Musst du immer den Macho geben?"

Wortlos stand er auf und verschwand in der Dunkelheit. Es platschte im See. Emily stöhnte. Haiowatha lachte. Minuten später kam Duncan zurück und setzte sich nass wie er war wieder neben Emily. „Rutsch mal."

Sein Duft ...

Von der Seite musterte sie ihn. Scheinbar konzentriert streifte er das Wasser von seinen Armen ab und schleuderte Tropfen ins Feuer. Wortlos rückte Emily dichter an ihn heran statt fort.

Haiowatha lachte nicht mehr. Er nahm einen tiefen Zug aus seiner Pfeife und schwieg.

Das Traumfängerbewusstsein zuckte vor Immo zurück wie ein verängstigtes Reh. Es war verwundet und kannte den Grund dafür nicht. Natürlich nicht. Schon seit Stunden suchte Immo nach Resten negativer Gedanken in sich selbst, die einer Verschmelzung im Wege standen. Allmählich fühlte er sich leer. Was besser war als die Wut zuvor. Besser auch als die Trauer, die ihn zu Boden gerissen hatte. Er brauchte Wärme. Doch der naive Glaube, dass seine Liebe diesmal bis in alle Ewigkeit geschützt wäre, hatte sich in Angst aufgelöst.

Er hätte sie beide fast verloren. Und das Kind dazu.

Das Kind. Wie nur sollte er ihm gerecht werden, in diesem Zustand? Wie könnte er jemals ein Vater sein, der den Namen verdiente? Er war ein Wrack!

Das Meer in seinem Inneren rauschte. Immo schmeckte Sand. „Lasst mich einfach hier sterben", flüsterte er ins Nichts.

„Noch lange nicht, mein Herz." Neben ihm sank Ama zu Boden. Ihr Körper war jung und stark. Sie legte ihre Lippen auf seine Brust und saugte sich fest. Immo keuchte vor Schmerz, dann vor Lust, drückte sie von sich und zog sie im nächsten Moment wieder heran – jetzt zu seinem Gesicht, um sie zu küssen. Heftig stieß sie ihren Atem in ihn hinein. Er trank von ihr, auch dann noch, als sie in seinen Armen schwächer wurde und zur bloßen Hülle. Als er die Augen öffnete, sah er eine Greisin, dem Tode nah. Doch in ihm selbst brodelte neues Leben. „Danke", flüsterte er und küsste Ama noch einmal auf die Stirn.

„Das nächste Mal tanzen wir wieder", lächelte die Alte und schloss die Augen.

Der Traumfänger war bereit.

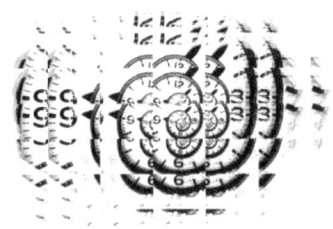

Immo war fort, und die Tage bei Haiowatha wurden zur Qual. Emilys Körper mochte fit sein, aber das schaffte vor allem eins: Raum für Erinnerung.

Zwar waren alle furchtbar nett zu ihr –, sogar Patricius kam vorbei und überreichte ihr mit steifem Rücken einen Korb voll frischem Obst und einstudierte Genesungswünsche –, aber aufheitern konnten sie weder ein Lagerfeuer noch der Krieger mehr.

„Du musst Geduld haben", riet Brenda ihr, als sie beobachtete, wie Emily ein T-Shirt verkehrt herum anzog und beim bloßen Versuch, es umzudrehen, in Tränen ausbrach. Das zornig zerknüllte Shirt traf die Drachenhüterin im Gesicht.

„Wie lange denn noch?", fauchte Emily. Ungerührt kam Brenda zu ihr und half ihr beim Anziehen. „Bis du eines Tages aufwachst und es vergessen hast", sagte sie.

„Wenn du mich fragst, solltest du vor allem erstmal von hier verschwinden", kam der Rat von Duncan. „Kein Wunder, dass du durchdrehst. Alle behandeln dich, als wärst du immer noch krank. Bei mir löst das auch Allergien aus."

Also kehrte Emily zurück in Immos Reich. Dem Mitleid der anderen entkam sie so, nicht aber der Stille.

Und die Stille war der Specht, der nach den morschen Stellen suchte.

Die Welt hatte Zeit gewonnen. Emilys Baby lebte und wuchs. Sie waren beide entkommen.

Sie hätte Jeremy töten sollen!

Es verging keine Minute am Tag, in der Emily nicht an das Mädchen dachte, an Merula. Das rote Kleid, in dem sie einst geflogen war: zerfetzt. Und die blitzenden Augen stumpf und trübe.

Draußen verschluckte Nebel den Blick. Der Ozean schwieg.

„Ich kann das alles nicht abschütteln. Ich bekomme die Bilder nicht aus dem Kopf", hatte der Traumfänger zuletzt gesagt. Er meinte etwas anderes als Emily, aber sie konnte ihn trotzdem gut verstehen.

„Wohl eher nicht aus dem Herz", sagte Duncan.

Immo schwieg lange. „Das stimmt."

Danach sprach er gar nicht mehr. Er verbrachte die Nacht mit Duncan, anschließend verschwand er.

Und jetzt stand Emily an den Klippen, sah auf eine dichte Nebelwand und fühlte sich vom Ozean genauso zurückgewiesen wie von Immos nach innen gekehrtem Blick.

„Er ahnt etwas und muss sich konzentrieren", war alles, was Duncan dazu sagte.

„Anscheinend brauche ich nicht nur Geduld für meinen eigenen Kram. Ich verstehe ihn immer noch nicht so gut wie du."

„Keine Ahnung. Ich verstehe, dass es dir wehtut. Er ist nicht sonderlich aufmerksam, wenn er etwas wittert."

Gab es Bewegung in der weißen Wand?

„Danke", sagte Emily. „Kann ich meinen Wohnwagen sehen?"

Der Krieger stutzte kaum. „Es gibt da nichts mehr zu sehen."

„Komm schon, du weißt, was ich meine."

„Was versprichst du dir davon?"

„Ich weiß nicht. Begreifen. Einen Abschluss. Ich drehe hier durch, Duncan."

„Verstehe. Willst du alleine gehen?"

„Steht das zur Wahl?"

Der Krieger sah überrascht aus. „Wieso denn nicht? Ich wüsste nicht, von welcher Seite dir Gefahr drohen sollte. Ich bin mir sicher, dass Jeremy und Pandamator nicht mehr in unsere Zeit können. Und ein bisschen kannst du inzwischen wohl auch auf dich selbst aufpassen."

„Heißt das, du hörst auf, mich zu beglucken?"

„Ich bin in diesem Universum der Wächter. Ich beglucke alle. Das ist meine Aufgabe."

„Entschuldigung."

Duncan zuckte mit den Schultern. „Wie auch immer – ich komme mit, wenn du es willst."

„Ich will", sagte sie rasch. Er nickte nur.

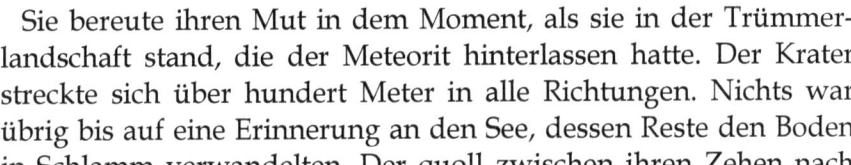

Sie bereute ihren Mut in dem Moment, als sie in der Trümmerlandschaft stand, die der Meteorit hinterlassen hatte. Der Krater streckte sich über hundert Meter in alle Richtungen. Nichts war übrig bis auf eine Erinnerung an den See, dessen Reste den Boden in Schlamm verwandelten. Der quoll zwischen ihren Zehen nach oben und roch nach Tod.

„Wie viele sind gestorben?", fragte Emily heiser.

Duncan bückte sich und hob einen Stein auf. „Elf Menschen", sagte er. „Zwei wurden bei einem Spaziergang erschlagen. Sechs hat es in ihren Häusern getroffen. Und drei starben bei einem Autounfall –, vermutlich, weil sie sich erschreckt haben."

Er reichte Emily den Stein. Sie nahm ihn, drehte ihn in den Händen und ließ ihn dann fallen, als habe sie sich verbrannt. „Ich will zurück!"

Im Reich des Traumfängers lief sie zu den Klippen und hielt ihre brennenden Augen in den Wind. „Alles ist weg. Einfach so. Elf Leben!"

Der Krieger stand dicht bei ihr. „Dein Wohnwagen. Er war dein Zuhause."

„Ich habe die Erinnerung."

„Das ist nicht dasselbe."

„Stimmt." Emily spie es hinaus. „Die meisten meiner Erinnerungen sind falsch."

„Nur die an deine Kindheit."

„Nur?" Entgeistert drehte sie sich zu ihm. „Nur? Meine Kindheit war schön in meinen Erinnerungen! Meine Mutter war für mich da und mein Vater ..." Sie krümmte sich unter einem Würgereiz.

Duncan wartete, bis sie sich wieder aufrichtete. „Alles Lüge", fuhr Emily fort. „Überzuckerter Scheißdreck. Wie konnte ich mir selbst noch glauben, nachdem ich Jeremy kennengelernt habe?"

Stumm sah der Krieger sie an.

„Ich dachte –", Emily lachte verbittert auf. „Ich dachte, dass mein Leben nach dem Tod meiner Mutter scheiße war. Aber hey – damals begann der gute Teil!"

„Er hat dich hierhergeführt", sagte Duncan ruhig.

Emily öffnete den Mund, schloss ihn wieder und drehte sich abrupt zurück zum Nebel. Ein wenig lichtete er sich und gab den Blick auf einen Teil des bewegungslosen Ozeans frei.

„Ich hatte mir was aufgebaut. Nur für mich."

„Ich kann dir nicht mehr raten als, schau nach vorne. Es wird leichter, ich verspreche es dir."

Über dem Meer flogen Vögel.

„Hast du gesehen, ob die Enten da waren?", fragte Emily leise. „Sind sie auch tot?"

Duncan ließ sich Zeit. „Ich weiß es nicht."

„Meine Notizbücher. Sie lagen auf dem Schreibtisch. Wieso habe ich sie liegenlassen?"

„Du durftest nicht zurück. Es war nicht deine Schuld."

„Die Flasche." Emily fuhr zum Krieger herum. „Die Rose, die Immo mir geschenkt hat! Es ist alles weg!"

„Komm her", murmelte der Krieger und zog sie in die Arme. „Komm her zu mir."

Er hielt sie so fest, dass sie loslassen konnte. Nur das Gefühl seiner Hand, die ihren Rücken streichelte, blieb.

„Lass uns ins Haus gehen", sagte er, als sie sich beruhigt hatte. „Ich will dir was zeigen."

Immo hatte sein erstes Ziel erreicht: In ihm war alles leer. Er spürte weder Abscheu noch Wut oder Verbitterung. So konnte er das Traumfängerbewusstsein betrachten, ohne dass es vor ihm zurückschreckte wie ein Reh. Noch nie hatte er es so verletzlich erlebt. Die zerschlagene Zeitlinie ritzte in das Gewebe der Gegenwart. Bruchstücke drängten sich in die Risse und versuchten, sie zu dehnen. Noch gab es keine offensichtlichen Auswirkungen auf das Diesseits – aber wie lange noch?

Aus der Zwischenwelt heraus beobachtete Immo die Menschen. Einzigartig jeder für sich, verworren im Zusammenspiel. Die einen in den Staub gedrückt, während die anderen ihre Gier in die Welt rammten und sie aussaugten. Der pausenlose, lichtdurchflutete Lärm der Megastädte erzeugte eigene Atmosphärenschichten. Auf den Handelswegen strömten Waren und Geld schneller zwischen diesen künstlichen Planeten als die Ideen, wie sich bei all dem Konsum der Erstickungstod vermeiden ließe. Die Vernetzung der reichen Welt war so dicht, dass scheinbar nichts sie brechen konnte und niemand es versuchen wollte. Dabei konnte jeder einzelne Mensch sehen, was auch der Traumfänger sah: In den Peripherien des Wohlstands starben Menschen und Tierarten gleichermaßen. Die Erde fieberte und hatte längst mit einem Vernichtungsfeldzug begonnen. Wahllos trafen Hitze, Stürme und Flut jene zuerst, die sich nicht schützen konnten. Sie mussten fliehen oder verreckten elendig.

Die anderen fühlten sich unsterblich oder hatten entschieden, blind zu leben.

Doch diesmal sah Immo genauer hin. Die Vernetzung war keineswegs stabil. Der Schlag eines Schmetterlings könnte sie beschädigen. Unter der Hybris brodelte die Angst.

„Mach's dir bequem." Duncan kramte aus dem Regal den Gedichtband hervor, den Emily kürzlich entdeckt hatte.

Nicht alle Schmerzen sind heilbar,

Sie setzte sich und presste ein Kissen vor ihren Bauch. Der Krieger kam zu ihr. „Die Rose, die er dir geschenkt hat ...", sagte er und schlug das Büchlein auf.

denn manche schleichen sich tiefer und tiefer ins Herz hinein,

Das getrocknete Blütenblatt blieb am rauen Papier hängen. Duncan nahm es vorsichtig und hielt es Emily entgegen.

und während Tage und Jahre verstreichen, werden sie Stein.

„... Das ist von ihr. Er hat es an diese Stelle gelegt, um sich daran zu erinnern, dass das Gedicht eine Lüge ist."

Behutsam legte er das Blütenblatt zurück, klappte das Buch zu und brachte es zurück an seinen Platz. Im Schneidersitz ließ er sich vor Emily nieder. Sie tauschte das Kissen gegen seine Hände. „Er wird länger nicht wiederkommen diesmal", sagte er.

Emily nickte. „Ich weiß", sagte sie, obwohl sie es bis zu diesem Moment nur geahnt hatte.

„Ich lasse die Anrasati in Ruhe, bis Immo zurück ist."

Sie runzelte die Stirn. „Wieso das denn?"

Duncan antwortete nicht, bis sie glaubte, zu verstehen. Als sie ihm ihre Hände entziehen wollte, hielt er sie fest.

„Du willst doch wieder mein Kindermädchen sein", sagte Emily.

„Nein. Ich will einfach nur bei dir sein."

„Oh", sagte Emily.

Der Raum zwischen ihnen wirkte durchlässiger als zuvor. Duncan streichelte Emilys Gesicht. Sie wagte nicht, sich zu bewegen.

„Glaubst du, dass Immo weiß, was Eifersucht wirklich ist?", fragte der Krieger.

Jede Antwort wäre egal. Duncans Lippen berührten sie, zart wie seine Finger. Sie fragten nicht. Sie öffneten Emilys Mund, verharrten und wagten es schließlich, zu kosten.

Sein Begehren traf Emily vollkommen unvorbereitet. Schauer jagten durch ihren Körper. Sie kletterte auf seinen Schoß. Einmal noch zögerte sie.

„Was wird das hier?"

Duncan schloss die Augen.

Er wirkte so zerbrechlich, dass Emily ihre Hand auf seine Wange legte, um sein Gesicht zu stützen. „Wollen wir es herausfinden?"

Sein Schmunzeln kam zeitverzögert.

„Ich habe für dich aber keine Gebrauchsanweisung", murmelte er.

Emily biss in seine Unterlippe. „Hör einfach nur auf zu denken."

Immo stand in einer vollen U-Bahn. Die Menschen um ihn herum blieben gesichtslos, ihre Gesten ohne Bedeutung. Gespräche, Kopfhörer, Bücher und Smartphones. Ein Mann beugte sich über einen Kinderwagen. Durch die Fenster buhlten Werbeplakate um Freier. Die Augen des Traumfängers begannen zu tränen, so sehr strengte er sie an. Er wollte sehen!

Doch zunächst traf ihn eine warme Welle von innen. Ihr Ursprung war ihm so unmittelbar klar, dass er lächeln musste. Sun hatte endlich begriffen! Und Emily ließ sich von Überraschungen ohnehin nicht lange verunsichern. Immo erlaubte es sich, in die Lust der beiden einzutauchen. Es half ihm, seine eigene Leere zu durchschreiten und auf die andere Seite zu gelangen. Dorthin, wo das Eigentliche sichtbar wurde.

Sehnsucht. Eine sprudelnde Quelle, ewig und mit einem einzigen Ziel: in Liebe zu leben.

Jetzt sah Immo sie durch alles strömen. Das Zurechtzupfen der Babydecke, das Gespräch mit den Freunden, das Vertiefen in einen Roman. Die gesichtslosen Gestalten in der U-Bahn verwandelten sich in Menschen, aus denen Licht strahlte.

Emily vergrub ihre Nase an Duncans Hals, schnupperte und saugte sich mit den Lippen fest, bis der Krieger zischte und sie fortschob. „Entschuldige", murmelte sie und kuschelte sich an ihn, „aber das kam alles ein wenig überraschend."

„Wirklich?"

„Für dich nicht?"

„Wieso glaubst du das?"

Sie stützte sich wieder hoch. „Du bist es, der schwul ist."

Duncan kniff die Augen zusammen. „Bin ich auch."

„Dafür warst du ziemlich erregt."

„So anders funktionierst du auch wieder nicht."

Er fing ihre Faust ab, bevor sie ihn boxen konnte. Spott glomm in seinen Augen. „Bis darauf, dass ich Angst hatte, mich zu verlaufen."

„Du bist scheußlich!"

„Du denkst nicht nach. Das ist schlimmer."

„Ah ha, ha. Auf einmal soll ich, ja?"

Sein Lachen klang hell. Befreit fiel sie ein.

„Ich dachte, du würdest mitkriegen, was um dich herum passiert", sagte Duncan schließlich. Doch sein Tadel kleidete sich in einen liebevollen Blick. „Ich bin der andere Teil der Traumfängerseele. Und du – bist nicht irgendeine Frau."

Immo schloss die Augen. Er brauchte sie nicht mehr, um der Witterung zu folgen. Er spürte, wie sich das Licht der Menschen bündelte. Er tauchte tiefer in seine Wahrnehmung hinab. Von überall her kamen Lichtbäche. Sie sprudelten von ihren Quellen fort und folgten einer Kraft, die sie aus der Ferne anzog.

Er zögerte, und allein dieses Zögern ließ ihn noch mehr zögern. Früher wäre er sicher gewesen: Dies war eine Warnung. Sollte er sich selbst wieder trauen und an dieser Stelle umkehren, um einen anderen Weg zu finden?

Er dürfte nicht nur beobachten, sondern müsste hineinspringen in den Strom, sich mitreißen lassen. Er dürfte weder denken noch urteilen. Alle seine Sinne wären ausgeschaltet. So lange, bis sein Bewusstsein ihn zurückrief. Dann würde es sein wie ein Traum, an den man sich erst beim Erwachen erinnern kann.

Doch das würde nur geschehen, wenn sein Trieb zu leben stärker wäre als seine Sehnsucht nach dem Tod.

Früher hätte er sich darauf verlassen können. Damals gab es in ihm jenes Kind, das vor Lebenslust sprudelte. Aber er hatte Merula geopfert, und so war es nun er selbst, der sich davon überzeugen musste, dass sein Leben lebenswert war.

Das Baby in Emilys Bauch? Sun würde sich kümmern.

Gab es noch Blüten in ihm, die nicht vergiftet waren von Abscheu und der Angst, dass er seine eigene Geschichte wiederholen würde?

Er hatte gezögert.

Und wieder musste er eine Entscheidung treffen.

Am Ende glitt er hinein in den Sog aus Licht.

Emily sah Immo am Rand der Klippe stehen. Der Wind zerrte an seinen Haaren und an seinem Rock. Sein Oberkörper war mit schwarzen Tätowierungen verziert. Als sie auf ihn zutrat, drehte er sich zu ihr um. Er sah sie an, mit leuchtenden Augen, dann breitete er die Arme aus und ließ sich nach hinten fallen.

Sie wusste, dass er gehen musste.

Sie wusste nicht, ob sie ihn in dieser Gestalt wiedersehen würde.

Seltsam gelassen wandte sie sich an die andere Person, die mit ihr auf der Hochebene stand. Eine junge schwarze Frau, kleiner als sie und stämmig, mit uraltem Blick. „Früher oder später kommt alles zusammen", sagte sie und griff nach Emilys Hand. „Ich werde erwachen, wenn es so weit ist."

„Wer bist du?", fragte Emily.

„Ich bin Yhi", sagte die Frau. „Die Sonnenträgerin. Die alte Seele in dir."

Die karge Hochebene war plötzlich ein Blumenmeer. Insekten brummten und die Luft schmeckte nach Frühling. „Es ist wieder Zeit für einen Anfang. Lass uns spazieren gehen", sagte Yhi.

„Vor jedem Anfang kommt ein Ende", sagte Emily.

„Es ist ein Kreis. Enden muss immer etwas. Die Frage ist, wie sehr es wehtut."

„Willst du mich darauf vorbereiten? Auf den Schmerz?"

„Den kennst du längst. Davor musst du dich nicht fürchten."

„Wovor dann?"

Yhis Zehen streiften durch das Gras. „Vor gar nichts. Furcht war noch nie deine Ratgeberin."

„Du sagst das so gelassen. Ich kenne mich selbst nicht so gut. Dafür hast du gesorgt."

Ihr Lachen perlte von ihren Lippen. „Entschuldige. Aber glaube mir – du hättest längst alle Kraft verloren, wenn es anders wäre. Vergessen ist dein Segen."

„Kannst du mir denn wenigstens Hinweise geben? Dies ist ein Traum, oder? Träume wissen immer mehr."

„Ein guter Punkt." Sie wandte den Blick zum Horizont. „Vergiss den Verräter nicht", sagte sie. „Albuin ist wichtig und der Traumfänger hat *gut daran getan, ihm die Gnade zu gewähren, ein paar Jahre lang einfach nur behütet zu werden."*

Emily wartete. Yhi legte ihr die Hand auf den Bauch. „Du trägst eine Sonne in dir. Pass gut auf sie auf. Und Emily –", ihre Augen verdunkelten sich. „Hol dir deine Katze zurück!"

Mit diesen Worten verblasste sie und verschwand.

Immo tauchte aus dem Nichtwissen auf. Eine unsichtbare Barriere hielt ihn auf. Durch sie hindurch sah er ein Meer aus Licht, das zu einer Mitte hinfloss. Ein Strudel riss in die Tiefe, was in seinen Sog geriet. Hier also hatte sich ein Loch gebildet – ein Loch im Gewebe der Gegenwart. Entsetzt beobachtete der Traumfänger, wie all die Sehnsucht in einen Abgrund stürzte.

Niemand hätte so etwas planen können!

Er begriff, dass sein Bewusstsein ihn zurückgeholt hatte, weil sein Weg an dieser Stelle zu Ende war. Selbst wenn er wollte, könnte er dem Licht nicht folgen. Nicht so.

Im nächsten Moment zerrte ihn etwas nach hinten und schleuderte ihn fort. Er landete auf weichem Moos unter einem schwankenden Himmel. Keuchend stemmte er sich auf alle Viere, um dem Brechreiz zu begegnen. Er würgte und zitterte, bis die Krämpfe nachließen.

Von der Seite stupste ihn ein Schwein an. Von oben hörte er Duncans Stimme. „Wurde auch Zeit." Hände packten ihn. Doch Immo wehrte sie ab. Er wollte aufstehen, verlor jedoch das Gleichgewicht und fiel gegen den Krieger. Sein Blick flackerte. „Töte mich!", stieß er mit wunder Stimme hervor. „Um Himmels Willen, töte mich!"

Huang Lung durchquerte Raum, ohne dass Entfernung eine Rolle spielte. Hier draußen galten für ihn eigene Gesetze. Selbst ein schwarzes Loch konnte dem König der Drachen nichts anhaben. Von diesem hielt er trotzdem Abstand, denn dies war nicht irgendein schwarzes Loch. Es war der Eingang einer Höhle.

Das Reich Abbadons. Gerüchten um seine Existenz ging es wie Motten, die sich zu nah ans Feuer wagten. Schon lange sprach niemand mehr über ihn. Er war nur ein Name im Gefolge eines Albtraums. Doch Huang Lung wusste es besser. Die Ahnung, die der Traumfänger in ihm geweckt hatte ... Die pestilenzartigen Gerüche, die Immo überall auf der Welt wahrnahm:

Niemand sonst tat das.

„Ich möchte, dass du mir jetzt sehr langsam erklärst, was los ist." Duncan folgte Immo zu einem Felsen. Der Traumfänger stützte sich auf den Stein und verfiel in stummes Atmen.

„Warte noch einen Moment", sagte er schließlich. „Ich muss es ordnen."

„Von mir aus. Aber lass dir nicht zu lange Zeit. Dein Baby wird in den nächsten Stunden geboren."

Nichts deutete darauf hin, dass Immo den Krieger gehört hatte. Er blieb bewegungslos, wandte sich dann zur Seite und betrachtete das Schwein, das friedlich neben ihnen graste. Als er sich aufrichtete, wirkte er orientierter. „Ich war wohl länger weg." Er erfasste die Insel mit seinem Blick. Auf der Hochebene blühten vereinzelt Blumen. Schaum balancierte auf den Wellen des Ozeans, tänzelte und warf sich übermütig an Land.

„Ihr habt etwas bewirkt, wie ich sehe." Immos Augen glommen dunkel.

„Ja, es ist schöner geworden", sagte Duncan und trat einen Schritt näher. „Aber Emily ist traurig, dass du die letzten Wochen verpasst hast. Sie ist jetzt bei Haiowatha. Mit Wehen."

Immos Nasenflügel bebten. „Ich muss nochmal zurück, Sun. Wir haben nicht alles bedacht. Wir sind die ganze Zeit davon ausgegangen, dass es nur die dämonischen Kräfte sind, die ihre Energie in die Welt pumpen. Aber ich habe gesehen, dass es auch umgekehrt ist. Das Licht verlässt die Menschen. Es sollte zwischen ihnen zirkulieren, niemals weniger werden, immer nur mehr. Aber es wird –, wie soll ich es beschreiben? –, es wird abgesaugt. Es verlässt die Menschen und wird in einen Abgrund gezogen. In ein Loch, das vermutlich durch das Zerbrechen der Zeit entstanden ist. Vielleicht existiert es auch schon länger. Ich weiß es nicht. Für die Menschen wird es allerdings immer anstrengender, das Licht bei sich zu halten. Es neu entstehen zu lassen."

„Wenn das stimmt, dann gerät die Waage viel schneller aus dem Gleichgewicht."

„So ist es. Die Zeit zu handeln zerrinnt nicht nur zwischen unseren Fingern. Sie bricht unter uns fort. Ich muss dieses Loch verschließen. Dafür muss ich hindurch, das weiß ich sicher. Und dafür ..."

„... muss ich dich töten."

Sie schwiegen. Duncan presste die Hände an seine Oberschenkel. Seine Lungen weigerten sich, mehr als nötig von der Luft aufzunehmen, in der seine größte Furcht Wirklichkeit geworden war. Immos Miene blieb ausdruckslos, bis er ins Nichts griff und das Schwert des Kriegers hervorzog. Er sank auf die Knie und nahm Duncans Hand.

„Bitte", drängte er. „Ich will nicht gehen, nicht gerade jetzt. Emily wird es vorkommen, als ob ich sie im Stich lasse. Aber wir beide, du und ich, wir wissen, dass es sonst keine Zukunft geben wird für dieses Kind. Nicht, wenn ich noch mehr Zeit verstreichen lasse."

„Du kannst durch dieses Schwert nicht sterben, das weißt du." Duncan presste die Worte hervor.

Immo schenkte ihm ein leises Lächeln. „Darauf kommt es nicht an, wie wir beide wissen."

Er legte das Schwert in die Hand des Kriegers. Seine Finger berührten weiter die klamme Haut.

„Bitte", sagte er leise. „Ich komme zurück."

Duncan räusperte sich. „Versprichst du es?"

Am Horizont ging das Blau des Himmels nahtlos ins Meer über.

„Versprich *du* mir, dass du gleich zu Emily gehst. Sie braucht dich dringender als ich."

Hinter Duncans Iris wurde sein Blick zu Stein. Er zog die Augenbrauen zusammen. „Ich verspreche es dir."

Seine Hand schloss sich fest um den Griff des Schwertes. Ohne ein weiteres Wort stieß er die Klinge in den Körper des Traumfängers. Dessen Gesichtszüge verkrampften sich. Er öffnete den Mund, doch heraus kam nur ein Hauch. Duncan beobachtete, wie die grünen Augen grau wurden und erloschen. „Du bist tot."

Er zog das Schwert aus Immos Körper und bettete ihn aufs Moos. Einen Moment lang starrte er auf ihn nieder. Dann sank er auf die Knie und verbarg sein Gesicht in Immos Schoß.

„Sei nicht tot", flüsterte Duncan, und Tränen drückten aus seinen Augen. „Nur diesen Traum noch, Saiai, nur diesen einen noch! Sei nicht tot."

Emily fluchte, als eine erneute Wehe sie zwang, anzuhalten und mit gebeugtem Oberkörper den an- und abschwellenden Schmerz abzuwarten. Vor drei Stunden war sie noch einfach weitergegangen und hatte mühelos ihren Atem in den Bauch gelenkt. Doch allmählich übernahm der Körper das Kommando und drängte ihren Willen zurück.

Ich kann jetzt keine Wehen haben! Immo ist nicht da!

„Denk ans Atmen!" Nadja klopfte ihr sanft auf den Rücken. „Du machst das noch ein paar Stunden. Sauerstoff ist wichtig."

„Ich bin mir nicht sicher, ob ich das noch ein paar Stunden durchhalte", sagte Emily, als sie wieder geradestehen konnte.

Die Ärztin taxierte sie. „Wenn du das nicht bloß so sagst, sollten wir gleich nochmal nachschauen, wie weit du inzwischen bist. Wenn du eine Betäubung brauchst, dürfen wir das nicht zu lange rauszögern."

„Seit wann bist du eigentlich auch noch Geburtsexpertin?"

Nadja lachte. „Ich bin eine Menge, von dem du nichts ahnst. Zum Beispiel habe ich nicht immer in einem großen Krankenhaus gearbeitet. Ich war nach meinem Studium erstmal Landärztin. Da musst du alles können. Und wenn du es nicht kannst, bekommst du garantiert die Gelegenheit, es dir sehr schnell beizubringen."

„Hört sich nach Abenteuer an. Wieso hast du aufgehört?"

„Abenteuer ja, aber auch sehr anstrengend. Ich war allein und konnte meine Arbeitszeiten nicht einfach reduzieren. Irgendwann wurde es mir zu viel. Nun ja." Nadja zuckte mit den Schultern. „Vermutlich hat die Krankheit sich schon damals angeschlichen. Sonst hätte ich es vielleicht länger geschafft."

„Welche Krankheit?" Emily hielt abermals inne und sog die Luft tief in ihren Bauch. Sie konzentrierte sich auf Nadja, versuchte, den Schmerz durch Neugier zu besiegen. Umsonst. Wieder musste sie ihre Hände auf die Knie legen und sich selbst stützen. Als die Wehe vorbei war, gingen sie noch einige Schritte, bevor Nadja antwortete. „Leukämie. Ich sterbe daran. Hat dir das niemand erzählt?"

„Bullshit. Du stirbst doch nicht."

Noch nie hatte sie ein so trauriges Lächeln auf den Lippen der Ärztin gesehen.

„Doch, das tue ich. Mir geht es besser zurzeit, keine Frage. Die letzte Chemotherapie schlug gut an. Aber das ändert nichts daran, dass es stetig abwärts geht. Zwei Monate vielleicht noch. Lass es ein halbes Jahr sein. Ich weiß, wovon ich rede, glaub mir. Und ich habe mich längst damit abgefunden."

„Bullshit", wiederholte Emily. „Dir geht es nicht wegen der Chemo besser. Dir geht es besser, weil du in der Zwischenwelt bist. Hat dir das niemand gesagt? Hier stirbst du nicht an sowas wie Leukämie."

Nadjas Blick verschwand hinter einem Schleier. Sie wandte sich ab und starrte auf den See. „Scheiße", murmelte sie. Tief atmete sie ein. Dann noch einmal. Und noch einmal.

„Saiai …"

Die vertraute Stimme. Sie fiel wie ein Tropfen, verharrte an der bewegten Oberfläche, zerrann. Ein Duft – sein Duft – mischte sich in den Ozean hinein.

„Ich bin hier. Lass los."

Der Abgrund wartete auf Immo. Ein schattenfarbener Krake sprang aus der Tiefe, schlang sich um ihn und zerrte ihn hinab.

Duncans Klinge war fort – fortgeschickt. Ama war da. Sie stürzte an seiner Seite. Und von der anderen Seite hörte er ein Lachen, dessen Klang ihn zurückversetzte in eine Leichtigkeit, die er längst vergessen hatte. Merula, die Arme ausgestreckt, die Augen voll wildem Vergnügen aufgerissen. Ihr rotes Kleid flatterte um ihre Beine und kitzelte die bloßen Füße. Doch Askook drängte sich aus Immo heraus, griff nach ihr und presste sie an sich. Er drehte ab und verschwand mit dem Kind in der Dunkelheit.

Der Schrei des Traumfängers gellte ihnen nach. „Komm zurück! Merula! Ich habe mich geirrt."

Der Krake fiel ab von ihm. Immo bebte. „Es gibt nicht genug Gnade für mich."

Kurz vor Haiowathas Zelt fühlte Emily endlich das, worauf sie seit Wochen wartete: Der Traumfänger war zurück. Sein Ton hallte klar durchs Universum. Seine Präsenz durchdrang sie wie ein wärmender Pfeil. „Haiowatha!"

Schon eilte der alte Heiler zu ihr und drückte ihren Arm vor Freude. „Ich weiß", sagte er. „Aber komm ins Zelt. Duncan wird ihn empfangen."

„Ich will zu ihm", presste Emily gerade noch heraus, bevor eine besonders heftige Wehe sie fast in die Knie zwang.

„Du gehst nirgendwo hin", sagte Nadja und half ihr, sich aufs Bett zu legen.

Er konnte es nicht rückgängig machen. Selbst wenn sie nicht gänzlich fort wäre –, selbst wenn er Merula aus der Hölle befreien könnte, in der Jeremy sie gefangen hielt –, sie hatte ihr Kindsein verloren. Durch seine Feigheit, weiter zurückzublicken.

Jetzt und hier, am Ende seiner Zeit, brach seine Kindheit in ihn hinein.

Die Schläge jener bloßen Hand, als er noch jung genug schien, zu vergessen: Doch er vergaß nicht. Er erinnerte sich daran, bis heute.

Das Schlagen der Türen und das Schweigen, als er in den Augen derer, die Würde definieren, zu alt war, um gezüchtigt zu werden.

Sprich sanfte Worte! Zeige Respekt! Immer! Du! – Wirfst keinen Stein!

Im Laufe der Jahrhunderte war er nicht immer ein guter Traumfänger gewesen. Im Gegenteil – er hatte versagt, als er den Menschen zu nahekam und sich zum Richter über ihre Taten machte. Er war ein Mörder.

Und doch wog dieses Gefühl des Versagens am Ende seiner Zeit, hier und jetzt, weit weniger als jenes Gefühl aus der Kindheit.

Du hast versagt.

Ich war ein Kind! Ich habe geliebt. Ich wollte lieben. Ich wollte loslaufen und die Welt entdecken, wollte sie ausprobieren, riechen, schmecken, spüren. Sie – die Wunderbare – mit allen Sinnen, in all ihrer Gewalt und Zerbrechlichkeit.

Er hatte nicht versagt. Nicht damals.

Erst, als er zunächst die Menschen, dann Merula bestrafte und es selbst für Liebe hielt.

Um ihn schlugen Flammen hoch. Ama verschwand, und mit ihr jede Ahnung an Seelen, die ihm zur Seite springen könnten.

Er verbrannte allein.

„Dein Muttermund öffnet sich." Nadja wusch ihre Hände in einem Kessel und trocknete sie ab. „Es wird noch eine Weile dauern, aber morgen um diese Zeit hast du deine Tochter bereits kennengelernt." Vorsichtig tastete sie Emilys Bauch ab. „Die Kleine arbeitet gut mit. Kein Wunder, dass die Wehen schon recht schmerzhaft sind."

Deine Tochter.

Nadjas Apparate kannten keine Geheimnisse. Seit Wochen wusste Emily, dass ihr Kind ein Mädchen war. Alle wussten es. Nur Immo nicht.

„Lass ihn den Namen aussuchen", hatte Duncan vorgeschlagen, als sie sich deswegen bei ihm ausweinte. Der Gedanke war ein Trost gewesen. Bis zu dem Moment, als sie sich dabei ertappte, selbst über Namen nachzudenken.

Jetzt sank sie ins Kissen und drängte die Tränen zurück. Sie konnte nicht mehr! Sie brauchte eine Pause! Doch erbarmungslos rollte die nächste Wehe heran.

Stille.

Seine Asche löste sich im All. Abermilliarden Atome tasteten nach Halt und fanden eine Erinnerung.

Vergangenheit. Zukunft. Jetzt. Ein Blick, so alt wie das Universum und doch oft so jung wie jede Emotion, der sie sich hingab: Emily.

Yhi. Tausende andere Namen in Tausenden anderen Gestalten. Doch immer war sie er. Und er war sie.

Die Sehnsucht traf ihn hart und drängte ihn zurück in ein körperliches Sein. Wo bist du?

Schmerz.

Einem Rauschen gleich fiel auch auf Emily eine Erinnerung hinab, setzte sich auf ihren Brustkorb und presste alle Luft aus ihm heraus.

Jeremy trat ihr in den Bauch. Der Stock peitschte ihre Haut. Elektroschocks.

Keine Kontrolle mehr. Ihr Sein zerriss zwischen Kind und Erwachsener.

Panisch schlug sie um sich und versuchte, den Schatten von sich hinunterzustoßen. Sie löste sich aus ihrem Körper und schwebte nach oben.

Das Trauma erwachte.

„Wir treffen uns dort", flüsterte eine Stimme dicht an seinem Ohr. Emilys Stimme. Sie entfernte sich. „Bleib bei mir!", blieb sein Ruf ohne Klang. Er war stumm und wieder allein.

Starb er etwa immer noch? Erneut erfasste ihn ein Sog und zog ihn abwärts.

Für den Höhepunkt einer Panikattacke waren die Bilder unter ihr ziemlich ungewöhnlich. Sie sah sich selbst im Schaukelstuhl auf ihrem Balkon, ein Bündel an der Brust. Ein kleiner Fuß in einem kleinen Socken ragte unter der Decke hervor. Immo lehnte vor ihr am Geländer. Seine Haare glänzten, so wie seine Augen. Er hob den Blick und lächelte. Seine Lippen bewegten sich, doch es war Yhis Stimme, die Emily hörte.

„Hier sind wir also. Du hast das Tor geöffnet, die Erinnerung ist zurück."

„Was meinst du?"

„Dies ist die Zukunft. Sie ist Wirklichkeit. Du hast den Weg gezwungen, sich zu offenbaren – sonst wäre die Geburt schiefgegangen. Jetzt hast du ein paar Momente Frieden."

„Die Zukunft? Den Weg? Soll das heißen, ich bin durch die Zeit gegangen?"

„Das bist du. Und wenn du genau hinschaust, weißt du auch, wie."

Emily kniff die Augen zusammen. Über die Szene vor ihr legte sich ein Schachbrettmuster.

Meer dehnte sich um ihn bis zum Horizont. Die Stille schien unwirklich. Das Wasser war so klar, dass Immo bis dorthin sehen konnte, wo das Licht hinreichte. Neben ihm kniete Emily, nackt wie er selbst und noch schöner als sonst. Er streckte seine Hand aus, um sie zu berühren, aber sie schüttelte den Kopf.

„Du bist noch nicht fertig", sagte sie sanft.

„Was tue ich dann hier? Hier gibt es nur dich für mich."

„Keinesfalls." Sie lachte. „Es gibt mehr." Mit dem Kopf deutete sie auf das Wasser. „Du musst tauchen. So tief du kannst. Und ertrinken."

„Noch mehr Tod?"

„Es geht nicht anders, das weißt du. Wir beide wissen es." Sie zögerte. „Wir haben beide unsere Aufgabe in diesen Stunden. Lass mich los, Geliebter. Ich bin die Letzte, die du festhalten müsstest. Vertrau dir selbst."

„Aber ich sollte bei dir sein. Niemals mehr als jetzt."

„Das ist wahr, aber es geht nicht. Also hör auf zu hadern und tu das, was du tun musst, und nicht das, was du tun solltest."

Noch einmal streckte Immo seine Hand nach Emily aus. Sie noch einmal spüren, nur mit den Fingerspitzen ...

Sie war fort.

„Nimm als Anker, was du hier siehst."

Emily fuhr herum, aber es war nur Immos Stimme, die sie streichelte. Zu sehen war nichts als die Ebene, ein Schachbrett bis zum Horizont.

„Deine Wege durch Raum und Zeit sind hier", hörte sie noch einmal Yhi. „Du wirst wissen, wie du sie finden kannst, wenn es soweit ist. Aber erst musst du noch einmal zurück in den Schmerz, tut mir leid."

Schon spürte sie einen Sog, der sie mit überwältigender Macht in ihren Körper zurückzog. Jemand hielt sie fest. Sie atmete in Haut hinein, in Muskeln. Ein scharfer Duft brachte sie vollständig zur Besinnung.

Der Schmerz war fort. Als Duncan merkte, dass sie sich entspannte, ließ er sie los und trat zurück. „Besser?"

Verwirrt sah Emily auf den Schlauch, der aus ihrem Arm zu einer Flasche führte. „Was ist passiert?"

„Nicht so wichtig", sagte der Krieger knapp, setzte sich neben sie und legte ihr die Hand auf den Rücken. „Die Nerven in deinem Unterleib sind jetzt betäubt. Du spürst die Wehen nicht mehr. Weil sie gleichzeitig schwächer werden, bekommst du durch diesen Schlauch ein Mittel, das sie wieder verstärkt. Habe ich das richtig verstanden?" Die letzte Frage galt Nadja.

„So ist es." Die Ärztin sah erschöpft aus. „Dein Trauma hat wohl zugeschlagen. Es ist gut, dass Duncan rechtzeitig gekommen ist – Haiowatha und ich konnten dich nicht halten."

„Duncan." Emily sah in die schwarzen Augen, die in den letzten Wochen so vertraut geworden waren. Und doch suchte sie nach einer anderen Farbe. „Immo war da. Wo ist er?"

„Kokoro ..."

Dass er den Namen benutzte, den nur er ihr gab, ließ sie erzittern. Sie wusste es, als sie seinen Gesichtsausdruck sah. Müde und grau war er, und im Gegensatz zu ihrer Betäubung gab es nichts, was seine Sorgen wegspritzen könnte.

„Er kommt zurück", sagte er und half ihr, die Beine hochzulegen.

„Jetzt hört ihr beide mal auf, euch Sorgen zu machen!" Haiowatha klatschte betont munter in die Hände. „Du, Emily, lässt die moderne Medizin für dich arbeiten. Und du, Krieger, bleibst bei ihr und erträgst ihre Flüche. Es dauert sicher noch die eine oder andere Stunde."

Ein flüchtiges Lächeln wechselte von Emilys Lippen zu denen des Kriegers. Sie hatten beide denselben Gedanken.

In der ein oder anderen Stunde war viel möglich.

Immo schloss die Augen für einen letzten Atemzug. Dann ließ er sich hinabsinken. Das Wasser war weich. Er tauchte nach unten, Meter um Meter, und ignorierte die Frage, wie viel Luft ihm noch bleiben würde, um zurück an die Oberfläche zu gelangen.

Es gab kein Zurück.

Sein Blick verschleierte sich. Die Muskeln verweigerten ihren Dienst. Immo spürte sein Herz in Panik verfallen und das Drängen seines Hirns: Atme! Nichts anderes war mehr wichtig. Doch er war umgeben von Wasser, schmeichelnd und tödlich, seine letzte Station. Blitze zuckten vor seinen Augen. Erneut griffen Schatten mit kalten Klauen nach seinen Eingeweiden und versuchten, sie von innen nach außen zu ziehen.

„Lass los."

Licht umhüllte ihn und brachte die Wärme zurück. Vor seinen Augen wurde es hell, die Schatten verschwanden.

„Ich bin hier, lass los."

Sein Herz hielt inne, sein Hirn gab auf. Alle Spannung wich aus seinem Körper. Immo öffnete den Mund und empfing das Wasser wie einen Freund.

„Ich weiß jetzt übrigens, wie ich zu Jeremy gelangen kann. Es ist das Schachbrett!"

„Das Schachbrett?" Duncans Irritation wich Erstaunen, als er das Bild zu den Worten in ihrem Kopf fand. Doch dann nickte er. „Das ergibt Sinn. Mach das hier schnell fertig, dann erledigen wir den Rest."

Sein Lachen folgte unmittelbar, als er Emilys Gesichtsausdruck sah. Er beugte sich zu ihr und legte seine Stirn gegen ihre. „Was meinst du?", flüsterte er. „Kommst du ohne mich zurecht für eine Weile?"

„Willst du meinen Flüchen ausweichen?"

„Natürlich. Aber ganz nebenbei möchte ich auch nach Immo sehen. Ich weiß, dass alle mich hier bei dir haben wollen ..."

„Geh!", unterbrach Emily ihn. „Dafür brauchst du mich nicht zu fragen."

Endlich war er da, wo er hinwollte! Mit dem Anblick des Strudels, in dem das Licht verschwand, kam die Erinnerung zurück. Diesmal war keine Wand da, die ihn aufhielt. Immo folgte dem Sog und ließ sich in die Tiefe ziehen. Die Kraft des Lichts brachte ihn fast um den Verstand. Eine gierige Leere griff nach ihm und versuchte, sein Licht auch aus ihm herauszuzerren.

Doch es gab nichts mehr, nach dem er sich sehnte.

Alle Sehnsucht blieb hier, in ihm. Sie konnte kein Ziel haben, denn er selbst war das Ziel.

Ihr konnte der Sog nichts anhaben.

Gemeinsam mit dem Licht durchquerte er das Loch im Gewebe der Realität. Durch die Enge beschleunigt schossen sie auf der anderen Seite heraus und verstreuten sich – im Nichts.

Immo konnte wieder atmen. Er sah, auch wenn er nicht wusste, was. Es mussten Farben sein, doch ihm fehlten die Begriffe für sie. Überall waren sie, weder hell noch dunkel, scheinbar in Bewegung, doch vollkommen still, sobald er sie fixierte.

„Wo bin ich?", fragte er probeweise in die Stille und hörte tatsächlich seine Stimme, klar und wach. Er lächelte.

Bei allem, was ihm unbekannt war – eins begriff er: Hier war es schöner als sonst irgendwo. Alle Schwere hatte ihn verlassen.

„Du kannst bleiben", schmeichelte sich eine Stimme an ihn heran. „Deine Energie ist willkommen."

Er drehte sich, konnte aber niemanden entdecken. „Ich kann nicht bleiben", wollte er erwidern.

Die Worte weigerten sich, seinen Mund zu verlassen.

Es wäre eine Lüge.

„Wunderbar", sagte Nadja nach der nächsten Untersuchung. „Deine Fruchtblase ist gerade geplatzt. Es wird jetzt nicht mehr lange dauern."

Das Loch – er musste es verschließen! Zumindest daran gab es keine Zweifel. Nur das Wie ...

Er war sich so sicher gewesen, dass dies der richtige Weg war. Aber hier schwebte er nun und sah nicht einmal mehr, wo er hergekommen war. Was, wenn seine Seele ihn betrogen hatte? Wollte er hier nicht die Welt heilen, sondern lediglich sich selbst?

Die Stimme neben ihm lachte. „Du wirst nie begreifen, dass das keinen Unterschied macht."

„Wer bist du?", fragte er in das Lachen hinein. „Woher kennst du mich?"

Er keuchte, als sein Körper auf eine Berührung reagierte, die ihn zurückschleuderte in eine Zeit, als er noch ohne jede Schuld gewesen war. Und der Name schlug in ihn ein wie ein Blitz.

„Yhi!"

„So hast du mich genannt, bevor du alles andere benannt hast. Wir waren zusammen damals. Immer zusammen. Hier und jetzt können wir es wieder sein. Erledige deine Aufgabe, dann bleibt uns die Ewigkeit."

„Aber wie soll ich meine Aufgabe erledigen? Hilf mir!"

„Es ist nicht schwer herauszufinden, Traumfänger. Was weißt du?"

„Die Zeit ist zersprungen. Sie hat einen Weg eingeschlagen, der nicht vorbestimmt war."

„Was war der Auslöser?"

„Ich war es. Aber ich weiß davon nichts."

„Du warst es nicht allein."

„Miso."

„Ja. Miso."

Ein Krankenzimmer gewann um Immo herum Gestalt. Schmerzlich erinnerte es ihn an Duncans Kampf gegen das Gift in seinem Körper – doch in diesem Bett lag jemand anderes. Die Apparate bezeugten einen anderen Tod: Misos.

Die Linie auf dem Bildschirm war flach. Ein Defibrillator bereitete sich auf Arbeit vor.

Miso setzte sich auf und zog den Schlauch aus dem Hals. „Ich spiele nicht mehr mit." Große Augen, in denen nichts zu sehen war von einem Leben voller Pein, erfassten Immo und stellten eine Frage: „Wirst du mich von hier wegbringen?"

„Nein", sagte Immo rasch und trat vor. „Du wirst nicht sterben, nicht heute. Du hast eine Aufgabe, die größer ist als dein Tod. Erinnerst du dich an deine Schwester?"

„Emily?" In Misos Miene spiegelte sich Traurigkeit. „Ich bin schon lange fort von ihr."

„Jeremy wird sie finden und gefangen nehmen. Dort, wo die andere Hälfte deiner Seele ist, in der Zukunft. Niemand wird sie mehr erreichen können. Nur du."

„Woher weißt du all das?"

„Ich komme nicht aus deiner Zeit. Wenn wir uns dort treffen, wirst du frei sein. Und ich weiß, dass du all diese Dinge ebenfalls weißt. Jeremy hat ein Buch. Du kennst seinen Inhalt."

„Diese Begegnung hier steht nicht darin."

„Nein. Diese Begegnung gehört nur uns. Aber sie muss sein, damit die Zeit der Zukunft nicht zerbricht. Hier und jetzt lernst du mich kennen, damit du weißt, wann du mich brauchst. Nimm Kontakt zu Emily auf. Sie muss die Frage stellen, die sie in Sicherheit bringt. Wer ist Miso? Verstehst du? Sie wird sich wieder an dich erinnern müssen. Dann läuft eine andere Zeit weiter. Eine richtige Zeit, eine starke. Und die Zeit, die Jeremy vorgesehen hatte, verwest."

Miso saß auf dem Bettenrand und musterte die Farbe des Zimmerbodens. „Meinst du das ernst oder ist es wieder nur eine Täuschung?"

„Eine Täuschung? Ich verstehe nicht."

Der Blick, der Immo traf, durchbohrte ihn. „Du verstehst nicht? Und du willst die Welt retten?"

„Ich bin nicht allein."

Miso lachte auf – ein kurzes, bitteres Lachen. „In Ordnung."

Das Krankenzimmer verblasste, als Miso sich aufs Bett zurücklegte und den Plastikschlauch wieder in die Lunge führte. Auf dem Monitor zuckte eine erste Spitze. „Ich werde mich an dich erinnern."

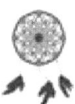

„Ich kann jetzt nicht pressen – die verarschen mich doch!"

Nadja runzelte die Stirn, während sie eine weitere Spritze in die Infusionsflasche drückte. „Glaub mir, sie sind nicht die Ersten, die eine Geburt verpassen. Mutter Natur lässt an dieser Stelle aber nicht mit sich diskutieren. Du musst das jetzt durchziehen."

„Ich bin Mutter Natur! Es sollte doch wohl möglich sein – verflucht!"

„Entschuldige." Nadjas Miene blieb neutral. „Ich habe mehr Wehenmittel hineingespritzt. Es geht hier nicht nur um dich. Deine Tochter braucht Hilfe, sonst kostet sie das zu viel Kraft."

Emilys Kopf fiel zurück aufs Kissen. Pläne änderten sich.

„Habe ich es geschafft?"

„Das Loch schließt sich." Yhis Stimme hauchte in sein Ohr. „Zeit für eine Entscheidung."

Alle Härchen an seinem Körper richteten sich auf. „Wie lange habe ich?"

„Ein paar Minuten oder die Ewigkeit. Du solltest aber wissen, dass die paar Minuten keinesfalls reichen, dich dorthin zurückzubringen, wo du hergekommen bist."

„Was?"

„Von dieser Seite der Öffnung aus kannst du in jeder Zeit landen, die jemals war oder jemals sein wird. Sicherheit gibt es nur auf der anderen Seite."

Immer noch sah er nichts außer undefinierbaren Farben. Doch was ihm zuvor schön erschienen war, wandelte sich in Horror. Wie hatte er es bloß geschafft, sich von seiner Sehnsucht loszusagen? Hier war sie: bohrend, stechend, grausam.

Emily. Sun. Das Baby.

Das Baby kam zur Welt, in diesem Moment!

Was machte er an diesem Ort?

„Wo bin ich?" Hektisch drehte er sich im Kreis und fand keinen Punkt, an dem er seinen Blick festhalten könnte. „Sun ..." Und lauter, als Schrei: „Sun!"

„Endlich. Du Narr!" Nie zuvor war ihm der Ärger in der Stimme des Kriegers willkommener gewesen. „Bleib, wo du bist. Ich schicke dir Dàlóng."

Wütend stemmte Emily sich in die Kraft ihres Körpers hinein. „Weiter!", feuerte Nadja sie an. „Komm schon! Noch ein bisschen." „Mehr geht nicht", schrie Emily. Die Ärztin legte ihr die Hand auf den Bauch und nickte. „Entspann dich", sagte sie. „Du hast zwei Minuten."

„Du hättest es aus mir rausschneiden sollen."

„Dafür ist es zu spät. Entspann dich, sagte ich."

Emily schloss die Augen. Sie wusste, dass sie randvoll mit Adrenalin war. Sie entfaltete Kräfte, von denen sie normalerweise nicht mal träumen konnte. Trotzdem fühlte sie sich schwach und wie eine Versagerin. Und bei allem, was ihr Verstand ihr sagte: Sie war allein. Andere Dinge waren wichtiger als sie.

„Die Welt zu retten." Immos Stimme erreichte sie, als die nächste Wehe bereits Anlauf nahm.

Dann war er da.

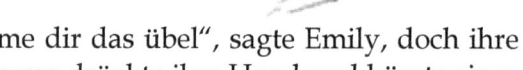

„Ich nehme dir das übel", sagte Emily, doch ihre Augen straften sie Lüge. Immo drückte ihre Hand und küsste sie auf die Stirn. „Du hast allen Grund dazu. Mir wäre die Welt ja egal. Aber sie würde unserem Kind fehlen."

„Unserer Tochter."

Gespannt sah sie ihn an. In seinem Gesicht rumorte es kurz, dann lächelte er entschuldigend. „Ich weiß. Schon lange."

Sollte sie ihm wenigstens das übelnehmen? Emily lachte und drückte ihre Lippen an seine Hand. „Du Mistkerl."

„Und weiter geht's." Nadja half Emily in die richtige Position. „Der Kopf sollte jetzt rauskommen."

Emily presste.

„Wo ist eigentlich Duncan?"

Interessierte es sie wirklich? Emily hörte sich die Frage stellen, aber ihre Aufmerksamkeit war gefangen von dem Wesen, das nackt auf ihrem Bauch lag und mit halb geöffneten Augen in die ungewohnte Helligkeit lugte.

„Keine Ahnung", murmelte Immo, während er fasziniert seinen Finger über die kleinen Füße gleiten ließ. „Vermutlich fängt er seinen Drachen ein."

„Was? Immo!"

Der Traumfänger seufzte. „Schon gut", sagte er, und laut: „Sun! Komm endlich rein, wir haben das Blut weggewischt."

Als der Krieger das Zelt betrat, musste Emily grinsen. Nichts war zu sehen von seiner Unbeugsamkeit.

„Komm her", winkte sie ihn herbei. „Komm schon her, das glaubst du uns sonst nicht."

„Was soll ich nicht glauben?", brummte Duncan verstimmt. „Du hast mir oft genug erzählt, dass du ein Baby in dir drin hast. Jetzt ist es draußen, na und?"

Doch als er an das Bett herantrat, weiteten sich seine Augen. Anders als Immo, der seine Tochter nur mit einem leichten Stirnrunzeln empfangen hatte, wirkte er aufrichtig verblüfft.

Das Baby war schwarz wie Tinte.

„Was zum Moros ...?"

„Alte Seelen", sagte Immo leise und griff nach der Hand des Kriegers, um sie auf das Kind zu legen. „In ihr sind wir beide vereint."

Duncans Hand zuckte zurück. „Das schaffe ich nicht!", entfuhr es ihm.

„Und ob du das schaffst." Jetzt zog Emily ihn heran und hielt ihm das Baby entgegen. „Patentante, schon vergessen? Und wie mir scheint, noch mehr als das."

„Das ist Wahnsinn." Zaghaft näherte er seinen Finger der kleinen Hand. „Wie soll sie heißen?"

„Toyah", sagte Immo prompt. „Sie soll wie fließendes Wasser sein. Und Lou", fuhr er fort und warf erst Emily, dann Duncan ein Lächeln zu. „Denn sie ist jetzt schon eine berühmte Kämpferin."

Etwas tropfte von Duncans Gesicht auf Emilys Brust. „Toyah Lou", sagte er leise. „Ich grüße dich."

Ihre Blicke verschränkten sich zum ersten Mal.

Der Tod hatte verloren.

to be continued ...

But first ...

Danke!

Danke, dass Ihr bis hierher mit mir gegangen seid!

Danke an Dich, Elyseo, für Dein Lektorat und Deine Freundschaft!

Danke an Dich, Emilia, für Deine zauberhafte Coverarbeit!

Und Danke an Nella und Melli fürs Testlesen – Eure Rückmeldungen waren großartig!

Elyseo da Silva lebt als Autor, Lektor und Schreibcoach in Lissabon. Ich lege Euch seine Bücher „Mosaik der verlorenen Zeit" und „Paincakes" ans Herz! Kontakt gibt es z.B. über

elyseodasilva.de, Twitter oder Instagram. Aufträge sind willkommen!

Emilia Detering studiert Kommunikationsdesign in Stuttgart. Und auch ich, **Nott Darka**, lebe und arbeite in Stuttgart, unter meinem richtigen Namen.

Ihr findet mich z.B. auf Twitter als @Ripley_tweeds

Und dann noch eins …

„Flo, das ist total lieb von dir, aber das ist zu viel. Wie soll ich das je wieder gutmachen?"

„Ganz einfach durch deine Freundschaft. Irgendwann geht es mir schlecht und dann weiß ich, bist du für mich da. So läuft es doch mit Freunden, oder?" Eine schlichte Antwort.

Erleichtert stellte ich fest, dass wir am Strand bisher die Einzigen waren. Ich zündete die Kerze an und setzte die Laterne aufs Wasser. Schweigend beobachteten wir, wie die Wellen sie mit sich trugen.

Ich stellte mich nah an Florian und lehnte mich an ihn, während wir zusahen, wie die Kerze zu flackern begann, nach einem kurzen Kampf verlor und erlosch. Die Laterne wurde von der Dunkelheit verschluckt, wie alles andere auch. Es war noch still, nur das Rauschen der Wellen war zu hören.

Nella Beinen: Und dann passierte das Leben